旺夫神妻

上

高嶺梅 著

文創
風
776

目錄

序

高嶺梅

《旺夫神妻》終於能與各位讀者見面，梅梅十分開心。

這個故事的緣起是梅梅有一次在公園散步時，看到兩位白髮蒼蒼的老人相攜而走，兩人笑意盈盈，那樣的情景深深打動梅梅這顆善感的心。如果自己老了，身邊也有這麼一位相伴的人，那肯定是最浪漫的事了。

眼前的一切，還需幾十年後才知道，可梅梅卻迫不及待地想與朋友分享這種心情，於是就有了這個故事。這個故事沒有蕩氣迴腸，只有生活日常，梅梅想透過這種日常，傳達溫馨的情感。在寫這本書時，因家有小寶，似乎應了那句「一孕傻三年」，心中有許多想表達的，下筆時卻有種無力感，總覺得故事不夠生動，沒有把真正想要表達的透露出來，希望在博君一笑時，亦能包含其中的不足。

梅梅沒想到自己的作品能有機會與臺灣的讀者見面，當知道這個消息時很歡喜。最後謝謝編輯和出版社為我提供一個創作的平臺，把心中所想用這樣的方式表達出來。

第一章

荷花城裡荷花鎮，荷花鎮裡荷花村，荷花村裡無荷花，這句話是何田田這幾天聽得最多的。她坐在一片無邊的沼澤地前，暗想著這荷花村是什麼由來？尋遍了整個村也沒有找到一片荷葉。

「田田，妳在哪兒呀？別嚇娘，要是妳去了，娘也不要活了！」驚慌失措的聲音由遠而近，甚至帶著哭意。

何田田無奈地站了起來，朝著來人的方向大喊一聲。「娘，我在這兒呢！」

隨著她的音落就是急促的喘息聲，一個穿著粗布衣裳的女人跑到她面前，緊張地抓住她的肩膀。「田田，妳怎麼又跑到這裡來了？跟娘回家，妳不想嫁，我們就不嫁！」

何田田看著充滿皺紋、滿是擔心的臉，心情複雜，實在不知道該怎麼回答，只得沈默不語。

「田田，我們先回去吧。」林氏小心翼翼地看著女兒，覺得她這些天有些不一樣，可哪裡不一樣卻又說不上來。

「走吧。」何田田有些心酸，平靜地對她道。

林氏一聽她願意回家了，一把抓住她的手，道：「噯，我們回家。」

何田田低頭看著拉住她的手，一看就是每天幹活的手，可從那手心傳來陣陣溫暖，讓一向不喜歡與人碰觸的何田田竟無法甩開。

「田田，妳放心，捨了娘的命都不會讓妳嫁給傻子，妳可不能再做那種讓娘擔心的事了。」走了一會兒，林氏就小聲地嘮叨開來了。「妳爹說了，里長是明理人，要是張家來硬的，我們就去告他，要是告不倒，妳也不要怕，有爹娘在呢。」

林氏不停地讓她不要擔心，何田田卻從這些話中聽出，這不過是怕她再做傻事，不得已地安慰罷了。要是他們真有辦法，就不會整晚唉聲嘆氣、愁眉苦臉了。

回到何家，何老爹緊張地上下打量何田田，見她並沒異樣，才嘆息了一聲，轉身扛起鋤頭出了門。

「田田，快進來，大清早的去哪兒了？爹娘沒看到妳，到處找妳呢。」穿著靛青色粗棉布的女子，端著一盤粗糧，溫和地朝她道。

「嫂子，我沒事。」何田田輕聲地回了句，就想回自己的房間。

「何田田，妳要是還想死，乾脆現在去死，不要讓別人跟著妳提心弔膽！」一個氣喘吁吁的男子從外面跑進來，大約二十歲，一見到她就劈頭臭罵。

「何世蓮，你瞎說什麼呢！」戴氏迅速放下手中的盤子，一邊拉著他，一邊擔心地看著何田田。

何田田看他頭上冒著汗，褲腳一高一低，光著腳板，看向她的眼神充滿擔心，卻又透露對她的怒氣。

「哥，我不會去尋死了。」何田田一字一頓地說道。

「田田，妳累了吧，進屋去吧。世蓮，你快去吃點東西，你爹已經出去了。」林氏忙上前推著何田田，又討好的對兒子道，生怕兩兄妹又吵起來。

「最好是這樣，妳老實地待在家裡幫妳嫂子做些家務，外面的事有我在，不用妳瞎操心。」說完何世蓮就氣沖沖地朝外面走去。

何田田硬是被林氏推回房間，她躺在床上望著蚊帳發呆，實在不明白她怎麼就來到這個世界，難道這就是所謂的穿越？

可她一直生活得很好呀，父母恩愛，哥哥對她愛護有加，除了缺少一個男人，別的都不缺。

正當她思索著能回去的可能性時，就被外面誇張的大笑聲打斷。

「何嫂子，大喜呀，大喜！」

「說笑了呢，哪有什麼喜？」林氏毫無生氣地答道。

「說了有喜就肯定是有的，我這不給妳送來了嗎？」陳媒婆打了個哈哈，甩了甩手中的手絹，笑道：「隔壁村的陳員外託我來提親，這不是大喜事嗎？」

林氏被這消息炸得臉色慘白，卻還是陪著笑。「陳嫂子，這事不能隨便說，我家田田還沒及笄，我和她爹還想多留她幾年。」

陳媒婆一下就斂了笑容。「何嫂子，妳何時見我口出狂言？那陳員外在我們這裡也是數一數二的人家，那陳家小郎除了長得比常人高一些、壯一些，其他的可都是頂好的，妳家田田嫁過去，那可是去享福的。」

「陳嬸，這事太突然了，容我們商量商量。」戴氏見自家婆婆搖搖晃晃，忙好言好語地對陳媒婆道。

陳媒婆「哼」了一聲。「反正信兒送到了，到底嫁不嫁，你們自己決定。」

戴氏剛將陳媒婆送走，一進屋就大叫起來。「娘、娘，您怎麼了？」

一直留意外頭動靜的何田田騰地站起來朝外面跑去。

只見林氏一動不動地躺在地上，戴氏則一臉焦急。

「娘！」何田田用力掐著她的人中，一邊輕聲叫著。過了半晌，林氏才慢悠悠地清醒過來，看著她無聲地流淚。

「娘，別急，沒事的。」

實在是林氏流露的感情太過悲傷，讓何田田心酸不已，也讓她深刻地體會到濃濃的愛意，讓一直猶豫不定的何田田下定決心——在沒有回去前，好好地當何田田。

「女兒，這到底是造了什麼孽呀？人家都是歡歡喜喜地迎媒婆，怎麼到了我們這兒就變成這樣了？」林氏邊哭邊拍打著地，充滿絕望。

「娘，您先別急，不就是嫁人嗎？我嫁不就行了？」之前她一直盼著回去，而原主肯定是不願意嫁那傻子才去尋死。現在換成是她，她的想法卻不同。

那張家家境不錯，又是傻子，對她來說正好不過，這樣她可以多顧顧娘家，又不用擔心感情問題，何田田越想越覺得不錯。

誰知林氏激動地抓住她的手。「田田，妳可不准胡來。放心，誰要是逼妳，我就跟他拚命！」

何田田絲毫不懷疑，只要誰欺負自己，林氏真的會不顧一切。

好說歹說，總算把林氏勸住了，何田田剛走出她娘的屋子，就被戴氏拉到一旁。「田田，妳真要嫁給那傻子？」

何田田看她欲言又止，不由笑了起來。「張家也不錯，起碼不愁吃、不愁穿。」

「田田，嫂子跟妳說正經的。」戴氏緊緊抓住她的手。

何田田看她那緊張的樣子，不敢再逗她，認真道：「放心，我不會胡來。」

「那就好。」戴氏鬆了口氣，很快又皺起了眉頭。「這陳家家境倒也不錯，可那陳家小郎太駭人了。還有陳夫人的眼睛是瞎的，那大郎媳婦兒很厲害，也不是個好人家。」

何田田從原主的記憶中努力搜索關於陳家的記憶，沒想到她還見過陳小郎一面。印象中個子很高，應該有一八〇，長得又壯，眼睛尤其大，她當時看了一眼就急匆匆地跑開了。

晚上，何老爹和何世蓮回來見何田田忙上忙下，焦躁的心總算安了下來。

誰知進到屋裡，林氏就一把抓著何老爹的手，急急道：「老頭子，不得了，那陳媒婆今天上門了，說是要給陳小郎提親，這可怎麼辦？」

何老爹的眉頭皺得能夾住蚊子了，他看了眼平靜的女兒，粗聲道：「慢慢說。田田裝飯。」

戴氏一聽，馬上把飯鍋提出來，何田田從鍋中盛出湯湯水水的粗米飯端到何老爹面前，小聲道：「爹，吃飯。」

何老爹看了她一眼，端起飯就吃起來。

林氏幾次開口想說什麼，見何老爹頭也不抬，又不敢說話了，只得求救地看向何世蓮。何世蓮剛才去了後屋，根本沒聽到她說什麼，自然就看不懂她眼中的涵義，接過戴氏手中的飯猛吃起來。

何田田實在看不下去她那擔心的樣子，把筷子塞進她手中。「娘，吃完飯再說。」好不容易看何老爹吃完了，見他一聲不響準備外出，林氏急了。「孩子爹……」

何老爹腳步沒停，只見他快步走入雜物房，拿出一把柴刀，粗聲道：「誰要是逼我嫁女兒，我就砍了誰！」

何家人一臉懵地看著一向以老實著稱的何老爹。

何田田心中一震，明白何老爹這是被逼急了，一時又想不出對策，乾脆來個痛快的。這樣的何老爹，讓何田田感受到那份沈甸甸的愛意。

「爹，您歇歇，不就嫁人嘛，放心吧，沒人會逼得了您女兒。」何田田走到他身邊，輕聲細語地勸道。

「放心，只要妳不願意，爹就是捨了這條命都不會答應。」

對何老爹的做法，沒有一個人反對，雖然都知道這辦法不可靠。

何田田決定留下來後，便認真過濾了一遍腦中的記憶，發現原主生活很無趣，每天不是幫林氏做家務就是做女紅，連交好的朋友都沒幾個。

不過原主外貌長得不錯，小家碧玉的，加上勤勞能幹、性格溫婉，一手好女紅，十里八鄉都知道，年紀還小就不時來詢問，要不是還沒及笄，提親的人都要踏破門檻了。

何老爹和林氏生了五、六個孩子，平安長大的只有何世蓮和何田田，家裡雖然窮，但那也是把何田田捧在手心長大的，尤其她又格外懂事，對家人孝順，林氏早就暗中為她相看人家了，就是希望她以後的日子過得順利，誰料這接二連三的變故，讓何家人措手不及。

面對這樣的狀況，哪怕是穿越而來的何田田也沒辦法，畢竟這不是現代社會，還可以報警。那張家和陳家都是大戶，跟衙門肯定有些關係，何家要跟他們作對，那不是拿雞蛋碰石頭嗎？

何田田又分析起兩家來。那張家的風評不好，對佃戶很苛刻，且張地主對家人也很小氣，加上張家兒子是個傻子……當然正因為他是傻子，何田田才會考慮嫁進張家。

至於那陳家小郎，何田田不會對他有畏懼感，相比起西方人，他的身高根本不算什麼，也就只有那雙眼睛比較特別而已。再加上陳員外一家並沒有什麼風言風語，林氏擔心的部分，在何田田這裡都不是問題。

最大的問題是陳家小郎是個正常人，如此何田田就不能以一個傻子對待他。何田田對感情秉持著寧缺毋濫的態度，一想到要嫁給他一起過夫妻生活，就感到恐懼。

「先睡吧，不想了。」何田田把頭蒙住，實在想不出怎麼應對，還是走一步算一步吧。

陳家上門的消息很快就傳到張家，張地主生怕何家會選擇陳家，就親自帶著媒婆上了何家。

面對張地主，何老爹沒有了那晚拿刀的勇氣，而是不停向他求饒。「我家田田還沒及笄，我和她娘還想留她在家裡多些日子。」

張地主一臉不耐煩地道：「哪家小娘子不是這麼大就訂親的？況且我又沒說現在就成親。你們不會是不願意吧？看來你們不想佃田了？」

張地主的話透過沒有隔音效果的牆傳了進來，林氏一直拉著何田田的手，緊張地注意著外面。

「這可怎麼辦？這可怎麼辦？」林氏臉色發白，方寸大亂。

何田田實在看不下去了，一邊是低頭哈腰的何老爹，一邊是六神無主的林氏，還有那明顯不知所措的戴氏，便站起來要出去。

林氏緊緊地抓住她的手，眼裡全是哀求。

就在這僵持之際，外面竟又來了人。

「這不是張老弟嗎？那麼巧？」來者竟是陳員外，而跟在他後面的就是陳媒婆。

「陳老哥？你不忙著做生意，怎麼也有這樣的閒情逸致出來？」張地主皮笑肉不笑地道。

「哈哈哈，還不是我家小郎看中何老爹家的小娘子，以示誠意，本員外親自上門求娶。」陳員外說完還丟給張地主一個挑釁的眼神。

張地主恨得牙癢癢，可對陳員外又無計可施。他們兩人暗地裡爭了這些年，誰也奈何不了誰。

可讓他放棄何田田卻又嚥不下這口氣，他眼睛一轉。「既然你也是來提親的，那我們就讓當事人來決定吧。」

張地主說完，洋洋得意地看著陳員外，對自家充滿了信心。

何田田一愣，隨即有了主意。這可是個好機會。

外面，何老爹卻一個勁兒地搖頭，說這樣不妥，誰家的親事讓自己定的？

可何老爹越反對，張地主就越得意，越發覺得自己的主意太好了。

陳員外想著自己兒子那嚇人樣，十里八鄉的小娘子提起就怕，甚至有些婦人教導那些不懂事的孩子，就拿出他兒子來恐嚇。

他抬頭看著張地主那手到擒來的模樣，很不服氣。「好，就讓何小娘子來決定。」

林氏聽到他們的決定，氣得暈了過去，何田田趁戴氏扶著她時，迅速出了屋。

「小女子何田田見過兩位老爺。」何田田不慌不忙，盈盈行了個禮。「兩位老爺說話算話，小女子選哪家，你們都不准反悔？」

「那是自然，只要妳用心選，我們都不會怪妳。」張地主拍著胸脯。「不過要勸妳想清楚喔。」

見張地主表了態，何田田看向另一側的陳員外，完全忽略他那話中的要脅。

陳員外本對自家兒子硬要娶何田田還有些意見，可今日這一見，卻覺得兒子的眼光真不錯，更加堅定怎麼也要為兒子如了這個願。

「當然，小娘子有什麼條件只管提。」

「哥，麻煩你去請村長和族長過來，讓他們做見證。」何田田對站在一旁氣得想跳腳的何世蓮道。

何世蓮疑惑地看了她一眼。雖然不明白妹妹要做什麼，卻還是轉身出去了。

「爹，請兩位老爺坐吧。」何田田笑著對明顯不贊成的何老爹說道。

張地主朝陳員外哼了一聲，先坐了下來，接著開始向何田田說嫁入他家的好處。

陳員外見狀，也不甘示弱，也誇起嫁入陳家的優勢。

何田田帶著笑容靜靜聽著，張地主和陳員外越說越激動，眼看就要打起來，何世蓮終於回來了，同行的還有村長和族長。

何田田忙朝他們行禮。「請兩位長輩過來是要做個見證，這兩位老爺都為家裡的公子求娶小女子，本來應按父母之命、媒妁之言，不應小女子作主，但現在兩位老爺執意，那小女子就說說自己的意思。」

圍觀的村民同情地看著何家人。遇到這樣的事確實為難，同時他們也像是頭次認識何田田，平日裡只知道她能幹，沒想到膽識也不錯。

被何田田這樣一說，張地主和陳員外臉上都有些不自然。聽起來他們怎麼那麼不地道？雖然平時這樣的事做了不少，但誰也不會當面說出不是？

何田田微微一笑。「既然兩位老爺讓小女子選，那就嫁聘禮高的吧。」

何田田的話一出，場上的人都看向她。這兩家的兒子誰不知道情況？提出這樣的條件，難道她真準備嫁？就連一直不出聲的族長都皺起了眉頭。

在何田田說出條件前，兩家都怕她會選對方，怎麼也沒想到竟是這結果。

張地主心一樂。「紋銀五兩，銀頭面一套。」

周圍的村民有些咋舌。一向吝嗇的張地主是換了個人嗎？出口便是五兩。

張地主得意地看著陳員外，誰知道陳員外根本不看他，平靜地說道：「紋銀八兩，銀頭面一套。」

「紋銀十兩，頭面一套。」張地主恨恨地瞪了一眼陳員外，叫道。

「紋銀十兩，再加一畝水田。」陳員外始終不慌不忙。「頭面也不會少。」

張地主有些遲疑了，看了一眼一直笑盈盈的何田田，咬牙道：「紋銀十兩，以後你們佃的田都不用交租了！」

聽了張地主的話，場上靜了下來。他這是下了血本，不知道陳員外會怎麼應對？

陳員外胸有成竹地看了眼張地主。「紋銀十兩，再加八畝上等水田。」

「哇！」不少人叫了起來，那上等水田可要十兩銀子一畝，而且還不是誰都能買得到的。本以為張地主出手已經大手筆了，沒想到這陳員外出手更闊綽。

張地主的臉漲得通紅，指著陳員外半天說不出話來，最後只得氣沖沖地離開了。

見張地主離開，陳員外心情舒暢地笑道：「那親事就定下了，只等小娘子及笄，我們陳家就送日子成親。」

何田田見大局已定，便進了屋。

何家族長聽了陳員外的話，見何老爹似乎還沒有從震驚中回過神來，便出聲道：「事已至此，何家肯定會按約行事，只是還請陳員外說話算話。」

「當然，當著村長的面，我們乾脆定下文書，等我回去就把銀兩和地契送來。」

看著陳員外立下文書、按下指印，何老爹顫巍巍地按了指印，村長和族長也在見證人下簽了字，文書就成立了。

何田田隔著窗看得一清二楚，直到這時才真正放下心。

陳員外也離開了，圍觀的人有羨慕的、同情的，甚至還有嫉妒的，他們不停地向何老爹道喜。

何老爹卻一點喜氣都沒有，只要想起陳家小郎的外表，就根本高興不起來。

「你們這是怎麼做事的？」族長搖著頭，不滿地道。

「要不是那張家和陳家欺人太甚，田田也不會做出這樣的事。」剛才沒有何世蓮說話的分兒，現在忍不住爭辯起來，他可不想讓人詆毀妹妹。

「事已至此，說什麼都晚了，那陳家到底比張家要好些，陳小郎看著嚇人，可也沒有不好的風評。」倒是村長看得明白。

送走了村長一行人，明明是喜事，何家人卻沒有一個是開心的。

林氏坐在那裡，一個勁兒地掉眼淚，何老爹蹲在那兒生悶氣，何世蓮則黑著臉，喘著粗氣。

戴氏看看這個、看看那個，不知道要怎麼辦才好。

何田田既感動又難過。「爹、娘，這不是解決了嗎？我不用嫁給那傻子，又有了田，一舉兩得。」

「誰稀罕那些，那陳家小郎雖然不傻，但長得人高馬大的，要是有個萬一，妳就沒想過我們會怎樣？」何世蓮紅著臉吼道：「更不要說他家有個眼瞎的娘和厲害的大嫂。」

何田田明白何家人的擔憂，可只要她嫁人，就會遇到各種問題，就算在現代，這些問題都避免不了，更不要說古代了。

儘管何家人一千萬個不願意，陳家還是按約定送來了銀兩和地契，讓何田田很滿意陳家的辦事效率。

「爹把這些收好，有了這些銀兩就能買農具，有了田也不用去佃張地主家的地了，只要不遇到天災，填飽肚子應該沒問題了。」何田田把東西塞進何老爹的手裡。

何家人面面相覷，林氏拉著她的手又要哭了。「妳個傻姑娘，娘難受呀……」

何田田疲累地躺在床上，總算鬆了口氣。何家人有了這些地，日子應該不會那麼差了，也算是她為原主盡的一點孝心吧。

荷花村這些日子聚在一起的話題都離不開何老爹一家，有人同情，有人羨慕，各種心態都有。

「何老爹真是好命，這嫁個女兒，不光是有了錢，連田都有了。」一道尖銳的聲音在人群中顯得格外刺耳。

「何三嫂，話不是這樣說的，那陳家小郎讓妳多看一眼都不願吧，可惜了田田。」

「就是，何老爹這下肯定傷心了。」

「說不定人家樂著呢，不知道張地主家想娶什麼樣的，我家嬌娘行不行？」何三嫂撇了撇嘴，不在意地說道。

一起聊天的人鄙視地看著她，然後一哄而散。何三嫂根本不在意，對自己的想法很得意，轉身就朝何老爹家走去。

何田田拿著手中的布料發呆，明明跟何老爹說了，那銀子用來買農具，怎麼就去買這些了，還是綢緞的，肯定不便宜，再說她的手藝……原主的女紅可是出了名的，現在怎麼辦？

「田田，妳在想什麼？要是不想嫁，我去求求陳員外好了，他應該會同意的。」林氏擔心地問道，生怕她又想不開。

「沒事，我只是在想這衣服做什麼款式比較好。」

「妳喜歡哪種就做哪種，我們也沒有多少銀兩給妳置辦嫁妝，也不知道陳家的人會不會看不起妳？」

「娘，放心吧，他們都知道我們家的情況，肯定不會，要不然也不會上門提親。」對日後的生活，何田田一點都不擔心，反正不會比現在更差。「這些多貴呀，買細棉布就好了。」

「快點做吧，田田穿這綢緞肯定好看。」林氏看著她，眼裡滿滿的慈愛。

在林氏的注視下，何田田硬著頭皮開始裁剪，發現拿著剪刀就自然而然知道從哪裡開始剪、怎麼剪。沒想到原主的手藝竟還在，何田田覺得太神奇了。

林氏看著她熟練的動作，滿意地點頭，跟她說起婚後的事，這正是何田田想知道的，原主的記憶中可沒有這些。

這時，一個尖銳的說話聲忽然從外面傳了進來。「世蓮家的，妳婆婆呢？」

「何三嫂，我婆婆在裡面，有事嗎？」

何田田聽到「何三嫂」三個字，就從心裡升起厭惡感，這應該是原主留下的意識。她回想了一下，就知道為什麼了。原來當時張地主來提親，她正又急又怕，便下意識走到了沼澤地，正傷心流淚，這何三嫂不知怎的也過來了，冷嘲熱諷的，最後還留下一句「要是我女兒嫁給那樣的傻子，還不如死了好」。

本就絕望的原主聽了她的話，更是覺得生無可戀，一下就跳進了沼澤。

「何嬸，妳在哪裡？」何三嫂在外面大喊著。

林氏不喜地走了出去。「幹麼呢？」

何田田倒要看看她來幹什麼，一定要為原主討個公道，不能便宜了她。雖然她沒有動手，但說的那些話可比動手更嚴重。

何三嫂一看到林氏，便討好地走了過來。「何嬸，恭喜妳找到了好親家，以後田田就能過著少奶奶的日子了。」

林氏一聽，臉上的不喜更深了幾分。「有什麼事嗎？」

「是這樣的，嬌娘不是也大了嗎？」何三嫂根本不在意林氏的冷淡，迫切地想知道怎樣才能嫁到張家。「那張家怎麼上妳家提親的？」

林氏睜大眼睛看著她。「妳問這幹麼？」

何田田一直豎著耳朵聽她們說話，沒想到何三嫂竟是為了這事上門，她那天不是還嘲笑自己嗎？

她轉眼就想到了原因，一定是眼紅那些聘禮，想著賣女兒呢。

「不是我老王賣瓜，我家嬌娘長得好看，女紅又好，性格更是溫柔體貼，這樣的女孩，張地主會出多少聘禮？」

「妳瘋了！」林氏不敢置信地叫了起來。「張家是良配嗎？」

「怎麼就不是良配？嫁進張家吃好、穿好，又不用下地幹活。妳倒是說說，張家會給多少聘禮？」何三嫂見林氏不回答她的問題還指責她，語氣很不好。

「我不知道。」林氏冷冷地道。

何三嫂一聽竟跳起來罵人，說林氏不懷好意，自己賣了女兒，還不讓別人的女兒嫁個好人家。

何田田幾步就出了房間。「前些日子不是還說，要是妳的女兒嫁進這樣的人家，乾脆死了俐落？這才過幾天，妳這是急著讓嬌娘去死嗎？」

何三嫂被何田田幾句話說得灰溜溜地跑了，林氏卻是抓著她的手，急急問這是什麼時候的事，怎麼也沒有跟她提過？

何田田輕描淡寫地說了幾句，林氏卻紅著眼罵起了何三嫂。

何田田好說歹說才讓林氏息怒。

何田田想著就這樣太便宜她了，卻沒料到何三嫂從何家離開後氣不過，到村裡逢人就說「那何嬸女兒以為嫁到陳家就變得趾高氣揚了，我就跟她打探消息，竟被罵了出來。還有那個何田田，更是仗著陳家，看不起人，說話都帶刺」。

何三嫂的話很快就傳到了何家人耳中，林氏氣得在家罵人，何世蓮抓起棍子就要去找她算帳，何田田把他攔住，低聲在他耳邊說了幾句。

「小妹，妳什麼時候變得這麼聰明了？這主意好，妳就等著吧。」

何老爹等人看著何田田，何田田但笑不語，繼續做她的嫁衣去了。

何三嫂剛回到家，就見到何三黑著臉站在門口，見她回來，一把就扯住她的頭髮。「妳這臭婆娘，整天不做事，現在竟還打起了嬌娘的主意，看我不打斷妳的腿！」

何三嫂只顧著說何田田的閒話，都忘了何三這魔王了。

何三這人天生力氣大，脾氣暴躁，當年娶不到媳婦兒才被逼娶何三嫂，但這人卻偏偏極疼女兒嬌娘，就連兒子都丟一旁。何三嫂想把嬌娘嫁入張家，不管張家同不同意，何三肯定不會同意。她不過是被錢迷了眼，都忘了這個，可何田田沒忘，她不過提醒了何世蓮這點。

何三嫂再出現在眾人面前時，腿一拐一拐的，臉上還有好幾個青印，婦人忙問她怎麼回事，她恨恨地卻不敢出聲。

何世蓮把這一切告訴何田田，何田田只覺得終於出了口氣，胸口舒服很多，沒有那股悶氣了。

一轉眼，何田田來到這裡已有一個多月，因有了陳家送來的幾畝地，何老爹和何世蓮都忙開了，不過每晚回來都是樂呵呵的。

「這陳員外送來的田還真不錯，收成肯定好。」對於何田田要嫁入陳家，何家人無奈地接受了，提起陳家也沒有了最初的反感。

「那是肯定的，那可是上等水田，明年就不佃張地主家的地了，你們兩父子也種不了那麼多。」

何家沒有牛，犁田、挖田都是靠人力，每年春耕夏忙的時候，何世蓮的肩膀都會被繩子磨得血淋淋的，不怪林氏這麼說。

「眼看就要夏收了，只怕到時候忙不過來。」戴氏也擔憂地道。

何田田很快就明白了她們的顧慮，往常他家佃的地都是按勞力來佃的，現在多出這八畝地，已經超出他家的負荷，偏偏陳家送田來的時候，他們已經佃好了地。

「若實在不行就請人幫幫忙唄，堂哥他們應該都會來。」何世蓮不在乎地道。

誰知聽了他的話，林氏的臉就沈了下來。「誰要他們幫忙！何世蓮，你是不是又跑到老屋那兒去了？」

何世蓮話一出就知道說錯了，忙求救地看著何老爹，誰知何老爹看都不看他一眼，何世蓮只得認命聽訓。

何田田這時也弄清了林氏跟老屋那邊的恩怨。其實何田田還有爺爺、奶奶，他們就住在老屋，村人都稱何五爺、何五奶。

他們在村裡輩分極高，為人處事也公正，挺受人尊敬，可就偏偏跟自己的么兒家沒來往，林氏更是只要提起他們就生氣，也不准他們兄妹去看望老人。

何五奶最疼的其實就是何老爹了，但當年的事誰都不願發生，偏偏就發生了，他們對林氏內疚，就由著他們搬了出來，並斷了來往。可暗地裡還是偷偷塞東西給何老爹和何世蓮，就連何田田也給過，只是他們都沒跟林氏說。

「你是不是把我的話當耳邊風了？你忘了當年你弟弟是怎麼沒了的?!」林氏指著何世蓮罵道：「都跟你說了多少遍，不要去那邊，你怎麼就不聽呢？」

「當年的事明明只是意外……娘，這麼多年您鑽在這個牛角尖裡，也該醒醒了。」何世蓮見林氏越說越過分，不由得分辯道。

「你、你是要氣死我嗎?!」林氏跌坐在椅子上，難受地捂著胸口。

何田田連忙拍著她的後背，何老爹一巴掌拍在何世蓮的肩上。「快跟你娘認錯！」

何世蓮有些不甘地看著何老爹。「您自己不也是經常去老屋嗎？」

何老爹給他一個凌厲的眼神。「我去沒讓你娘發現，你要是把你娘氣病了，有你好看。」

最後何世蓮敗下陣來，站在林氏面前。「娘，我知道錯了，下次再也不惹您生氣了。」

林氏閉上眼不肯看他，只是大口喘著氣。何田田按著前世了解的急救知識幫她緩解。林氏有心絞痛，這也是何老爹他們一直瞞著她一些事的原因。

何田田也知道當年的事確實不能怪何五爺他們，但看著林氏痛苦的樣子，又能理解她對他們的抱怨。

當年林氏懷孕，快要臨產了，何老爹把產婆請到家裡，誰料本來離生產還有些日子的大嫂方氏，也就是何老爹的兄長何志成的媳婦兒動了胎氣，情況比較急，林氏這邊則是正常的胎動，何五奶就作主讓那產婆先給方氏接生，並讓何老爹到另外一個村去找產婆。誰知道何老爹還沒有回來，林氏這裡就要生產了，何五奶、謝氏，以及何家二哥何志文都去了方氏房間。林氏叫喊著，謝氏才匆匆趕過來。

這時候林氏的羊水已經破了，產婆卻還沒有到，林氏只得自己生產，謝氏幫忙接生。也不知道是怎麼回事，產婆明明說她一切正常，可生產時卻異常艱難。何老爹揹著產婆趕到家裡時，林氏已經快沒有力氣了。

在產婆的幫助下，林氏還是生下了孩子，可那孩子已經沒有了呼吸，林氏一急就大出血，差點把命都搭上了。最後好不容易把命撿回來，那些悲傷、著急讓她的身體迅速垮下，不光是不能再生小孩，還落下心絞痛。

而林氏出月子後，看到方氏的孩子，便想到了自己那死去的孩子，日子久了，林氏漸漸地把怨氣發洩在方氏和何五奶上。而何五奶他們面對林氏也沒有底氣，尤其當時林氏的身體很虛弱，大夫說應該儘量順著她，不能再生氣，要不然神仙也救不活她。

鬧到最後，林氏提出了分家，儘管何五爺他們不願意，但看著越來越虛弱的林氏，無奈之下，只得拿出家裡的錢給何老爹在村頭蓋了四間屋，分了出來。

自分家後，林氏就再也沒有去過老屋，她還要求家人都不能去。何老爹雖然也遺憾孩子沒了，但他知道當時那種情況下，何五奶並沒有做錯，且大夫和穩婆後來也說了，就算產婆在場，林氏的孩子可能也救不下來。

何老爹顧忌著林氏的身體，便暗地跟老屋來往，連帶兩個孩子也是這樣。

何田田用自己那有限的醫學知識分析，當時肯定是臍帶纏住孩子的脖子，才會變成那樣，這事真不能怪誰，畢竟這個年代沒有剖腹一說，有沒有產婆只怕結果都一樣。

好不容易勸住林氏睡下，何田田一出來就見何老爹耷拉著腦袋蹲在那兒，何世蓮也是一臉不快。

何田田能夠理解何老爹，一邊是父母，一邊是媳婦兒，他夾在中間，左右為難，偏偏在這事上，誰也沒有錯，他就更為難了。

「爹，您也不要太擔心，娘肯定會想明白的。」

「唉，現在我也不奢望她想明白了，只要她不鬧病就行了。」何老爹嘆息道。畢竟這病也是當年窮，沒錢醫治才落下的。

離夏收沒有多少時間了，何老爹和何世蓮兩人便把要用的東西都準備好。何田田很好奇在沒有水泥地的條件下，到底要怎麼曬穀？現在她終於明白了，就用竹子編的蓆子鋪在地上曬。

因為明天要開始夏收了，林氏給何田田二十文錢，讓她去買肉和酒回來。何田田還是頭次摸到這時代的錢，原主以前還會繡些小手帕之類的賺些小錢，可她自訂親後，林氏都不讓她賣了，讓她自己留著成親用。

這時候的錢是銅錢，上面有一個字，何田田竟不認識，並不是前世她看到的繁體字，而是一種不知道什麼文體的字。

「我到底是到了哪裡？」何田田不禁疑惑，原主的記憶中只知道現在是天寶年間，地處寧國的荷花城。

何田田買完東西正要回家，就聽到有人叫她。

「田田？」何靈靈一眼就看到堂姊。

「啊，靈靈？」突如其來的聲音嚇了何田田一跳，轉過頭一看，竟是大伯家的大女兒。

「怎麼都不見妳出來？奶奶每天在家念叨妳，妳有空去老屋一趟吧。」

「好。」何田田點了點頭，看了看日頭。「那現在去吧。」

原主對何五奶印象很好，何田田也想去看看何五奶到底是怎麼樣的人，如果可以，她想解開林氏心中的結。

老屋是兩進的院子，加起來的房子可能有十間，土磚茅草，門窗老舊，有的牆都裂開了，一看就知道有些年頭了，也不知道怎麼抵擋風雨。

何五奶坐在屋簷下，手裡拿著一件破舊的衣裳在縫補。見何田田來了，笑著放下東西，朝她招招手。「田田，怎麼這麼久沒過來？妳跟我說說，妳那親事到底怎麼回事？」

老人的手暖暖的，慈祥的笑容以及擔心的眼神，讓何田田一下就對她有了好感。

「奶奶放心，挺好的。」何田田也不知道怎麼回答，只能安慰她。

「那陳家小郎不錯，妳不要被他的外表嚇到。」何五奶似乎在回憶什麼。「就是他家那個嫂子有些麻煩，要是能夠分家就好了。」

何田田沒料到何五奶並沒有持反對意見，甚至好似見過陳小郎，而且印象不錯。

事到如今已成定局，何五奶也沒有多問，倒是問起了林氏的身體，得知還是不好時，沈默了一會兒。「都是我的錯，要是當年……」

「奶奶，您別這樣說，我娘只是太傷心了。」

面對愧疚的何五奶，何田田很不忍心，看來只有解開林氏心中的結，才能讓當年的事過去。

何田田怕林氏等得急就沒有久留，準備離開時，方氏剛好回來了，見她在忙，塞了一些野棗給她。「你們什麼時候開始收稻穀？讓妳大堂哥他們去幫忙。」

「明天就收，謝謝大伯母。」何田田見方氏做事幹練，說話爽快，看人的時候眼睛很正，很讓人喜歡。

何田田回家後，看到戴氏的神情有些奇怪。

「嫂子，怎麼了？」

「沒事，就是有點想吐，可又吐不出來。」戴氏無力地朝她笑了笑，臉色蒼白，何田田很擔心。

見戴氏又去忙著做飯，何田田不放心地跟林氏說了。

「什麼？我去看看。」誰知林氏一下就急了，幾步就衝入屋裡，跟戴氏問東問西的。

「田田，妳去找大夫回來，快！」還不等何田田反應過來，林氏又喜又急地叫起來。

「娘，嫂子這是病了？」何田田小心翼翼地問道。

「叫妳去找大夫，怎麼還在這兒？快點！」說完又叫戴氏坐著休息。

看著緊張兮兮的林氏，何田田趕緊出去找大夫。

「田田，妳去哪兒？」剛到路口就碰到收工回來吃飯的何老爹父子倆。

「嫂子有些不舒服，娘讓我去請大夫。」

不等何田田的話說完，何世蓮把農具一丟便跑了。「我去請！」

很快地，何世蓮便帶著走得氣喘吁吁的大夫回來了。

「娘，大夫來了。」

「是你媳婦兒要看大夫，她現在在你們房間，請大夫過去看看。」

何世蓮不等大夫歇一歇，又把他接進了房間。

何田田都同情那大夫了，那腳都在打顫。

「怎麼樣，大夫，她沒事吧？」何世蓮一臉緊張。

大夫先是探了右手，又換了左手，然後又慢條斯理地用手帕擦了擦手，找了張椅子坐下，就是不開口說話。

何田田看他的神情很平靜，再看何世蓮急得跳腳的樣子，便知道大夫是不滿剛才被拉著跑，現在跟何世蓮算帳呢。

何田田忙端了杯茶到他面前。「黃大夫，累了吧，喝點水潤潤喉。」

「還是小娘子體貼人。」黃大夫說完喝了口水，看了眼何世蓮，才道：「你媳婦兒挺好的，不過是喜脈而已，平時多休息就行。」

何世蓮傻住了。「喜脈？什麼病？」

黃大夫懶得搭理他，跟進來的林氏談起了戴氏的情況。

直到送走黃大夫，何世蓮還沒反應過來。林氏不滿地在旁朝他罵道：「都要當爹的人了，還像個傻子一樣。」

對何家來說，戴氏有孕是大喜事，林氏大手一揮，把買來準備明天吃的肉都燉來吃了，當然大部分是到了功臣戴氏的碗裡，何田田也有幸分到了幾塊。

這還是何田田來到這個世界頭次吃到肉，不知是因為每天吃素，還是這裡的肉更好吃，反正那味道真是美味極了，她從未吃過這麼好吃的肉，最後一塊她都捨不得吞下。

第二天何家開始收稻穀，何老爹和何世蓮早早就去田裡，何田田起床後就發現外面曬穀的蓆子上已經有很多帶草的稻穀了。

前世何田田的家是小康家庭，沒有種過田，但她也知道稻穀是用打穀機打下穀後再挑穀回來，不會像現在這樣，全都收回來。

她不由感嘆古代農具的落後，可她又無能為力改變，畢竟她對那些根本不了解。

剛吃完早飯，何老爹挑著擔子就準備去田裡，卻見陳家小郎健步如飛地提著籃子來了。

「伯父，您這是要去田裡嗎？我來幫您。」陳小郎把手中的籃子遞給他便接過農具，就要跟著何世蓮走。

「使不得、使不得。」何老爹驚慌失措地擺手。「我們自己來就行，你進屋坐坐。」

「沒事，我在家做習慣了。」陳小郎的聲音很大，說話就像響雷一樣，震得何老爹腦袋暈暈的，不自覺地跟在他的後頭。

何世蓮見機接過何老爹手中的東西，然後一陣風似地跑進屋對林氏道：「娘，這是陳家小郎送過來的，他跟爹去了田裡。」

林氏接過東西，剛想問到底是怎麼回事，何世蓮已經跑得沒影了，而籃子裡有一塊一、兩斤的肉，還有幾包糕點。

何家的地裡因為有了陳小郎的加入，幹活快了很多，本來需要幾人來挑的稻穀，陳小郎一個人就行了，每次都挑兩個人的量，走路又特別快，那效率自然高了許多。

老屋裡的兄弟也來幫忙了，看著陳小郎都有些不敢說話，手上的動作倒是快了幾分。

第二章

何田田知道陳家小郎過來後，就想趁這機會觀察觀察他，誰知林氏根本不讓她出門，還叮囑道：「成親之前可不能見面，妳快進屋去。」

何田田只得無奈地回到屋裡幫戴氏準備飯菜。「嫂子，我來吧。」

「沒事，今天可是陳小郎第一次上門，娘可說了，要好好招待。」戴氏用力拔著雞毛。「田田，沒想到這陳小郎看著嚇人，行事卻細心著呢，妳看他來幫忙，還會帶些菜來。」

「妳怎麼知道是他準備的，應該是他娘吧。」何田田一邊揀菜，一邊無意識回道，腦子裡一直在想要怎樣才能見陳小郎一面。

「他娘可是個瞎的。」戴氏反駁道：「別人更不要指望了，聽說他那嫂子恨不得把所有家產都納入她手心，要不是有陳員外，只怕這陳小郎早就被趕出家門了。」

就因為有這麼個嫂子，哪怕是陳員外家家境很好，也沒有哪家父母希望自家小娘子嫁進去，再加上陳小郎那嚇人的模樣，更是無人問津。

想到這些，戴氏又開始為何田田擔心了，回過頭一看，卻不知道她在想什麼，菜都被她揀得不成樣了。

「田田，妳想什麼呢？快住手。」戴氏有些急促的聲音終於打斷了何田田的沈思。

「嘿嘿，不小心的、不小心的。」何田田看著籃子裡的菜，不好意思地笑了。

「田田，要不妳跟那陳小郎求求情，看能不能解除婚約？」

就算有了那八畝地能讓自家生活好很多，戴氏還是覺得能不嫁去最好，哪怕過得清貧些。

何田田沒想到她還在糾結這個問題，她以為何家人都已經接受了呢。以何田田看過各種極品的眼光來說，陳小郎並沒有那麼差，要不他今天就不會來何家做事了。

陳員外可是土豪，平時家裡都養著下人，哪怕陳小郎的嫂子很苛刻，也不可能讓他去做事，可今天他並沒有擺出一點架子，而是親自下地幹活，那就說明他是真心過來的，也代表他看重這門親事，想來婚後他也會尊重她。

當然這些只是她的猜測，一切都要見一面才能知道。可怎樣才能見到人呢？以林氏那防賊般的態度真是太難了。不過聽戴氏這麼一說，何田田鬼使神差地道：「那也要能跟他說得上話吧？」

戴氏一聽，也想到了這一茬，靈機一動。「吃飯時娘肯定會讓妳待在廚房，到時我想辦法讓他進來，妳快點跟他說說。」

何田田心中大喜，面上卻裝出為難的樣子。「這樣好嗎？要是讓娘知道了……」

「到時妳就裝作不知情，我跟娘說。」戴氏是真心疼惜何田田，不希望她嫁入陳家。

何田田一邊感動一邊點頭，希望這陳小郎不要讓她失望，想著要是以後她嫁過去，何家人每天提心弔膽地過日子，何田田頭次有了認真的心態。

果然，等何老爹帶陳小郎回來吃飯時，林氏就讓何田田待在廚房，不要出來，並每樣菜都為她挾了些，尤其是雞肉，更是留了隻大雞腿給她。

何田田一邊啃著家裡唯一的雞腿，一邊想著以後一定要讓林氏多養些雞，實在是這雞太好吃了，比以往她吃的雞都香，而且那肉一點也不柴，真真是結實有嚼勁，回味無窮呀！

沈浸在美味中的何田田完全沒注意到，廚房的門被打開，一道高大的身影出現在門口，讓屋裡的光線都暗了些，等她終於啃完雞腿準備洗手時，悲劇發生了。

「啊，你怎麼在這兒？」何田田用發抖的手指著他，顫顫地問。她根本沒注意那翻倒的飯碗，衣裳上掛滿了米湯。

「我來打飯。」陳小郎憨實地道。

何田田看著他明顯有些手足無措的模樣，再對上他那高大威猛的身材，生出有趣的反萌差，讓她差點就要笑出聲，心一鬆，他也許真的沒有那麼差。

「我幫你打。」何田田有些臉紅地接過他手中的碗，快速地裝滿端給他。

「謝謝。」陳小郎接過飯碗卻沒有離開。「妳怎麼吃稀飯？」

何田田一愣，平時何家都是吃稀飯，一般還會加些雜糧，只有這樣才能填飽肚子，就是這樣的飯，有時都沒得吃，還只能用木薯、野菜填肚子。今天收稻穀，林氏才讓戴氏特意蒸些乾飯，何田田想著自己沒做體力活，便還是吃稀飯，沒想到他竟注意到了。

「以後我會讓妳天天吃乾飯的。」陳小郎一本正經道：「每天也都能吃雞腿。」

屋內的光線又恢復了，何田田卻站在那兒一動也沒動。

她上輩子見過很多男人，白領菁英、科技新貴或是大老闆，可從來沒有一個男人說出這種簡單卻讓她感動無比的話。這一刻，她竟萌生了一種嫁給這男人她會幸福的預感。

戴氏趁林氏不注意，匆匆回到廚房，見何田田身上的樣子，她差點驚叫出來。「田田，妳這是怎麼了，陳小郎是不是欺負妳了？」

「沒有。」何田田終於回過神來，看著掉在地上的飯碗，以及身上的飯粒，她用手捂住了臉，忍不住想叫。

「怎麼了？妳到底有沒有跟他說？他同意了沒有？」何田田的樣子可把戴氏嚇壞了，急急問道。

「啊？」何田田能說她現在對他感覺不錯，根本沒問他這話嗎？

「妳倒是說呀，急死人了。」戴氏被她這一驚一乍的樣子，嚇得肚子都有些不舒服了。

何田田見她手捂著肚子，忙扶著她坐下。「別緊張，這不是時間太短了，我來不及說嘛，下次吧下次。」

戴氏不疑有他，也慢慢冷靜下來。「那妳身上是怎麼回事？」

何田田才不會把那麼丟臉的事說出來，尷尬地說道：「意外、意外。」

戴氏懷疑地打量她，何田田不自然地扭過頭。

「世蓮家的，讓妳把飯拿出來怎麼那麼慢？」林氏的聲音救了她。

何田田忙道：「嫂子有點不舒服，我這就拿出去。」

還不等何田田動作，林氏已經走了進來。「哪裡不舒服？下午妳就去床上躺著吧。」

對於戴氏，林氏還是挺滿意的，勤勞能幹又體貼溫柔，加上她現在不同，自然捨不得她累著。

戴氏不滿地看了何田田一眼。「娘，沒事，可能是剛才走路沒注意拐了下，現在沒問題了。」

林氏見確實不像有事的樣子，便點了點頭。「沒事就好，不過要小心些，飯我端出去了，妳先歇歇。」

見林氏出去，何田田忙討好地朝她笑笑。「嫂子，妳是最好的嫂子，以後再也不敢了。」

連著幾天，陳小郎都來何家幫忙，林氏從一開始的害怕，見到他就端茶倒水，態度發生了翻天覆地的變化，不過卻還是堅持不讓何田田與他見面。何田田沒有戴氏掩護，自然就不可能再見到陳小郎。

何田田倒是無所謂，陳小郎卻覺得很遺憾，很想再見見她。

收了稻穀後，脫穀的事就交給女人，何老爹和何世蓮則開始整田，準備下一輪工作。

林氏身體不好，戴氏有孕，何田田就成了主要勞力。

一上午下來，何田田覺得手都要斷了，吃飯時手都在顫抖。

林氏心疼極了。「下午我來弄吧。」

「還是我來吧，我小心些就行了。」戴氏爭著說道。

何田田很想說不用，可她實在力不從心。以前原主小，後來戴氏進門，這還是這身體頭一次做這麼重的活兒，難怪會受不了。

到了下午，三人輪流倒沒有那麼累了，可當她躺在床上時，一陣陣火辣辣的疼痛感從肩膀上傳來，讓何田田根本無法入睡。

想到還有那麼多稻穀還沒弄完，何田田深刻體會這飯有多來之不易。

第二天，何田田艱難地起床，外面的天色已經大亮，「吱呀吱呀」的聲音響了起來。

「爹，怎麼是您在打？」何田田驚訝地問。田不用挖了？

「陳小郎一早趕著牛來了，田裡有他和妳哥就行了。」何老爹的嘴角微微上揚，明顯感覺得到他的滿意。

有了何老爹的加入，那效率自然高了很多，一天下來，稻穀打得差不多了，只需要再曬乾一些，篩選出那些乾癟的穀就可以了。

陳小郎每天過來幫何家幹活這事，在村裡引起很多人的注意，從前那些嘲笑、同情的都轉為羨慕、嫉妒。

「這何老爹的命真是太好了，一個女婿可是能頂上別人家的好多個了。」

「就是，何家這是走了狗屎運了，撿了這麼個能幹的男人。」

有不少村人來跟何老爹套近乎，看能不能借上陳家的牛幹上一天活兒。

對於這些，何老爹都裝作聽不出那話外意思，只是呵呵地笑。

陳小郎帶牛去何家做事，不光引起村人注意，更引起陳小郎大嫂錢氏的不滿。

這不，陳小郎剛回到家，就見她陰陽怪氣地說道：「怎麼就回來了？每天給何家幹活，難道飯都沒有給你吃？也不知道是買了個媳婦兒回來，還是買了祖宗回來。」

陳小郎看都不看她，走到屋裡向陳員外問候了一聲，然後自顧自地端起飯吃。

「忙完了嗎？」陳員外不動聲色地問道。

「嗯。」陳小郎低低應道。

「放心了？見到那何家小娘子了嗎？」陳員外打趣道。

陳小郎聽了他的話，去挾菜的手不由頓了頓，接著那筷子就轉了個彎，朝旁邊裝著雞肉的盤子伸過去，一隻大雞腿穩穩當當落入他的碗中。

「你什麼時候愛吃雞腿了？」陳員外大感意外地問道。

可惜卻根本沒人回答他，陳小郎咬著雞腿，回想那天何田田的樣子，發現平時討厭的東西味道竟不錯，看來以後可以多吃。

「雞腿呢？怎麼沒了？」

憤怒的聲音打破陳家餐桌上的寧靜，陳員外皺著眉頭。「叫什麼呢，這不是還有那麼多肉嗎？」

「誰不知道我只吃雞腿的？」錢氏有些不甘地道。等看到陳小郎碗中的雞腿時，那眼睛直冒火。

陳小郎吃得津津有味，錢氏恨恨地扒著飯，眼神閃爍，只是誰也沒在意。

終於忙完了！何田田一邊揉著還有些發疼的胳膊，一邊走出家門，想去老屋看看，畢竟這些日子兩個伯父帶著幾個堂哥都過來幫忙了。

何三嫂遠遠看著何田田的身影，滿心不甘。明明她家嬌娘比何田田更好看、更能幹，她怎麼就能找到陳小郎那樣的男人，而她家嬌娘到現在還沒有人上門提親？

「花花，花花。」

癡癡傻傻的聲音忽然從路邊的荊棘叢中傳出來，嚇了何三嫂好大一跳，仔細一看，竟是張家那傻少爺，也不知道怎麼在這裡？

「你這個傻子，躲這兒幹麼呢？」何三嫂有些晦氣地罵道。

張家傻少爺根本不理她，看著荊棘叢中那幾朵黃色的野花，不停地念叨。「花花，花花。」

何三嫂看著他的傻樣子，想發怒又不敢，那張地主她可惹不起，抬頭剛巧又看到了何田田，眼睛一轉，生了個主意。

「張少爺，」何三嫂溫柔地叫道：「我帶你去找花媳婦，好不好？」

何三嫂的話剛落，張家傻少爺就抓住了她。「花媳婦，花媳婦。」

眼看著就要到老屋了，何田田加快腳步，忽然眼前一黑，面前站了個男子，癡癡地看著她。「花媳婦，花媳婦。」

何田田大吃一驚，後退好幾步，胸口怦怦直跳。

「你怎麼在這兒？」她已經認出這是張家的那個傻少爺，只是他怎麼一個人在這兒？

「給妳，花花。」

看著被他抓得有些蔫的小野花，何田田一時之間竟不知道該如何是好，主要是他的眼睛太純真了，圓圓的、黑黑的，讓她不禁想起家裡的小狗，討好人的時候正是這樣的眼神。

「張少爺？你怎麼一個人在這兒？」何田田溫柔地問道。

「花花，花花。」

看著只知道說兩個字的人兒，何田田有些頭痛，朝四處看看，也不見張家的下人，心裡不禁疑惑起來。他雖然是個傻子，可張地主把他看得可重要了，光看他身上的綢緞衣裳就知道，脖子上還掛著一個大項圈，金光閃閃。

「我送你回家吧。」何田田見她退一步，這傻少爺就進一步，只得無奈地道。

「在這兒！你們看，我沒說錯吧，就在這兒！」忽然何三嫂尖厲的聲音叫了起來。「何田田，妳要把張家少爺拐到哪裡去？」

何田田正暗喜張家總算來人了，卻沒料到何三嫂不問青紅皂白就胡言亂語地叫了起來。

「何三嫂，飯可亂吃，話可不能亂說。」何田田冷冷地看著她。「我只是看到張家少爺一個人在這兒，不放心，正準備送他回張家，怎麼到了妳口裡就成了拐呢？」

「誰知道妳安的什麼心？」何三嫂梗著脖子，紅著臉叫道：「我剛剛明明看他還在那邊，怎麼一下就跑到這兒來？要不是妳帶著他，他怎麼會亂跑？」

何田田不由得惱了。這何三嫂到底想幹麼？是硬要把這屎帽子往她頭上扣了。

「張老爺，我不知道張少爺怎麼在這裡，不過我確實在前面碰到他，身邊也沒有別人，我好心送他回來，可不想背這樣的黑鍋。」何田田懶得跟何三嫂糾纏不清，直接對張地主說道。

張地主懷疑地看了看何三嫂，又看了看何田田，走到他兒子面前。「金寶，你怎麼到這兒來了？」

「花花，花花。」張少爺舉起手中的野花，朝他開心地道，接著像是想起什麼，拉著何田田的手。「花媳婦，花媳婦。」

何田田滿頭黑線地看著這傻少爺。他到底在說什麼，讓人聽到會怎麼想？

果然，張地主懷疑地看著她，何田田忙說道：「既然你們來了，人就交給你們，我還有事先走了。」

「哎喲，沒想到何田田妳竟是這樣的人，不是已經跟陳家小郎訂了親嗎？怎麼還來勾搭這張家少爺呀？」何三嫂見何田田就要離開，立刻跳出來大聲道。

「閉嘴！」何田田惱怒地看著她。「何三嫂，我倒要聽聽我是怎麼勾搭這張家少爺的？妳哪隻眼睛看到了？妳倒說個明白，要是說不明白，後果自負。」

何三嫂不由得心虛地縮了縮，沒想到這丫頭凶起來竟那麼嚇人，嘴裡卻不甘地道：「這張少爺不是叫妳花媳婦嗎？」

「花媳婦。」張少爺突然擋住何田田的去路。「花花，給。」

眾人一見張家傻少爺對何田田一臉討好，不禁有些驚訝。平時他的東西可是誰都不給的。

何田田見狀，不由皺起了眉。也不知道這傻子到底要幹麼？又不能以常人的態度，只得朝張地主看去。

兒子是傻，張地主可不傻，見何田田朝他看過來，也不知道怎麼想的，出聲道：「何田田，我兒喜歡妳，要不這樣，妳退了陳家的親，我給妳十畝地作聘禮，其他的跟陳家的一樣，怎麼樣？」

何田田驚住了，實在沒想到這張地主竟還沒有死心，心中怒火不斷地升上來。

他把她當成什麼人了？

「張老爺，婚姻不可兒戲，好女不嫁二夫，我既已跟陳家小郎訂了親，又怎能出爾反爾，當日可是張老爺你先離開的。」

事情與想像中的完全不一樣，何三嫂聽了張地主的話，心思又活泛起來，忙討好地道：「張老爺，我家嬌娘最能幹了，對人又和善，您看配與張少爺怎麼樣？」

張地主聽了何田田的話便惱了，再一看何三嫂那樣，氣得他一腳踢向她。「什麼東西，竟敢打我家兒子的主意，滾！」

張地主怒氣沖沖地拉著兒子離開了，何田田看著痛得縮成一團的何三嫂，低下頭道：「今天的事要是讓我聽到一點風聲，妳可就不只是被打一頓了。」

明明很平靜的話，可聽在何三嫂耳裡，只覺得寒氣逼人。她不斷搖著頭，不敢出聲。

何田田伸了伸懶腰。她的嫁衣終於做好了，紅綢緞上繡著活靈活現的鴛鴦戲水，再用銀線繡了些福雲，這麼漂亮的嫁衣，她有些不敢相信是出於自己的手，怎麼也想不到有一天竟能穿上自己親手繡的嫁衣出嫁。

「田田、田田。」林氏喘著粗氣進到何田田的屋裡。

何田田忙倒了一杯水遞給她，拍著她的後背幫她順氣。「娘，不急，慢慢說。」

誰知林氏緊緊抓住她的手，急促地問道：「那張地主什麼時候又去找妳了？他有沒有欺負妳？」

看來那警告對何三嫂並沒有用，她還是把這事張揚了出去，看來一定要讓她嘗嘗得罪她的厲害。不過現在要緊的是弄清外面到底是怎麼傳的。

何田田聽了林氏的話，怒極反笑。「娘，那些人不過是羨慕、嫉妒罷了，不要理會。」

自陳小郎過來幫忙後，村裡就有些女人說酸話，再加上有人加油添醋，自然傳得就難聽了。

「田田呀，妳這名聲可壞了，這要是傳到陳家去，讓他們聽到要退親可怎麼辦呀？」林氏擔心地道。

「那不正好？反正您不是一直不樂意我嫁過去嗎？」何田田故作輕鬆道。

「胡說，這女人要是退了親，這一輩子也就完了。」林氏急得都流淚了。「到底是哪個缺德的胡言亂語，要是讓我抓到了，看我不打斷他的牙！」

何田田也知道在這年代，女人的名聲有多重要，看來是有人要斷她的路呀，看來要找個機會見見何三嫂了。

陳家正廳上座，除了陳員外還坐著一個婦人，她兩眼無神，一身寒意。錢氏有些得意地站在她身後，不時地看向陳小郎。

「錦鯉，你倒說說，這到底是怎麼回事？」梅氏怒聲道：「聽說那何家小娘子是你主動求娶的，現在外面卻傳出那麼難聽的話，你給我趕快去退親，把田和銀子要回來。」

陳小郎那凶猛的臉一沈，雙眼一睜，旁邊站著的丫頭和小廝不由得退了幾步。

「娘，那不過是謠言罷了，她不是那樣的人。」

「呸，還沒見哪家的小娘子親口要聘禮的，這還沒嫁人就勾三搭四的，誰知道以後進了屋會怎樣？」錢氏不屑地道。

梅氏聽了，氣得雙手捂住胸口。「你們是不是要氣死我這瞎婆子？瞞著我定了這樣一門親，現在惹出這樣的事來。錦鯉，你馬上退了這親，娘定會給你求娶個好娘子回來。」

陳小郎的眼神黯了黯，抬起頭就看到錢氏那得逞的表情，不禁站了起來。「我不退親。娘，她不是那樣的人。」

「小叔，我可是為了你好，她跟那張家傻子拉拉扯扯，我是親眼所見。娘，我們陳家可不能娶個傷風敗俗的媳婦進來。」錢氏雖然有些畏懼陳小郎，但心中的打算戰勝了這點畏懼感，不怕死地道。

陳小郎兩眼陰沈地看了錢氏一眼，對她的那點打算一目了然。以前他不在意，也就任由她胡說八道，現在他卻不允許。

「她是什麼樣的人我最清楚，這門親事我認了。」說完不管他人的反應，直接離開了。

見梅氏傷心地哭著，陳員外把她扶進了房間，小聲地安慰著，只有那錢氏眼光閃爍，不知道又在算計著什麼。

何家人自知道那些流言蜚語後，家裡又沈寂了下來，何田田看著愁眉苦臉的家人，既恨張地主，更恨何三嫂。

她趁林氏他們不注意，偷偷跑出家門。

林氏自聽了那些閒言後，便不讓她出門，認為那樣才能保護好她。可不找何三嫂出出肚裡的怨氣，何田田如何甘心？

「田田，妳這是要去哪兒？」何世蓮沈著臉站在她面前。

「哥，你來得正好。」何田田裝作沒看出他的不快，而是拉著他，低聲耳語起來。

「又是她？」何世蓮還不等她說完，怒聲叫了起來。

何田田有些無奈，她這哥哥什麼都好，就是太急躁了些，一點也不穩重。

何世蓮看出何田田的不快，忙又低下頭，等她說完才問道：「這樣能行？」

「放心吧，這次一定要讓她長長記性。」何田田咬牙切齒地道。

看著何世蓮的背影，何田田朝沼澤地走去，才剛到，就見何世蓮揹著麻袋快速走了過來。

「那麼快？」何田田詫異地問道。

「運氣好。」何世蓮把麻袋朝地上一甩，只見何三嫂那難看的臉就露了出來，看到何田田，她一臉驚慌。「不是我、不是我。」

何田田冷笑著蹲在她面前。「那天除了妳還有別人？想來張地主是不會說的。」

「真不是我說的，是陳家小郎那個大嫂說的。」何三嫂急急道。

聽了何三嫂的話，何田田和何世蓮都愣住了。何世蓮拎著何三嫂，怒道：「到底怎麼回事？」

原來那天何田田離開後，何三嫂痛得難受，連站都站不起來，錢氏剛巧就來了，將她扶起並問她怎麼弄成這樣？還假意地問起了何田田，何三嫂當時氣得很，便添油加醋地說了一番。

等到說完才想起何田田臨走前說的話，她忙讓錢氏保密，誰知道她應好，第二天就傳出那些話來。何三嫂這些天提心弔膽的，就是怕何田田找上門來。

她一直以為上次何三打他，是因為知道她打嬌娘的主意，直到那天她才知道竟是何田田的主意，便有些怕了，等回想何田田離開時的語氣，她全身發寒。

何田田見她不像說假話，便讓何世蓮放了她，不過離開時好心提醒她，希望不要有下次。

看著何三嫂飛快離開的身影，何世蓮擔心地道：「田田，這陳家可不是好人家，那錢氏更不是好相處的，要不趁這機會退了親吧？」

本來何田田對這親事抱著無所謂的態度，就算見過陳小郎，她也是抱著要是合得來就好、合不來就分的想法，可現在還真激起了她嫁入陳家的決心。

她倒要看看那錢氏到底懷著什麼樣的心，竟這麼迫不及待地對付她！

今天是何田田十五歲的生日，在這兒稱為「及笄」。一大早，林氏就把她叫了起來，慎重地拿起梳子，仔細地為她梳起了頭髮。

「田田，今天妳就及笄了，已經是大人了，以後的日子一定要和和樂樂、順順康康。」

在林氏輕柔的梳理下，何田田平時披肩的頭髮被攏成一個髻，並插上一支銀簪子。林氏從旁邊拿起一套細棉布做成的衣裙，這與平時穿的童子服不一樣，與前世的漢服相似，但又有區別，那衣袖沒有那麼寬，很是漂亮。

等何田田穿戴好，只見銅鏡中一個盈盈而笑的少女站立在那兒，標準的瓜子臉、細而長的柳葉眉，臉色有些偏黃，卻一點也不影響眉目間飛揚的神采。

「田田長大了，真好看。」林氏抹去眼角的淚水，開心地笑道。

「娘、田田。」戴氏端著一個盤子進來，上面是一層白色粉末，旁邊放著兩根棉線。

何田田疑惑地看著，不明白要幹麼？

林氏把她按在椅子上，然後抹了些粉在她臉上，接著就拿起了棉線。

「娘。」何田田有些害怕地看著她。

「不怕，娘幫妳開臉。」說完林氏就用棉線在她的臉上夾起來，隨著她的彈動，臉上傳來輕微的疼痛感。

何田田有些明白了，這就是把她臉上的汗毛夾掉，只是前世的印象中，這不是成親之日才做的嗎？難道這就是一鄉一俗？

臉上沒有了疼痛感，何田田慢慢睜開眼，朝銅鏡中看去，明明還是一樣的臉，卻感覺有些不同了。臉蛋更加光潔紅潤，眉毛也變得整齊，顯得更精神了。

等一切都準備好，何田田在戴氏的扶持下來到大廳，廳中擺好桌子，上面放著幾塊糕點，還有不知名的草。何老爹和何世蓮分站兩旁，都是一臉嚴肅。

何田田來到桌前，隨著林氏的吟唱，拜過天地、謝過父母，這禮就算成了。

儀式雖然沒有電視裡看到的那樣場面壯觀、賓客如雲，但何田田能感覺到何家人對她未來的美好期許。

中午時分，陳小郎竟然來了，還送上一支精緻的銀簪，上面是一朵盛開的蓮花，何田田一眼就喜歡上了。

隨著及笄禮過去，何、陳兩家把親事提上了日程，窮苦人家沒有那些大戶人家講究，何田田的嫁妝也就幾套衣服、一個櫃子，還有一些她自己做的繡品，更不要說什麼陪嫁之類的。

出嫁前一天，跟何家走得近的村人都來添妝，何世蓮趁林氏不在，從懷裡拿出一個荷包塞進何田田手中。「這是阿奶和兩個伯母給妳的，妳收好。」

何田田打開一看，三個大小差不多的碎銀子裝在裡面。「哥，這是不是太多了？」

「她們給妳的妳就收好，妳去了陳家不要怕，要是他們欺負妳，妳就回來，哥養妳。」何世蓮說著眼睛都紅了。

何田田知道何世蓮自她訂親後，一直有些內疚，總覺得自己沒有保護好她。他雖然平時有些急躁，可一直都很愛護她。

「知道了，哥，你那脾氣也要改一改，不要那麼急躁。家裡要是有什麼事，記得托信給我。」何田田也有些傷感，雖然在這個家生活不過幾個月，卻早已融入其中，是他們的愛讓她適應這個陌生的世界。

林氏拉著她的手絮絮叨叨地交代這、叮囑那，說到最後淚眼婆娑，哽咽著離開她的房間，戴氏也是一臉不捨。何老爹整天都悶不吭聲，誰都看得出他的心情不好。

晚上，何田田躺在床上，翻來覆去睡不著。

明天就要嫁人了，卻完全沒有新嫁娘的喜悅，心中充滿了徬徨和不安。不知道陳家是什麼樣的家庭？陳小郎能否給她幸福？她完全沒底。

她又想起了前世，不知道媽媽要是知道自己就要結婚了，會是什麼樣的心情，是不是也會像林氏這樣傷心不捨？也不知道他們現在怎麼樣了？

迷迷糊糊間，林氏熟悉的聲音響起，何田田不由地撒著嬌。「娘，讓我再睡會兒……」

「傻丫頭，今天可是妳成親的日子，還不起來？」

何田田一驚，猛地坐起身，睜開有些乾澀的眼朝外看去，還是黑漆漆的。「娘，天還沒亮呢。」

林氏一邊把她的嫁衣拿過來，一邊低聲道：「等下還有很多事，再說吉時在巳時，去陳家還有那麼遠的路。」

何田田無奈，只得乖乖起來，坐在銅鏡前。

林氏拿起木梳，輕撫著她的頭髮，唱了起來。「一梳梳到頭，富貴不用愁，二梳梳到頭，無病又無憂，三梳梳到頭，多子又多壽，再梳梳到尾，舉案又齊眉，二梳梳到尾，比翼共齊飛，三梳梳到尾，永結同心佩。有頭有尾，富富又貴貴。」

一首梳妝歌唱盡了母親的心，林氏到最後聲音都有些哽咽。何田田從那飽含深情的祝福中，感覺到她那拳拳之心。

梳好頭，全福夫人為她穿戴好嫁衣、化好妝，就等新郎的到來。

外面漸漸熱鬧起來，屋裡只留下戴氏陪著何田田。

何田田的心隨著等待的時間越來越亂，也越來越傷感，一旁的戴氏握著她的手也越來越緊。

「田田，別怕。」戴氏溫柔地道。

屋外響起了鞭炮聲和鑼鼓聲，這是迎親的隊伍來了。戴氏忙把一旁的紅蓋頭蓋在她的頭上，靜待著陳家喜娘的到來。

何田田蓋上了紅蓋頭，坐在床前，不一會兒房間湧進一群說說笑笑的人，陳家迎親的喜娘說了些喜慶吉祥的話，便扶著她走出房間。

何田田只能看到自己的鞋尖，一步步走到正廳，在喜娘的攙扶下拜別父母。

何世蓮站在她的面前。「田田，哥揹妳上轎。」

何田田爬上何世蓮溫暖的背，淚水慢慢流了出來。「田田，妳別怕，要是他對妳不好，妳就回來。」

「嗯。」何田田有些哽咽。

何世蓮一步一步走得很穩，出了正廳，便到了花轎前。旁邊站滿了看熱鬧的人，見她出來，小孩子都尖叫起來。「新娘子出來了！」

陳小郎忙把花轎的簾子掀起，眼睛緊盯著那紅豔的身影。何世蓮見何田田坐穩了才站到一旁，轉身時低聲道：「照顧好她。」

「好。」

何世蓮沒想到他會回應，再次看他竟覺得順眼多了。

鑼鼓敲響，花轎離地，何田田似乎聽到了林氏的哭聲，她很想掀開蓋頭，再看看他們，可知道不能，只得默默流著淚。

隨著一搖一晃的花轎，何田田根本沒有心思傷感，她竟然暈轎，跌得七上八下的。

就在何田田差點要吐出來時，花轎終於停了下來，隨著小孩子的高叫聲，轎門被打開了。一隻大手伸到她的蓋頭下，何田田遲疑了一下，終於把手放在上面。

陳小郎臉上的表情並沒有變化多少，但在沒人注意的時候，那嘴角往上挑了挑。

何田田隨著陳小郎跨火盆，進正廳拜天地，最後送入新房。

何田田坐在新床上，喜娘說了幾句吉利的話，她的紅蓋頭便被掀開，何田田眼前一亮，抬頭一看，整間新房竟就只有喜娘和陳小郎。

喜娘又說了幾句「早生貴子」之類的話，便看著何田田。何田田忙從荷包中拿出幾文錢放入喜娘的手中，她才喜孜孜地離開了。

屋裡只剩下何田田和陳小郎了，何田田有些不自在，把目光移向別處，卻發現這房間裡的陳設很簡單，並沒有新房的喜氣，要不是陳小郎就站在這兒，她還真有些懷疑是不是走錯了房間。

陳小郎在她的身邊坐下來。「這就是我的房間，以後交給妳。」

似乎看出了何田田眼中的疑惑，他開口解釋。

陌生男人的氣息，讓何田田全身汗毛都豎了起來，她不自在地朝一旁移了移。「你不用出去敬酒嗎？」

房間的溫度似乎降了不少，半天沒有人回答，何田田有些尷尬，一時間也陷入了沈思中。

「妳餓了吧，我去幫妳端飯進來。」說完陳小郎便離開了房間。

何田田吁了一口氣，仔細打量了下房間，發現她的嫁妝已經搬進來，她忙走過去，打開櫃子，拿出一套衣服，準備洗漱。

她這一路過來，緊張不已，背心全是汗水，很不舒服。

陳小郎走了進來，後面跟著一個端著飯菜的小丫頭。他讓丫頭把飯菜放在桌上，便讓她出去了。

「吃飯吧。」陳小郎坐了下來。

何田田確實有些餓了，那麼早起來，只吃了半個餅，見他坐下，也就不客氣地坐在他的對面。

兩碗白米飯、一碟炒肉、一碟青菜，算不上豐盛，但比起何家已經好得多，不說那肉，起碼那青菜上有油。

何田田把碗中的飯撥了一半到他的碗中，便默默吃了起來。飯菜的味道不錯，她吃得很香。

陳小郎挾菜的筷子頓了頓，挾起幾塊肉放進她的碗中，何田田抬起頭看向他，他卻低頭扒起了飯。

默默地吃完飯，何田田要收拾碗筷，陳小郎卻迅速整理好，端了出去。

何田田仔細地聽著外面，發現歡笑聲不斷，陳家應該有宴請賓客，只是不知道為什麼沒有一個人來新房。

過了一會兒，陳小郎還沒有回來，何田田枯坐著，只覺得眼睛乾澀不已，呵欠連連，不由得靠著床閉上了眼。

陳小郎提著一桶水進來，正要開口說話，卻發現人已經睡著了。他輕輕把人兒放平，蓋上被子，自己則退出了房間。

何田田睜開眼時，有一瞬的恍惚，看著床頂才記起她已經嫁人了，忙坐起來朝房間看了看，發現天色暗了下來，屋裡卻還是沒有人。

過了一會兒聽到外面傳來腳步聲，何田田忙整理了下，站了起來。

進來的是個小丫頭，見到她有些怯怯的。「二少夫人醒了？二少爺讓小的來服侍您。」

何田田愣了愣，問道：「二少爺呢？」

「二少爺就在外面，夫人找他嗎？」

何田田其實也不明白怎麼問他，也許是在這陌生的環境下只有見過他，所以下意識地問起了他。

正在她糾結著要不要叫他時，陳小郎自己走了進來。

「我幫妳提水進來，妳先洗洗。」

沒一會兒陳小郎便提一大桶水進來了，掀開一角的布簾就是浴室。

何田田拿著衣服走了進去，小丫頭也跟了進來。

「妳叫什麼？我要沖洗，妳先出去。」何田田道。

「小的叫銀花。二少夫人，讓小的幫您吧。」

何田田忙擺手，她可不想洗澡時還有人在一旁看著。

銀花最後無奈地離開了，何田田總算痛快地洗了個澡。

等她出來，就見陳小郎已經換了套衣服坐在那裡，面無表情，眼睛瞪得大大的，猛地一看，還真有些嚇人。

又是一陣沈默，何田田想著晚上要跟這男人同床共枕，甚至還要發生更親密的關係就有些緊張，可她實在找不出什麼藉口推卻，不禁皺起了眉頭。

陳小郎一直注意著她，不知道她在想什麼，竟那麼為難，是不是在嫌棄自己？他的臉色更加難看了。

「讓妳委屈了。」就在何田田想著要不要開口跟他商量，等兩人熟悉些再圓房時，卻聽到他開口了。

何田田要說的話被打斷，看著他那嚴肅的臉，竟沒有勇氣再開口。

「二少爺、二少夫人，老爺讓你們去外面吃飯。」銀花怯怯的聲音在外面響起。

陳小郎站起身朝前走了一步，見何田田跟在他身後，才又邁開了腳步。何田田忐忑不安的心，就在他這一頓間奇異地平靜下來。

「等一下妳只管吃飯就行。」忽然，陳小郎停了下來，小聲說道。接著不等她反應，就邁進了飯廳。

何田田一邊想著他話裡的意思，一邊緊跟著他走入飯廳。飯桌前已經坐了五、六個人，見他們走了進來，便停止說笑。陳小郎在一個空位上坐下，何田田有些尷尬地站在那裡，不知如何是好。

「這就是小郎家的吧？快坐下，我是妳二嬸，這是妳公公和婆婆，這是妳二叔，這是妳大哥和大嫂。」坐在側首的婦人忙笑著介紹。

隨著她的介紹，陳員外等人朝何田田點了點頭，只有錢氏的眼神中明顯充滿了不屑。

何田田見過陳員外，自然認得他，而梅氏她也能分辨得出來，她的眼睛有異樣，這十里八鄉的都知道。而坐在二嬸下面的陳大郎和錢氏，是她頭一次看到。

何田田一一朝他們打過招呼，陳員外便道：「坐吧，這些都是自家人，族裡的長輩明天認一認。既然嫁進陳家，以後就好好過日子。」

何田田低眉順眼地答應後，才在空位上坐下來。飯桌上有四、五道菜，隨著陳員外拿起筷子，大家都吃了起來。

何田田小口吃著碗裡的飯，菜也只挾面前的，忽然一雙筷子伸入她的碗中，接著她的碗裡便多了一隻大雞腿。

她迅速抬起頭，看向一側的陳小郎，只見他認真地吃著自己的飯，好像根本沒有動過一樣。

「陳小郎，你怎麼又把我的雞腿給挾走了，我還沒吃呢！」充滿指責的話從錢氏的口中問出。

這話讓正準備咬雞腿的何田田停下動作，不由得朝她看過去，錢氏眼中充滿了怒火，很不滿地看著陳小郎。

陳小郎卻是眉頭都不動，何田田尷尬地看著碗中的雞腿，吃也不是，挾回去也不是，而錢氏還在那不依不饒地責問陳小郎。

「閉嘴，還要不要吃飯？」陳員外嚴厲地呵斥道。

陳小郎卻似乎根本沒有注意到飯桌上的氣氛，而是轉過頭對何田田道：「快吃。」

何田田忙低下頭迅速吃完碗中的飯和雞腿，等她放下碗後，陳小郎便站了起來。「爹、娘、二叔、二嬸，我們吃完，先退下了。」

說完不管別人的反應便朝外面走，何田田忙朝他們行了禮，跟在他的後面。

直到回到房間，何田田都沒想通這陳家是怎麼回事？她那婆婆梅氏冷冰冰的，一點喜氣都沒有，好像對自己很不滿。陳大郎和陳小郎長得一點也不像，斯斯文文的，可給人的感覺像隔了一層紗一樣，錢氏在飯桌上吵鬧也不見他出聲制止，不知道在想什麼。

家裡唯一正常的就只有陳員外了，可看著身體卻不是很好，剛才就被錢氏氣得咳了起來。

真是複雜的一家子。這是何田田分析出來的結論。

回到新房，陳小郎說了句「他出去一下」便離開了，房間裡又只剩下何田田一個人，冷冷清清的，要不是那對紅燭閃著光芒，告訴她這就是她的新婚之夜，她都要懷疑了。

不知過了多久，門「吱呀」一聲被推開了，陳小郎那高大的身影走了進來，見何田田看向他，他邊脫外衣邊道：「睡吧。」

看著已經躺在床上的陳小郎，何田田遲疑不決，她不斷勸著自己，兩眼一閉就成了，可內心卻抗拒著，腳根本提不起來。

過了好一會兒，也不見陳小郎有其他動靜，何田田小心地走到床邊，見陳小郎緊閉著雙眼，氣息平緩，這才放心地在床的另一側躺了下來。

何田田躺在床上，一直注意著陳小郎，生怕他忽然間就會撲過來，可背後根本就沒有動靜，她的雙眼越來越沈，很快就沒有了知覺。

這時，睡在一側的陳小郎睜開了眼，轉過身來仔細打量著眼前的人兒，忽然嘆息一聲，把她擁在懷裡。

砰砰的敲門聲，讓何田田從沈睡中醒過來，兩手一伸卻碰到了溫熱的身體，她迅速縮回手，大腦也開始正常運轉。

「醒了？」陳小郎淡淡道：「起床吧，今天要認親。」

何田田在銀花的幫助下，很快就洗漱完畢，隨著陳小郎走出房間。

何田田邊走邊打量著陳家的房子，青磚黛瓦，兩進的院子，院子中央種了幾棵桂花樹，開著白色的小花，一股清香隨著微風吹過來。

「那邊是爹娘的房間，那邊是大哥、大嫂的房間。」陳小郎指著前面的正房道。

陳員外他們住在正房，何田田不意外，可陳大郎他們的房間明顯要比陳小郎好得多。陳小郎的房間在陳家的最後面，相對來說，那位置是最不好的。

進了正廳，屋裡許多人見他們走進來，眼光都落在何田田身上，還有人小聲議論著。

「這就是小郎媳婦呀，聽說還沒嫁進來就在外勾搭男人……」

何田田面上不動聲色，心裡卻有些惱。沒想到在這陳家村竟又是一種說法，看來這錢氏還真是不遺餘力地詆毀她，就不知道目的是什麼？

陳員外和梅氏坐在主位，陳小郎和何田田站在他們面前，小丫頭銀花端著茶走了過來，何田田忙端過茶跪在面前的墊子上，朝陳員外敬茶。陳員外爽快地喝了茶，給了她一個紅包。

當何田田把茶端到梅氏面前時，她卻是半天沒接，甚至一句話都不說，何田田實在不明白梅氏怎麼對她有那麼大的怨氣？

「娘。」陳小郎見梅氏不理，忍不住叫了起來。

「叫什麼？要進陳家的門，連這點耐心都沒有？」梅氏一開口就是訓斥。「既然嫁進陳家，以後就要規規矩矩，不要不三不四。」

第三章

梅氏拿過身旁的丫頭遞來的茶，隨意喝了一口便放在桌上，丟給何田田一只手鐲。何田田忍著心中的怒火，退到了一旁。

站在一側的錢氏得意地看著，等何田田到她面前，那得意勁還在。見過了家人，要見族人，本應該是錢氏領何田田見面，可她卻像沒這回事，站在那兒一動也不動。

陳小郎黑著臉，拳頭握得緊緊的，擔心地看著何田田，生怕她會受不了當眾發難，畢竟以她行事的風格，不是個能受委屈的主兒。

「小郎家的，過來這邊，帶妳認認人。」見氣氛有些僵，二嬸笑著牽著她走到眾人面前。

何田田感激地朝她笑了笑，不卑不亢地走到眾人面前，一一跟族人打招呼。族人們對她的態度也各異，有好奇的、不屑的，當然也有友善的。

何田田把他們的表情都記在心裡，面上卻一直笑盈盈。見過族人，便是去陳家祠堂，這時候她才知道陳小郎的名字叫陳錦鯉，不過大家都叫他陳小郎，而她的姓氏就寫在他的下面。

再次回到陳家，廳裡只有梅氏和錢氏，也不知道錢氏說了什麼，逗得梅氏笑個不停。

錢氏見何田田他們進來了，臉色一下就變了。「娘，小郎和他媳婦兒回來了。」

梅氏臉上的笑容一凝，淡淡道：「小郎，你先去忙，讓你媳婦兒留下。」

陳小郎看了眼何田田，轉身就離開了，何田田心中有些不舒服，面上卻不顯。「娘，不知道有什麼吩咐？」

梅氏哼了一聲。「妳既嫁入陳家，便要知道陳家的規矩，我眼睛看不見，家裡就由妳大嫂管理，有什麼不懂的就問她。小郎那孩子，從小就寡言，我又不方便照顧他，妳既嫁給了他，他的大小事便交給妳了。」

何田田低頭聽著，對她的態度倒是有些意外，雖然語氣不好，但倒沒了剛開始的那股怨氣。

「不要再傳出那些風言風語，要守婦道，要是讓我知道妳做出讓小郎傷心的事，休怪陳家無情。」梅氏越說語氣越尖銳，何田田朝錢氏看去，正巧她也看了過來，然後朝她露出挑釁的眼神。

何田田不動聲色，順承地點頭答應著。在一切事情沒弄明白前，她不會冒失地跳出來，不過錢氏這筆帳遲早要算的。

回到房間，陳小郎坐在那裡，見她回來，緊繃的臉色緩和不少，只可惜何田田對他毫不猶豫地丟下她，心中有了怨言，看都沒看他。

何田田自顧自地換了衣服，坐在一旁發呆。也不知道林氏他們現在在忙什麼，是不是擔心著她？這陳家就像一團亂麻，亂糟糟的，尤其是陳小郎，也不知道能不能跟他一起走下去，要是過不下去，她又該怎麼辦？

陳小郎看著何田田，不知道她又在想什麼，那眉頭又皺在一起了。嫁給他那麼不情願嗎？可這不是她自己選的嗎？想著今天發生的一切，又覺得有些對不起她，明知道家裡的情況，還硬逼著她嫁進來，難怪她總是不歡喜，就連雞腿也無法讓她笑起來。

「二少爺、二少夫人，吃飯了。」銀花小聲地請示道。

何田田聽到聲音才回過神，見陳小郎看著她，有些迷茫，不明白他想幹麼？

兩人一前一後走到飯廳，陳員外他們已經坐在桌前，見他們坐下，無聲地吃了起來。何田田低頭吃著飯，沒一會兒碗裡又多了一隻雞腿，錢氏難得地竟沒有叫嚷。

何田田吃過飯正準備離開，卻被錢氏叫住。

「弟妹，當著爹娘的面，有些事想跟妳商量商量。」

何田田平靜地看著笑容滿面的錢氏。

「是這樣的，娘看不見，這家就交給了我，妳也看到了，陳家不比那小門小戶，一天要忙的事比較多，平時爹娘都在自己的屋裡吃飯，妳大哥經常出門，我吃飯又不定時，以前小叔也是自己一個人吃的，以後還是這樣，你們在你們那裡吃，想吃什麼吩咐廚房做，不過現在生意不好做，銀錢緊張，每人每頓兩道菜，一葷一素。當然，妳要是覺得不夠，可以自己掏錢給廚房，讓他們給妳加菜。」

何田田聽了半天總算明白了，無非就是說以後分開吃飯，不在一起吃了。她朝陳員外看了眼，發現他閉目養神，似乎沒聽到這一切，而梅氏的表情就是聽錢氏的，至於陳大郎早就離開了，陳小郎則一副無所謂的樣子。

「行，就按大嫂說的做。不知道家裡有沒有需要我幫忙的？」何田田覺得分開吃對她來說更好，每天這樣吃飯，她還真怕有些消化不良。

見何田田爽快地答應，錢氏鬆了一口氣，聽到她後面一句話，臉不由得一僵，連忙擺手。「也沒有多少事，就不用辛苦弟妹了，妳只要照顧好小郎就行了。」

何田田見她沒別的事吩咐，便快速地離開了。

晚上在床上，陳小郎忽然說了句。「先讓廚房送飯，等過段時間再另起。」

說完也不管何田田的回應，自顧自地又睡了，留她自己在那裡思索話中的涵義。

第二天，何田田去給梅氏請安，梅氏交代她好好照顧小郎便讓她回來了，何田田一整天完全不知道要做什麼，這讓一向忙慣了的她一時間無法適應。

而陳小郎從早上吃完飯出去，直到晚上才回來，也不知道他在忙什麼？她今天從銀花口中套出了些消息，原來陳家的家業是陳員外掙來的，只是兩年前生了場大病，便把生意全部交給陳大郎，而陳小郎由於生得一副嚇人的面孔，加上他從小就寡言，陳員外不敢帶他做生意，又怕他閒著，便買了不少農田讓他管著。

陳小郎倒沒讓陳員外失望，把農莊管理得井井有條。倒是陳大郎接了生意後，總是抱怨生意難做，說是虧了不少錢，至於真相，沒有人知道。

三朝回門，何田田早早就起床了，隨意吃了點東西便收拾著準備出門。陳小郎也不知道去哪裡，一早就沒見到人。

「弟妹早呀，這是準備去哪兒？」錢氏裝模作樣地問道：「哦，瞧我這記性，弟妹嫁進陳家三天了，這是準備回門了？」

「是呀，難為大嫂惦記。」何田田淡笑回道：「不知道大嫂有什麼吩咐，陳家回門又有什麼樣的規矩？」

錢氏咬了咬牙，笑道：「弟妹說笑了，這三朝回門是自古以來就有的，陳家自然也遵守。對了，那回門禮也準備好了，金花，妳帶二少奶奶去拿，真是不巧了，家裡的馬車被妳大哥用去了，只能委屈弟妹坐牛車了。」

「有勞大嫂了，那我就先走了。」何田田朝她行了禮，便跟在金花後面，她倒要看看這錢氏準備了什麼禮。

「二少奶奶，就在這兒了，大少奶奶還等著我呢，我就先退下了。」金花跟她那主子一個樣，何田田懶得跟一個下人計較，便揮手讓她退下。

銀花好奇地打開禮盒，臉色一下就變了，何田田上前一看，不過是幾疋粗布、一塊肉，還有些糕點。量是不少，只是不值幾個錢。

「二少奶奶，這行嗎？」銀花小聲問道。

「沒事，提到外面去，牛車應該停在外面了。」這些東西在陳家人的眼裡也許不值幾個錢，但對何家來說剛剛好。

見何田田要來提東西，銀花忙說：「不用，二少奶奶，我提得動。」

「沒事，這些事我經常做，妳跟著我也不用那麼拘束，只要不犯陳家的規矩，不亂嚼舌根，別的都好說。」

銀花感激地看著何田田，似乎鬆了一大口氣，也不知道她以前跟著誰，做事總是怯怯的，好像誰要欺負她一樣。

放好東西，何田田四處看了看，還是不見陳小郎的身影，只得坐上牛車，見銀花也爬了上來，不由道：「銀花，妳就留在家裡吧。」

「二少奶奶，您不要銀花了？」銀花淚眼汪汪地看著她。

何田田有些無語，何家就一農家，帶著個下人回去算什麼事呢？讓荷花村的人看見又要多嘴了，可看她那像被拋棄的樣子，只得道：「行吧，不過何家可不像陳家喔。」

「沒事，只要跟著二少奶奶就行。」銀花輕快地跳上牛車。

牛車緩緩走在鄉道上，田野裡綠油油的秧苗迎風擺盪，何田田歸心似箭，只覺得這牛車比她走路還慢，恨不得跳下去飛快跑回荷花村。

「二少奶奶，快看，那是二少爺！」忽然，銀花指著前面小聲叫了起來。

何田田順著她的手看去，果然就見前方大樹下站著的是陳小郎，他見到牛車過來了，往前走了幾步。

「你一大早去哪兒了？」何田田沒好氣地道：「別擋著道，我還要趕路。」

陳小郎用他那大大的眼睛朝她瞪了一眼，接著一聲不響地把路邊幾個籃子提到車上，自己坐在車的另一邊，一言不發。

何田田見他不說話，也懶得開口，銀花更是自見到他就噤了聲，一時間就只有車夫趕車的聲音。

總算看到荷花村與陳家村相連的那片沼澤地，何田田不由得興奮起來，明明只離家三天，卻感覺像過了許久。

「趕快點，再快點。」何田田不由得催促道。

陳小郎瞇著眼，看著明顯與在陳家不同的何田田。這樣有活力的何田田才是她真正的模樣吧？

剛到村裡，何五奶和何靈靈就站在路口，一見到她，何靈靈立刻跑上前。「田田，妳可回來了，我跟奶奶站在這兒等妳半天了。」

何靈靈的臉紅紅的，一看就是長時間被太陽曬的緣故。何田田忙跳下車，疾步走到何五奶跟前。「奶，您怎麼站在這兒？」

「來看看妳，看妳還不錯，這就放心了，妳快點上車回去吧，只怕妳爹娘等得更急。」何五奶慈祥地摸了摸她的臉，笑著道。

何田田轉身上了牛車，從中拿出幾盒糕點、一疋粗布和一塊肉，示意銀花提著。陳小郎也跟著下了車，提著一個籃子跟在她後面。

「奶，這些東西您收好，我在陳家過得挺好的，您放心吧，您看，那還是我的丫頭。」何田田指著跟在後面拿東西的銀花，笑著道。

「那就好、那就好，這東西妳帶回家給妳娘吧。」

何田田讓何靈靈把東西拿好，只見陳小郎已經走到何五奶面前，畢恭畢敬地行了一禮，然後把籃子遞給她。

何田田意外地看著這一幕。難道他早早出去，竟是去準備禮物了？只是不知籃子裡有些啥？

再次回到車上，何田田內心很複雜，看著陳小郎欲言又止，最後化成一句。「謝謝。」

陳小郎聽了沒有什麼反應，還是一言不發，讓本想說什麼的何田田又蔫了下去。

「田田、田田！」

高亢的聲音打斷了何田田的胡思亂想，她忙朝何世蓮揮手。「哥、哥，我在這兒！」

牛車很快駛到何世蓮的跟前，何田田見他滿是汗水，想來也是等了許久。

「怎麼這麼晚，爹娘都等妳很久了。」何世蓮抱怨道，只是看著陳小郎，硬生生地把聲音降低很多。

「起得晚了些。哥，家裡都好嗎？爹娘都好吧？嫂子呢，她沒事吧？」何田田一個勁兒地問道。

「好，都好呢，只是都擔心妳，吃不好、睡不好的。」何世蓮故意朝陳小郎瞪了一眼。

何田田明白他的意思，故意指著身上的衣裳。「你看看我這個樣子，怎麼會不好？」

何世蓮見她確實不像有什麼問題的樣子，便道：「那就好，要是覺得不好就回來，哥能養活妳。」

何田田聽了很感動，因為何世蓮並不是說場面話，是真心這樣想的。她也知道，依照這裡的風俗，在花轎抬起來時，娘家人要潑一盆水，但她出嫁的時候，林氏並沒有潑。

陳小郎聽了何世蓮的話，有些不滿地朝他看了過去。

何世蓮其實有些怕他，卻不敢表現出來，只得朝他挺起胸膛。

林氏和戴氏站在門口張望，隔好遠何田田就看到了她們，眼睛不由一紅，恨不得飛過去抱住她們。

牛車還沒停穩，何田田已經跳下車，林氏一手拉著她，眼眶已經泛紅，戴氏則背過身去抹眼淚。

「先進屋吧。」何老爹見她們只顧著傷感，把陳小郎丟在一旁，忙催促道。

進了正廳，陳小郎朝何老爹和林氏行了大禮，便坐在一旁。何世蓮和何老爹對他倒沒了以前的害怕，有心跟他聊上幾句，可看著他面無表情的樣子，張開的嘴又都重新閉上了。

何田田早就被林氏和戴氏拉進房裡，根本沒有心思再理會外頭的事，況且在她心裡，也根本不存在擔心他一說。

「田田，陳家人對妳好嗎？姑爺對妳怎麼樣？有沒有欺負妳？」才剛坐下，林氏就開始問問題。

「娘，我挺好的，陳小郎也挺好，除了話少了點。」何田田自然不會把在陳家發生的事告訴他們，除了增加他們的擔心外，解決不了任何問題。

「那就好。」林氏鬆了口氣。「妳先坐，娘去給妳弄飯。」

「娘，隨便弄點就行，我們帶了肉來，不用去買菜了。」何田田知道家裡沒什麼銀錢，怕他們去借錢買菜。

林氏點點頭就出去了，戴氏留下陪著她。

何田田摸了摸她那已經凸起的肚子。「嫂子，妳還好吧，寶寶聽話吧？」

「都好。妳跟嫂子說實話，陳家到底怎麼樣？」戴氏小聲問道。

「挺好的，有吃有穿，有人服侍，還不用幹活，比在家強多了。」何田田故作輕鬆道。

「騙人，妳說這些話的時候一點喜悅都沒有。妳跟我說實話，是不是陳小郎欺負妳了？」戴氏生氣地道。

「真沒有，嫂子，他除了話少了一點，其他都好，也就那錢氏難纏一點，不過妳也不用擔心，我都應付得來。」這次何田田說得真心實意，沒有摻一點假。在陳家時覺得壓抑、難受、委屈，但真正說出來後，她發現還真沒什麼事，比起吃完這一餐又要考慮下一餐從哪兒來要好太多了。

戴氏這次也認同了，便不再糾結這些問題，眼睛一轉，貼在她的耳邊，問道：「那個……你們新婚之夜，他對妳可好？」

聽明白戴氏問的是什麼，何田田鬧了一個大紅臉。前世今生她都還沒有跟男人親密接觸過，這讓她如何回答？

戴氏見她臉紅紅的，反倒哈哈笑了起來。「行了，不逗妳了，只要妳過得好，我們也就放心了。」

「田田，這些都是陳家準備的？也太多了吧。」林氏把陳小郎帶來的兩個籃子提進來。

「這是陳小郎準備的，他都拿了些什麼過來？」

何田田起身，好奇地打開籃子，只見裡面有魚、肉，還有不少糕點。另一個籃子裡還有不少布疋，都是細棉布的，不是很貴重，卻剛好適合何家。

「這也太多了，等一下妳提一籃回去，下次可不要送這麼多了。田田，陳家是家大業大，但妳也不能總想著娘家，要不妳公公、婆婆有意見，還有他那大嫂也肯定不願意。」林氏教導何田田，為的是她在陳家能過得好些。

「放心吧，這些都是陳小郎準備的，錢氏根本不知道，錢氏準備的是外面那點粗布。」

何田田理解林氏的擔心，不過她的擔心完全是多餘的，就算她不顧何家，梅氏、錢氏也不會喜歡她。

「那妳下次也要跟姑爺說說，不用買這麼多東西。」林氏頓了頓。「妳可不能陳小郎、陳小郎這樣叫，妳可以叫老爺、夫君或是當家的。」

何田田聽了有些咋舌。饒了她吧，她如何叫得出口？

「聽到沒有？妳既然嫁給了他，就是他的人了，以後好好過日子，我看他也是個疼人的，妳可不許隨意鬧事。」林氏看她的表情，擔憂地叮囑道。

何田田只得朝她點頭，心裡卻有些不以為然。

林氏弄了一桌豐盛的飯菜，何田田覺得在何家吃飯就是香，明明是一樣的菜，她就是能多吃些。飯後，她本來還想多留會兒，卻被何世蓮叫到一旁。

「田田，你們先回去吧，這陳小郎坐在這兒，話也不說，我和爹是坐立不安。下次妳自己回來，久留些時候。」

看著像做錯事的何世蓮，何田田覺得心真是累，因為話少，被嫌棄三朝回門趕回家的應該也只有她吧？可她又能深刻體會他們的心情，她這幾天不也是這樣度過的嗎？

林氏見何田田要回去了，眼淚不斷地往下掉，想多留她一會兒，可見陳小郎站在那兒，只得又把陳家送來的東西往車上搬。

何田田忙制止道：「這些東西就算帶回陳家也沒有人用，娘，您留著多給爹他們做套衣服。」

好說歹說，最後還是陳小郎出聲，林氏才把東西收下。

看著逐漸遠去的何家，何田田的心情很低落，這一別，再回來又不知是何時？雖然隔得不是很遠，但沒有出嫁的女兒經常回娘家的。

她又要回到陳家了，每天過著米蟲一樣沒有自由的生活。

「停車。」陳小郎忽然叫道。

何田田抬起頭，不明白他這又是鬧哪一齣？

「我在這裡下車。」陳小郎跳下牛車，也不知道是跟何田田說話還是自言自語，轉眼就不見人影，而這裡正是他上車的地方。

「回去別亂說。」何田田不管陳小郎心中怎麼想的，既然他不讓家人知道，那她就順了他的意。

銀花連連點頭。「奴婢明白。」

許是沒有了陳小郎，銀花開始嘰嘰喳喳問起何家的事來，倒沒有嫌棄的樣子，反而一個勁兒地誇林氏做的飯菜好吃。

何田田心情在跟她的問答中，慢慢平靜了下來。

「弟妹，這麼早就回來了？」車剛進家門，錢氏便笑著出來了。「小弟沒有陪妳去？這太不像話了吧。」

何田田裝出一副委屈的樣子，默默下了牛車，留下錢氏在那兒得意地笑。

何田田心裡冷笑，帶著銀花進屋，跟梅氏問了安後便回到自己的房間。在銀花的服侍下洗了個澡，躺在床上，望著床頂，心想難道以後的日子都要這樣過？每天吃飯、無所事事，吃飯又無所事事？

直到晚上掌燈時分，何田田才看到陳小郎。他還是冷著張臉，一句話也不說。

何田田想了一下午，覺得不能再這樣下去，她必須找點事做，要不就跟廢人一樣，至於做什麼事她暫時還沒想到，不過前提是陳小郎得同意。

吃過晚飯，見陳小郎又要出去，何田田忙叫住他。「等等，我有話跟你說。」

陳小郎詫異地看著她，邁出去的腳步又退回來。那大得出奇的眼睛看了她一眼，可能怕嚇到她，又急忙轉過頭。

何田田見他雖然不出聲，但願意聽她說，心略微地安了安。

「我每天待在家裡無聊，大嫂又不讓我幫忙，我想自己做點事。」何田田一鼓作氣地說完，怕再啟齒便難了，用期待的眼神看著他。

陳小郎沒想到她要說的竟是這事，閉了閉眼，到底還是失望了，不過她願意跟他說話了，是不是又好一點呢？

「現在還早，等等吧。」說完陳小郎也不出去了，解衣裳準備睡覺。

何田田聽了他的話，心中一喜。他同意了，只是時間延後一些而已，這與她的打算差不多，畢竟她現在對陳家一頭霧水，也還沒決定做什麼好。

相安無事地又過了一天，何田田實在有些無聊，便從櫃子裡找出一疋細棉布，準備給陳小郎做一套外衣。她觀察過，陳小郎並沒有幾件衣服，而且他的衣服都挺舊了，尤其是中衣，其中有一件還破了個洞。

這讓何田田很疑惑，以她這些天跟銀花的閒聊中得知，陳家還是有些家底的，雖然錢氏總抱怨生意沒有以往好，但以陳小郎二少爺的身分，不應該穿成那樣呀？

「二少奶奶，您的女紅真好，這竹葉跟真的一樣。」銀花一直在旁看著，驚嘆地說道。

「去拿塊小布來，我教妳。」何田田笑了笑。

銀花才不過十歲就已經做了三、四年的丫頭，以前做粗活，到何田田嫁進來才派來跟著她。膽子不大，但卻知進退。

「真的？少奶奶您要教我？」銀花不敢相信地問，得到何田田肯定的回答後，挑了一塊碎布坐在她面前。

銀花以前沒有學過女紅，連縫針都不直，何田田只得從頭教起。一個學得認真，一個教得用心，加上這丫頭對針線活有些天賦，很快就掌握了竅門。

陳小郎回到院子裡，就聽到何田田用那平穩而溫柔的聲音在說話，不時夾雜著小丫頭的驚叫聲，他不由得有些恍惚，這感覺真好。

見陳小郎走進來，何田田放下手中的衣服站起來，銀花嚇得手中的針線都掉了。何田田見狀，只得讓她退下。銀花只要看到陳小郎就不敢說話，做事也總出錯。

「今天回來得早些？」何田田不經意地問道。

「嗯，安排完事就回來了。」

何田田以為又會像往常一樣，回答她的只有空氣，沒想到陳小郎竟開口了，很是意外。

陳小郎自然把她的表情全看在眼裡，心中有些歡快，可面上卻沒有一點變化。看到桌上的衣服，他那大大的眼睛瞇了起來，嘴角似乎有了變化。

何田田給他倒了杯水，準備再接著做完那衣，卻聽到輕輕的敲門聲，她只得站起來，打開一看竟是銀花。

「二少奶奶，大少奶奶請您去正廳。」

何田田懷著好奇，帶著銀花朝正廳走去。不知道錢氏找她有什麼事？這些天錢氏看到她，臉上態度竟好了些，當然，她得忽略那明顯的不屑。

「大嫂。」何田田見大廳裡除了錢氏，還有一位婦人，是梅氏跟前的，不知道怎麼會在這兒？

「弟妹妳來了。」錢氏熱情地拉著她的手。「請妳過來是有事商量，明天娘要出門，本應我跟著去服侍，可妳也知道家裡一大堆事，就想麻煩弟妹跟著去照顧，可好？」

梅氏要出去？看樣子似乎不只是一天而已，要不也不用她跟著。何田田不了解實情，但既然錢氏這樣說了，她肯定不能拒絕，旁邊還站著梅氏屋裡的人呢。

這梅氏對她本就淡淡的，要是再惹惱了她，以後的日子只怕更難過了。

何田田心裡轉了不知道多少，面上卻是笑盈盈地道：「大嫂說的是什麼話？能陪娘是我的福分，只要娘不嫌棄就好。」

好話誰不會說，只是看她願不願意而已。何田田的話落，錢氏臉上的笑意更濃了，指著旁邊的婦人。「這是陳嫂，想來妳是認識的，明天要是有不明白的事就問她。」

陳嫂聽了忙朝何田田行禮，何田田忙躲了躲。她可是梅氏身邊的人，這禮還是不受的好。

錢氏只交代何田田帶上換洗的衣服，明天早些過來正廳，就讓她回自己的院子了。

陳小郎躺在羅漢床上，見何田田回來，睜開眼看了一眼，接著又閉上了。

何田田對明日之事不明，躊躇一會兒便問陳小郎：「大嫂讓我明天陪娘出門，不知道娘要去哪兒？有什麼忌諱嗎？」

聽了何田田的話，陳小郎皺著眉，從羅漢床上翻身坐了起來。「娘要去廟裡，妳跟在娘身邊就好，要是她太過傷感，妳就派人送消息回來。」

何田田聽得糊裡糊塗的，還想問詳細些，卻見陳小郎擺明了不願意再說，她只得閉上嘴，拿出一套淡雅的衣裳，準備明天換洗。

第二天一早，何田田來到正廳，梅氏已經到了，正在吩咐陳嫂一些事，陳嫂連連點頭，見她來了，忙向梅氏稟報。

梅氏皺了皺眉。「既然妳嫂子走不開，那就由妳跟著，到了外面不許亂跑，做出有傷風化的事。」

何田田聽了心裡很不是滋味，卻還是點頭稱是。

錢氏笑嘻嘻地走了進來。「娘，外面都準備好了，我扶您上馬車。」

何田田頭一次坐馬車，一開始還挺興奮，可不一會兒她就受不了了，搖搖晃晃的，讓她東倒西歪，緊緊貼在車廂上才算坐穩。讓她詫異的是，梅氏竟坐得穩穩的，一點也沒有隨著搖晃而動。

何田田自穿越過來一直待在荷花村，連鎮上都沒有去過，對外面的世界自然好奇不已，她輕輕拉開馬車車簾，想看看景色。

「拉上。」誰知她剛拉開，梅氏便呵斥道。

她不是看不見嗎？何田田無奈地放下車簾，心中充滿疑惑，不由得打量起她來。梅氏的臉很特別，稜角分明，線條硬朗，嘴唇緊閉，很是嚴肅，給人很不好相處的感覺。

「妳前面的盒子裡有點心，餓了的話可以吃點。」似是半天沒聽到何田田出聲，梅氏忽然說道。

「謝謝娘。」何田田有些受寵若驚。

梅氏又恢復沈默，不再言語。

何田田打開盒子，只見裡面有一些她沒見過的糕點，她輕輕捏起一塊正想送入口中，想起還有梅氏，忙道：「娘，您要吃糕點嗎？」

梅氏搖了搖頭。「我不餓，妳自己吃。」

何田田見梅氏也沒有想像中難相處，不由問道：「娘，我們這是去哪兒？」

「到了自然就知道了，吃妳的東西。」明顯拒絕跟她交談的表情，讓何田田有些訕訕的，低下頭來把糕點送入口中。

糕點味道極好，鬆軟可口，不油不膩，吃完還有一股清香在唇舌間繚繞。

接下來的路上，梅氏沒有再出聲，可從她的表情看得出來，離陳家越遠，她的表情就越凝重，臉色也越來越難看。

何田田不敢打擾她，只得閉上眼養神。

不知過了多久，馬車忽然停下來，外面傳來陳嫂的聲音。「夫人、二少奶奶，到了。」

何田田忙扶起梅氏，慢慢走出馬車。下了馬車，何田田打量了一下四周，原來她們到了一座高山下，有不少馬車停在這裡，看來廟在山上，有不少人來祭拜。

上山時，梅氏坐在椅子上請人抬上去，何田田跟在後面。終於到了山頂，一座宏偉的廟宇佇立在山上，梅氏已經虔誠地開始禱告，何田田卻累得一動也不想動。

梅氏似乎跟這裡的和尚很熟，見她們一行人來了，就有小和尚過來領她們去後面的廂房歇息。梅氏沐浴完，換上一套黑色衣裳，就在陳嫂的攙扶下出去了。何田田想跟，卻被梅氏阻止。

正好何田田累極了，想好好休息，也就沒跟過去，誰知過沒一會兒，陳嫂就慌慌張張跑了過來。「二少夫人，您快來幫幫奴婢，夫人暈倒了！」

何田田聽了大急，跟著她跑到佛堂，只見梅氏臉無血色地躺在那兒，一動也不動。

何田田和陳嫂兩人費了好大的勁才把梅氏抬回房間，何田田小聲向陳嫂打聽梅氏這是為何？

陳嫂嘆了一口氣。「夫人也是個命苦的，她這是為了那杳無音信的兒子求佛，每年的這個時候她都要到廟裡，每回都是這麼傷心。」

何田田似乎聽林氏說過，梅氏嫁過兩次，前夫病故，後來就嫁進了陳家，卻沒有聽說她還有個兒子。

陳嫂似乎明白她所想，小聲道：「夫人就是為了那個兒子才嫁給老爺的，誰知她前夫家的族人拿了銀子，卻把她兒子弄丟了。夫人一直自責，好好地把一雙眼睛都哭瞎了，這些年老爺和大少爺在外面也一直在查探，可卻都沒有消息。」

何田田沒想到竟還有這樣的內幕，一邊為梅氏感嘆，一邊又覺得陳員外對梅氏是真的好，竟還會為她尋找前夫的兒子。

過了很久梅氏才醒過來，醒來後不吃不喝，就坐在那裡發呆。

陳嫂求救般看著何田田，何田田只得硬著頭皮對梅氏道：「娘，您這樣可不行，身體會受不了的。您不為別人想，也要為家人想想。」

不知道是不是何田田的話觸動了梅氏，梅氏轉過頭道：「都怪我，要不是我改嫁，我兒也不會不知去向，以後我見到他爹，要如何交代？」

何田田聽了心裡有些不是滋味，她光想著如何向前夫交代，那怎麼不想想對不對得起陳員外？雖然她才嫁進來沒多久，可她知道梅氏能過得這麼好，都是因為陳員外的緣故，且家裡就只有她一個女人，並沒有什麼妾，這對家境不錯的男人來說是很難得的，就那張地主，還有一個妾呢。

可梅氏似乎對陳員外冷冷淡淡的，雖然她丟了兒子讓人憐惜，但她家裡還有兩個親兒呢，平日也不見她多關心陳小郎，要不也不會穿破衣服了。

「娘，您還是多珍惜眼前人吧，您這樣傷心，人也不會從天上掉下來，可要是您的身體壞了，爹爹他們可是會著急的。」許是何田田心中有怨氣，說出來的話語氣不怎麼好。

梅氏先是一愣，然後朝她怒吼道：「閉嘴，我的事還輪不到妳來指手畫腳，給我滾！」

「滾就滾，您在這兒一味地想您那兒子，可有想過另外兩個兒子的感受？您可有問過他們吃得飽、穿得暖？」何田田的倔脾氣忽然也上來了，一邊朝外走，一邊大聲道。

何田田走出房間後，就聽到裡頭傳來乒乒乓乓的響聲以及陳嫂的叫聲。

被外面的風一吹，何田田發熱的頭腦清醒不少，對自己那打抱不平的性格不由苦笑。這下是把梅氏得罪得狠了，看來以後的日子有得熬了。

何田田沒有再去梅氏的房間，第二天一早，陳嫂就過來通知她。「二少夫人，夫人說了等一下就下山。」

她本想問問梅氏的情況，可想到梅氏那態度，又閉上了嘴。不管了，她愛怎樣就怎樣。下山的時候，何田田有些不願意跟梅氏坐在一塊兒，她寧願坐在外面陳嫂的位置，沒想到梅氏卻堅持讓她坐在馬車上。

何田田自一上車就閉著眼，大氣都不敢出，生怕又惹到梅氏。梅氏一上車就低著頭也不知道在想什麼。

馬車在陳家門前停下，這次何田田根本不需要別人提醒，馬上打開車簾，伸手要去扶梅氏，梅氏卻叫起了陳嫂。

何田田無奈地跳下車，錢氏已經接到信兒來到門前，見此，嘴角不由得露出得意的笑容。

「弟妹，妳們怎麼回來得這麼快？」錢氏小聲問道。

何田田攤了攤手，表示不知道。

錢氏笑嘻嘻地去扶準備下車的梅氏。「娘，您可回來了，這家裡沒有您呀，心裡就是不踏實，您這一回來，就像有了主心骨，頓時安穩了。」

梅氏聽了她的話，眉開眼笑，拍著她的手，笑罵道：「妳這張嘴呀，就會哄人，家裡可還好？」

看著說說笑笑的婆媳倆走進屋，何田田若有所思地跟在後面。

來到正廳，陳員外坐在那裡，一臉擔心地看著梅氏，見她無恙才小心翼翼地問她話，不知道是不是何田田的錯覺，梅氏對他的態度似乎有些改變，回話時雖然還是有些不耐，但給人的感覺就是不一樣了。

過了一會兒，陳大郎得到信兒也匆匆趕了過來，只有陳小郎一直不見人影，也不見有人問起他，感覺他們才是一家人，而自己和陳小郎就是多餘的。

何田田一聲不響地退了出來，回到自己的院子。

「二少奶奶回來了？」銀花驚喜地道。

「二少爺呢？」

銀花搖搖頭，表示不知道，等何田田進到裡間，卻發現陳小郎就坐在桌前，也不知道在想什麼，沈著臉很是嚇人。

陳小郎聽到響聲，轉過頭來，見是何田田，眼中閃過意外，卻一言不發又回過頭。

「娘回來了，你不去看看？」何田田忍不住問道。

空氣似乎一下就凝結了，陳小郎的臉更黑了，人卻沒有動。

何田田見他這樣，也懶得用熱臉去貼他的冷屁股，這一來一去，她累得很，便叫銀花給她準備熱水，準備洗漱睡一覺。

一覺醒來，陳小郎已經不在了，何田田沒事做，又教起銀花做女工。

銀花幾次欲言又止，做起事來也沒有那麼專心，何田田只得無奈地看向她。「什麼事？

想問就問。」

「二少奶奶，妳們怎麼回來得這麼快？」好奇心勝過了害怕，銀花最終問了出來。

「快？不就是這樣嗎？」何田田疑惑地問。「就去拜個神，兩天還不夠嗎？

銀花小心地朝四周看了看，然後小聲說道：「往年夫人一去都要好幾天，而且每次回來都很虛弱，都要請大夫來開藥。」

「每次都這樣？去年誰陪夫人去的？」何田田也有些好奇了。

「去年是大少奶奶陪夫人去的，去了四、五天，回來不只夫人請大夫，就連大少奶奶都吃了藥。」

何田田總算明白為什麼錢氏讓自己陪梅氏出去了，就知道好事不會找她，也算明白那天陳小郎話中的意思了。

梅氏提早回來，讓陳家人都有些意外。

上房裡，錢氏和陳大郎也在猜測。

「到底發生什麼事，娘這次一天就回來了，而且看起來身體還不錯，問陳嫂竟是一問三不知。你說，會不會是那何氏的緣故？」

「她？應該不會吧，娘不是不待見她嗎？」陳大郎打著算盤，冷冷地道。

「說得也是，你都沒看到，下馬車時娘都不願讓她扶。」錢氏呵呵笑了起來。「這樣我也算是放心了。」

「妳是瞎擔心，一個大字不識的女人，能掀起什麼浪花？」陳大郎說完不再理會錢氏，低頭算起了帳。

下午，錢氏派人告訴何田田，晚上一家人在正房吃飯，這讓何田田很意外。自那天錢氏說各自吃飯後，就沒有在一起吃過了，這不過年也不過節，難道有什麼事不成？

等陳小郎回來，何田田便跟他一起到了正房。

只見陳員外和梅氏坐在上首，陳大郎和錢氏坐在右側，不知道錢氏說了什麼，逗得梅氏大笑不止，陳員外心情極好地摸著下巴的鬍子，看著梅氏。

聽丫頭說他們到了，梅氏臉上的笑容就淡了下去。「錦鯉，你是不是又去地裡了？跟你說了很多次，那些事交給下人就行，你只要偶爾去看看就好。」

陳小郎沒有答話，冷漠地在他的位子上坐好。

何田田有些意外地看著梅氏，怎麼一開口就是指責？

「好了、好了，既然都到齊了就吃飯吧。」陳員外忙好聲地哄著梅氏。

陳員外不開腔還好，一開口梅氏就朝他抱怨道：「都是你，不好好教他打理生意，就讓他每天在那地裡打轉，也不知道幫幫大郎。」

「娘，不用，大郎忙得過來。倒是那地，大郎都不懂，還得多麻煩小弟管管。」錢氏一聽，忙笑道。

「娘，我們這樣很好，都做著喜歡做的事。」陳大郎也勸道。

何田田冷眼看著。陳大郎夫婦根本就不願別人插手生意上的事，不過表面文章卻作得很好。梅氏看不見看不出來，就不知道陳員外明不明白他們的心思了。

何田田朝陳員外看去，只見他一臉平靜，見菜上齊，拿起筷子吃起飯來。

陳員外拿起筷子，眾人都停了嘴。他們所說的，沒有一個人在意陳小郎的態度，也沒有人問過他的意見。

何田田有些明白陳小郎在陳家的地位了，對自己不受待見也就不感到意外。

吃過飯，何田田正想回院子，卻被梅氏叫住，跟著她進了內室。

「陳嫂，到櫃子裡把那個梅花長方節盒拿下來。」

何田田不明白梅氏要幹麼？

很快地，陳嫂拿了一個盒子過來，梅氏摸索著打開，從中拿出一個小盒子。「給妳。」

何田田一時間不知道要不要接，見陳嫂朝她點頭，她這才上前接過來。

「妳勸勸錦鯉，讓他看看書，學著做帳本，不能總是由著他。」梅氏又叮囑了幾句才放她回去。

何田田剛離開梅氏的內室，錢氏就知道了，當聽說梅氏給了何田田東西，臉色瞬間沈了下去。

「妳說那何氏抱著一個盒子回去了？」錢氏咬牙切齒地問道。

金花有些害怕地退了退，快速地看了她一眼，點了點頭。

砰！

錢氏一拳打在桌子上，傳來清脆的響聲。

何田田抱著盒子回到房間，好奇地打開一看，只見裡面放著一只玉鐲子，看起來挺漂亮的。

「這哪兒來的？」

突如其來的聲音嚇得何田田手一顫，差點就把鐲子摔到地上。

「你幹麼呢？嚇死人了。」何田田一邊抱怨，一邊把手中的鐲子給他看。「娘給我的，你看看妥不妥當？」

陳小郎看了一眼。「既是娘給妳的，妳就收好。」

何田田這才放心地把東西收好，轉過身來見陳小郎又默默地坐在那兒，想起做好的衣服，便拿了出來。

「我給你做了件衣裳，你站起來試試，我看看合不合身。」

陳小郎看了她一眼才站起身，何田田本想幫他試穿，可惜身高相差太多，陳小郎無奈地把衣服拿過去，幾下便穿好了。

何田田滿意地打量著，以她的目測，陳小郎起碼有一八〇，對這個年代的人來說已經很高大，比一般人要高上整整一個頭，再加上他那比別人要大得多的眼睛，在別人眼中自然就比較凶狠。

「還行，這次沒量尺寸，是估摸著做的，有點小，下次再做大一點就剛剛好了。」何田田自言自語道。

陳小郎一聽，心裡就像吃了糖一樣直冒泡，眼睛發亮，嘴角往上挑，可惜他這些變化沒有人注意到，要不真要嚇到人了。

「我說你這人，怎麼一天到晚都不說句話呢？」這些日子相處下來，何田田對他也沒了最初的生疏感，知道他並沒有外表看起來那樣嚇人，不由得朝他抱怨起來。

這家裡沒有人說得上話，唯一說得上話的卻又閉著嘴，何田田覺得太難受了。

陳小郎眼睛閃了閃，把衣服脫下來摺好，放進櫃子裡。

「既然給你做了你就穿，那舊的你下地再穿吧。」何田田決定他不說就她自己說，如果不出意外，兩人要一起過一輩子，她可不想以後每天都這樣無聲地過。

「嗯。」許是何田田的抱怨有了效果，陳小郎竟出了聲。

何田田見狀，心中一喜，對他道：「娘叫你看看書、識識字，學著做帳。」

說完見陳小郎的臉色又沈了下來，忙道：「若你不願當然可以不去做，種田也挺好的。不過……家裡有書嗎？你能教我識字嗎？」

陳小郎詫異地看著她，沒想到她說這麼多的目的竟是這個，看來她在這裡真覺得太無聊了。

他的心不由得一軟。「我認得的字不多。」

「沒事，你把認得的教給我就行。」何田田急忙道。

何田田沒看過這裡的書，不知道這裡的字是不是繁體字？

陳小郎從多寶槅中拿出一個盒子，何田田看過去，只見裡面有幾本書，還有筆墨。她好奇地把書拿過來，打開一看，果然這裡的字她一個也不認識，看起來有些像韓文，但又不盡相同。

「過來。」陳小郎走到几案前把書放好，看著她道。

何田田知道識字的重要，自然歡快地走到他面前。

陳小郎是個合格的夫子，先教她寫自己的名字。好在她對毛筆不陌生，照著陳小郎寫的描了起來。

讓何田田意外的是，陳小郎的字寫得很好看，跟書本上的差不了多少，陳小郎的書都是手抄本，讓她只覺得越來越看不懂他這人了。

「這裡得彎，不能這樣豎下來。」陳小郎指著「何」字道。

何田田的臉不由得紅了，她可是信心十足寫的，結果卻與想像中差太多，只能怪這文字彎彎曲曲的。

總算寫好了自己的名字，何田田不禁嘆了口氣。明明受過高等教育，一下變成文盲，還真是百感交集。

「不早了，睡吧。」陳小郎見她一直盯著自己寫的那幾個字，沒好氣地道。

何田田這才發現已經不早了，不由得感嘆，還是得有事做，時間才會過得比較快，這更加堅定了她識字的決心。

第四章

第二天，何田田去跟梅氏請安的時候，錢氏竟也在，平時她都以管家為藉口很少來，就算來了也很快就離開了。

「弟妹，看來娘很喜歡妳，妳可要多陪陪娘。」見何田田離開，錢氏跟了出來，走到迴廊口，意味不明地道。

「我倒是願意，可惜娘似乎更喜歡大嫂，只恨我沒有一張跟大嫂一樣能說的嘴。」何田田知道錢氏肯定是知道梅氏昨天給了她東西，來挑她的刺了。

「弟妹說笑了。」錢氏心裡恨得牙癢癢，卻還是面上帶笑。「不知娘昨天賞了什麼給妳？能讓嫂子開開眼嗎？」

何田田厭煩錢氏，陳家的家業都握在他們夫妻手中，眼皮子卻還這麼淺，不由譏諷地道：「我小戶人家出來的，不識貨，便讓夫君收起來了，要是丟掉或打破了可不好，這可是娘的心意。」

錢氏聽了訕訕的，便稱還有事要忙，急急地離開了。

何田田看著她的背影，搖了搖頭往回走。

何田田識字快，寫起來慢，她便改變學識字的方法，讓陳小郎先教她讀，她先認識，再慢慢去寫。

陳小郎驚詫她的認字速度，一度還懷疑她以前學過，可看著她寫得歪七扭八的字，便接受了何田田說她的記憶力比較好的解釋。

這些天因為識字的關係，兩人相處起來熟悉多了，不像以前就像兩個陌生人一樣，偶爾還會閒聊一句。何田田很滿意目前的相處方式，不冷亦不淡。

波瀾不興地過了一段日子，何田田已經能看得懂書了，雖然能看的就那幾本，寫出來的字還是被陳小郎嫌棄，但她已經很滿意了。

梅氏自從廟裡回來後，對她雖然還是不待見，但錢氏有的她也有。陳員外去朋友家，帶回一袋金貴物，梅氏便讓陳嫂分成兩份，錢氏一份，她一份。

何田田打開袋子一看，竟是蓮子，讓她暗暗吃驚。

「娘，我不喜歡吃，苦苦的。」錢氏撒著嬌。「都給弟妹吧，想來她都沒吃過。」

何田田喜歡蓮子的清香味。蓮子之所以苦，是因為蓮子中間的芯，把芯拿掉，苦味自然就沒了。不過她不打算告訴錢氏，她很樂意多得一些蓮子，反正以何家的條件肯定沒吃過這東西，她不說也沒人知道。

何田田忙站起來謝過錢氏，錢氏得意地笑著。

就在這時，陳大郎急匆匆地從外面跑進來，開心地對梅氏道：「娘，打探到了消息，據可靠人說，當年大哥是被送到大戶人家當書僮。」

「真的？」梅氏激動地問道：「可有打聽到是誰家嗎？」

「有，不過還不確定。」陳大郎遲疑了片刻。「娘，要不我去探探消息？只是大哥要真在，娘打算怎麼辦？」

「當然是接他回家，要是他主人不同意，多花些銀兩便是。」梅氏沒有一點猶豫。

陳大郎聽了連連點頭，讓梅氏安心等待就行。

陳大郎退出去準備，梅氏一個勁兒地流著淚，錢氏忙安慰道：「娘，這不是大好的事嗎？終於有了消息，您可不能再流淚了，要是大哥回來知道了，那肯定會傷心的。」

陳嫂也在一旁勸著，梅氏總算慢慢平靜下來。

「大郎家的，快，妳去準備一個好的房間，被子等等都要全新的，一定要最舒服的，等他回來就可以住了。」梅氏緊緊抓住錢氏的手，急促道。

錢氏笑著退了下去，只是當她背過去，臉就沈了下來。

何田田站在一旁走也不是、坐也不是，有心上前說幾句討好的話，梅氏卻和陳嫂熱烈地討論她那大兒子回來後的事，她完全插不上話。

過了好一會兒，梅氏忽然道：「小郎家的，聽說小郎這些日子都在看書、習字？這就好，等過些時候，讓妳爹分間鋪子出來給他管管，試試手。」

何田田不明白她怎會忽然說起這個，以陳小郎的性格，那鋪子落到他手中會變成怎麼樣，她很是好奇。不過她現在還是拒絕的好，她可不想讓錢氏找她的麻煩。錢氏這人，只要妳不阻礙到她的利益，倒也不難相處。且她挺滿意現在的生活，每天吃飽穿暖，每個月還有月錢，又不用管事，空閒時做做女紅、看看書，等再過段時候，找到適合自己的事，再賺點小錢，這是她理想的生活。

何田田忙道：「娘，小郎管著那田莊挺好的，生意就還是麻煩大哥辛苦些吧。」

「妳懂什麼？我們陳家是商家，哪有不會做生意的？行了，妳退下吧，改天我來跟小郎說。」梅氏生氣地揮手道。

何田田退出房間，若有所思地回到院子。

看來平靜的日子可能很快要沒了。

晚上，何田田把梅氏的話轉達給陳小郎，陳小郎一言不發，不過何田田從他臉上看到了兩個字：麻煩。

「我想回荷花村一趟，你要陪我去嗎？」眼看戴氏生產的日期快到了，她想把這些日子做好的嬰兒衣服送回去。

回答何田田的還是沈默，她聳聳肩，兀自整理東西。不去更好，何老爹他們也自在些。

銀花一見何田田出了屋，知道她要去荷花村，忙拉著她小聲問道：「二少奶奶，您把我也帶上吧。」

何田田想想，她跟自己一樣每天困在這個院子裡，也不能出去走走，便點點頭。至於錢氏，對何田田要回娘家這事無所謂，只要不拿公中的東西就行。

第二天，何田田帶著銀花坐上牛車，慢悠悠朝荷花村前進。

「二少爺？」又是在同一個位置，陳小郎站在那裡。

何田田看了他一眼。「你也去？」

陳小郎遞來一個籃子，示意她接過去。「我不去了。」說完便轉身走了。

何田田看著他遠去的背影，心裡竟起了漣漪，這大男人其實心挺細的，等她看過籃子裡的東西，更覺得他真是有心了。

裡面兩塊肉、兩條魚，還有各式糕點，翻開布料，底下更是放了兩塊碎銀子。

何田田再次抬起頭，卻已經不見他的身影，心中不由得有些失落。

「二少奶奶，二少爺對您真好。」銀花感嘆道。

對她好嗎？何田田不由得笑了，這孩子心思真簡單。

見她笑了，以為她不相信，銀花倒是急了。「二少奶奶，您別不相信，二少爺也就只在您面前說話，他跟老爺、夫人都很少說話，而且我聽金花跟陳嫂說過，是二少爺非要娶您的，讓老爺去提的親。而且您看，每次您回何家，他還會特意給您準備禮物，知道大少奶奶不待見您，還故意不讓她知道。」

看著銀花那一本正經的臉，細想起來，還真像她說的，只是她竟是陳小郎自己看中的？

這事她還真不知道，那為何他對她一直冷冷的，成親這麼久了，兩人同床，他都沒碰過她？

「二少奶奶，我聽廚房裡的陳大娘說，二少爺小時候並不像現在這樣對人冷淡。」銀花接著道：「不過自從夫人的眼睛看不見、大少奶奶嫁進來，二少爺就成了這樣子。」

「妳知道夫人的眼睛是什麼時候看不到的嗎？」何田田好奇地問。

「好像已經有十幾年了，陳大娘說二少爺當時只有六、七歲。」這些以前銀花可沒有說過。

何田田有些明白為什麼梅氏還想讓陳小郎去管生意了，她肯定沒想到現在陳小郎的外貌長成了這個樣子，畢竟陳員外和陳大郎都很正常。

牛車還是慢悠悠的，何田田的心卻有些不平靜了，不由得又想起陳小郎在何家廚房認真的神情。他並不只是說說，而是真的做到了，現在她還真如他說的，每天都能吃上白米飯，一天總有一隻雞腿，還是她吃多了，特意吩咐廚房不用做了，才改成別的葷菜。

一開始她以為這是陳家的慣例，後來才從銀花的口中得知，是陳小郎把自己的月錢給了廚房，才有了那些菜。

「那不是何田田嗎？」何三嫂遠遠就看到了牛車，等看清上面的人，有些咬牙切齒地道。

「娘，您在那兒看什麼呢？快點，等一下爹又要生氣了。」何嬌娘不耐地在前面催促道。

「嬌娘，妳看那是何田田，我們去跟她打個招呼吧。」何三嫂眼睛一轉，又打起了歪主意，上次的事她可還記恨在心裡呢。

何田田嫁給了陳小郎，何嬌娘自然知道，何三嫂在家念叨那陳家怎麼怎麼好時，她都不以為然，光是陳小郎那可怕的樣子，她想著都有些不寒而慄。

聽何三嫂這麼說，何嬌娘鬼使神差地點了下頭，兩人一前一後走到何田田的牛車前。

「何田田，陳家不是有高大的馬車嗎？怎麼就讓妳坐牛車回來？」何三嫂譏諷地道。

何田田沒想到會碰上她。這人真是不記打，上次那樣哭著求饒，才隔這麼段時間又來找碴了。

見何田田不理何三嫂，何嬌娘不高興了，雖然她也不喜歡自己的娘，但卻不允許別人對她不好。

「何田田，妳不會不認識我吧？這嫁了人，眼光就高了，見面都不打招呼了。」何嬌娘尖刻地道。

何田田詫異地看著她。這人誰呀？不是有病吧？

見何田田一副完全不認識她的模樣，何嬌娘火冒三丈。「何田田，妳是不是被打傻了，連我都不認識了?!」

何田田其實已經想起她是誰了，不過卻完全不想理她。真有些莫名其妙，她以為自己是誰，在這兒大呼小叫的。

何田田讓牛車繼續趕路，完全無視那兩人，何三嫂在後面大聲叫罵著，何嬌娘看著那遠處的牛車，一臉若有所思。

牛車在路過老屋路口時，何田田拿出一半的東西下了車，讓銀花送去老屋。

林氏在搗米，戴氏拖著笨重的身子在一旁幫忙，見何田田回來了，忙把手中的活兒一丟就迎上來。

「田田，怎麼今天回來了？」林氏朝後面看了看。「姑爺沒來？」

「想你們了就回來看看。他沒來。」何田田一邊把車裡的東西提下來，一邊回道。

「妳每次回來都帶這麼多東西，陳家不會說什麼嗎？以後妳人回來就好，不要再買這些了。」林氏看著一大堆東西，擔心地道。

「放心吧，我自有分寸。」何田田摸著戴氏的大肚子，感覺很新鮮。「嫂子，這很難受吧？」

「還好，孩兒很乖。」戴氏一臉的幸福，全身都散發著母愛，何田田沒想到懷孕能讓人改變這麼多。

「田田，妳成親也這麼久了，有動靜了嗎？」林氏把東西放好，過來就問道。

何田田尷尬地紅著臉，這問題她還真不知道怎麼回答。

戴氏見了，忙笑道：「娘，我不也是差不多兩年才有的嗎？再說田田這是剛及笄就嫁了，哪有那麼快？」

林氏聽了點點頭，又跟她說了不少該注意的，才放過了她。

何田田把這些日子做的小衣服、小鞋子拿給她們看，戴氏連連讚嘆，直誇她的手巧。

中午，何老爹和何世蓮回到家，見到她自然開心極了，尤其知道陳小郎沒來，明顯地鬆了一口氣，這讓何田田覺得好笑又有些無奈。

天色有些晚了，何田田在銀花的一再提醒下坐上了牛車，林氏送了一路又一路，最後還是何世蓮看不過去，把她拉了回去。何田田直到完全看不到他們的背影，才不捨地轉過頭來。

下了牛車，何田田就感覺到家裡的氣氛有些異常，她疑惑地來到正房，只見梅氏在傷心地哭泣，陳嫂在一旁不停勸說，錢氏卻不見人影。

見何田田來了，陳嫂似乎鬆了一口氣，對梅氏道：「夫人，二少夫人來看您了。」

梅氏哭聲稍微小了一點，何田田朝陳嫂看去。這又是怎麼了？早上不是還好好的嗎？

「大少爺回來了，說那消息是假的，根本沒那回事。」陳嫂小聲道。

原來如此，難怪梅氏這麼傷心。何田田只得上前安慰道：「娘，那消息既然是假的，那就說明哥哥沒有被賣掉呀，這不是更好嗎？」

「我的兒呀，你到底在哪兒呀？娘想你呀！」誰料何田田不勸還好，一勸梅氏哭得更厲害了，一邊哭一邊喊，把她嚇了好大一跳。

陳嫂一見，忙讓她退出去，自己又勸了起來，梅氏的哭聲才慢慢小了下去。

何田田快步走回自己的院子，深深吁了一口氣。梅氏哭起來太可怕了，難怪她那眼睛會壞。

她一進屋就見陳小郎坐在那兒，不知道在寫什麼。

「你在呀，大哥回來的消息你知道了嗎？」

「嗯。」陳小郎頭也沒回，從喉嚨裡應了一聲，接著又繼續做自己的事。

何田田見桌上的紙沒幾張了，想著她從沒去過鎮上，便道：「家裡的紙墨沒有了，我想去鎮上看看，行嗎？」

何田田不知道鎮上離陳家村有多遠，但她知道從荷花村走路需要一個多時辰。村裡的人很少去鎮上，東西都有雜貨郎挑來，價格也差不多，不用走路就能買到東西，大家都很樂意。

何田田穿來這麼久，都沒有去過鎮上，原主的記憶也只有模糊的印象，她還真有些好奇。

陳小郎寫字的手頓了頓，就在何田田失望地以為他不會同意時，才道：「過幾天。」

何田田開心地點頭，也知道她剛從荷花村回來又出去不妥，而且梅氏的心情也不好，她也沒想馬上就去，只要他同意就好。

過了好些日子，梅氏的心情才緩了過來，籠罩在陳家的陰霾終於散去，何田田這幾天都不敢出現在正房，每天就待在自己的院子，除了跟銀花聊上幾句，其餘時間都拿來看書。

也不知道這些書是陳小郎從哪兒弄來的，有話本、四書五經，還有算術，甚至還有本農書。

何田田閒得無聊，每本都看得津津有味，連農書也不例外。

她發現這裡的文化與前世的古代差不多，都是皇帝當政，臣為輔，只有朝代國名不同，不過這裡似乎沒有士農工商一說，只有士是統治階級，其他地位都差不多，商人也可以考功名，這些都是她從話本裡看的。

晚上，何田田剛躺到床上，陳小郎忽然開口了。

「明天早點起床。」

「啊？」何田田完全沒明白他的意思，神思全在他竟然主動開口說話這一事上。

「進鎮。」陳小郎說完便背對她，也不管她有什麼反應。

何田田總算明白他的意思，興奮地抓住他的肩膀，開心地問：「真的？明天我們去鎮上？」

實在不怪她這麼興奮，以前在荷花村每天忙碌，又有戴氏他們，不會想著要出去，她現在實在太無聊了。

陳小郎全身繃得緊緊的，她那輕柔的手傳來陣陣熱度，從他的肩膀傳到身體每一個角落。

「明天要買些什麼好呢？紙筆？繡線？」何田田完全沒有注意到自己因為興奮，身體已經貼近陳小郎的後背。

「我去看看有多少錢，也不知道夠不夠。」何田田說完就掀開被子下床，直奔櫃子，拿出平時放銀錢的首飾盒。

陳小郎只覺得背後一涼，一股重重的失落湧了上來。他慢慢轉過身，在油燈的照耀下，何田田專注地數著銀錢，肌膚更顯白皙，雙眼因興奮而特別明亮，他不由得看癡了。

何田田數來數去，也不過兩塊碎銀子，還有五百個銅錢，想著明天要買的東西，不禁有些沮喪。

*看來還是得盡快想辦法賺錢，這樣下去不行。*何田田把銀錢放好，心裡暗暗下了決心。

何田田看著陳小郎一動也不動的身體，不禁起了捉弄的心思，她輕輕上了床，然後掀開他的被子，挨著他躺下來。

陳小郎在何田田起身時，迅速恢復面對床內的姿勢，就怕她發現自己在偷看她。不過身體雖然恢復成原本的姿勢，心卻還是怦怦跳，他極力壓抑心中的漣漪，怕一時衝動嚇到她，卻沒防備到她竟鑽進了自己的被窩。

何田田在鑽進陳小郎被窩時就後悔了，純男性的氣息鑽進她的鼻子，屬於他的熱力隔著衣裳灼燙了她的肌膚。她的心像在打鼓般怦怦作響，想移動身子卻發現四肢無力。

她又熱又緊張，身上竟出了汗。

陳小郎僵著身體，想翻過身把她擁在懷中，卻又怕嚇壞她，畢竟兩人好不容易關係緩和了些，他不想再回到以前，可身體的變化讓他很難受，他只得緊緊握著拳頭，希望她快點離他遠一點。

何田田總算能動了，她用被子把自己捲起來。心想沒有誰比她更丟人的，本想捉弄人，結果把自己給坑了。明明沒再貼到他的身體了，卻發現自己臉上高溫不退，火辣辣的。她忙把臉也捂在被子裡，就怕陳小郎發現異樣。

第二天何田田起床的時候，陳小郎已經不在床上了，她吁了口氣，想著今天要去鎮裡，也顧不得心中那複雜的情緒，把銀花叫進來，迅速準備妥當。

「二少奶奶，我們真去鎮上？」銀花開心地問道。

「嗯，不過妳動作最好快點，要不妳就只能留在家裡了。」何田田知道她的心思，故意逗起她來。

銀花聽了一急，加快手中的動作，沒一會兒就全都收拾好了。

何田田還沒看到陳小郎，乾脆帶銀花走出屋，剛到院子就見陳小郎從外面走了進來。

「走吧。」陳小郎見何田田已經準備好，便道。

何田田興奮地跟在他身後，問道：「不需要跟娘說一聲嗎？」

「已經說過了，快點吧。」

何田田生怕再問會引起他的厭煩就不帶她去了，立刻止住問話，跟著他走出陳家。

陳家的馬車已經等在外面，見他們走過來，馬夫忙掀開簾子，讓他們坐了上去。何田田先上了車，等陳小郎坐上來時，才發現車廂一半的位置沒了。

銀花害怕陳小郎，最後跟馬夫坐在車廂外面。

何田田見陳小郎閉著眼，便偷偷拉開車簾，一眼望去，田裡的稻穀已經變黃，很快就能收割了。在遠處的荒地上，有不少孩子在那裡放牛，陣陣笑鬧聲隨風吹了過來。

一路上有些零星的房子，蓋的都是茅草屋頂，路上偶爾走過幾個穿著粗布的村人，面黃飢瘦的，一臉痲木地看著馬車經過。

何田田不由得想嘆氣，在這全靠勞力的時代，農作物的產量不高，地又都在那些地主手中，貧苦的人們最累，卻又吃不飽、穿不暖，每天日出而作，日落而息，完全沒有什麼娛樂，難怪臉上的表情都一個樣。

陳小郎見到何田田的臉色，也不知道她看到了什麼，竟引得她出門的興奮勁都沒了。

馬車在路上駛了小半個時辰，前面便出現大片房屋，想來那就是鎮上了。銀花在外面已經驚叫起來，何田田的興致總算又提了起來。

反正她在這兒傷春悲秋也不能改變什麼，還是好好過自己的日子吧。如果真有一天她發家致富了，也許就能幫上他們一些忙，讓他們能夠吃好一些、穿暖一些。

很快地，馬車停了下來，何田田在銀花的攙扶下跳下馬車，只見前面的路口豎著一塊石頭，上面刻著「荷花鎮」。

荷花鎮地處兩山之間，地勢較平坦，橫穿一條河，兩岸建滿了房屋，中間一座橋連接著，行人來來往往，看起來很熱鬧。

何田田興致勃勃地跟銀花這兒看看、那兒看看，兩旁林立著各式各樣的鋪子，舉凡糕點鋪、米鋪、首飾鋪等等。

街的另一頭有不少村人拿著自家的東西擺在路邊，叫賣的聲音此起彼伏，不少人在那兒討價還價。

「二少奶奶，那是繡鋪。」銀花還是頭次來鎮上，兩隻眼都不夠她看。

何田田想要買些繡線，一見繡鋪，便朝那兒走去。

「我去辦點事。」陳小郎見狀，出聲說道：「妳若買好東西就到馬車那裡等。」說完解下腰間的荷包塞給她。

何田田驚訝地看著手中的荷包，還不等她反應，陳小郎的身影便很快消失在人群中。

鎮上的繡鋪不過是賣些小件繡活，主要是賣線，或從城裡接一些繡活回來，發給村裡那些手巧的姑娘、媳婦們做。

原主以前接過繡活，雖然錢不多，但起碼有個進項。

何田田打量了下繡鋪便挑起了繡線。繡線也分好幾種，顏色好看、耐用的，價格就比較高。

何田田看過陳小郎的荷包，裡面有幾個碎銀子，夠她挑上好的繡線了。既然他拿錢給她用，那她就準備給他多做幾件衣裳，也算是禮尚往來。

出了繡鋪，何田田和銀花兩人無目的地逛著，沒一會兒就逛完了，可就是沒看到她想去的書店。

找路人打聽後，路人指著裡面一條巷子，說有人在那裡賣書。

何田田帶著銀花照著路人的指示來到屋前，只見那裡確實擺著一些書，不過都是些啟蒙的書。

「掌櫃的，就沒有別的書了嗎？」何田田不死心地問道。

「妳想要買別的書，就只能去荷花城了，在這鎮上，也就這些書能賣得出去。」掌櫃的回道。

「二少奶奶，家裡不是有書了嗎？」銀花不明白地問。

何田田失望極了，沒想到竟是這麼個結果，連銀花的問話都懶得回了。

陳小郎回到馬車內，就見何田田一臉不快，與早上出來興致勃勃的樣子形成明顯的對比。

「怎麼了？」

何田田抬起頭看了他一眼，無視他眼中一閃而過的關心，有氣無力道：「鎮上沒有書買，你怎麼不說？」

陳小郎愣住了，沒想到她進鎮竟是想買書，他以為她是來買繡線、首飾之類的。

何田田見他又閉著嘴不出聲了，也知道自己有些無理取鬧，她又沒跟他說自己來鎮上是為了啥，他自然不知道。

回到陳家，見車棚裡停了一輛牛車，何田田有些詫異。不知道是誰來了？她知道陳家的親戚不會輕易上門，聽銀花說好像是錢氏掌家後，對他們很小氣，他們也就不上門了。

到了梅氏的正房，何田田才知道來人竟是陳二嬸。何田田對她的印象不錯，便準備去見她，聽陳嫂說，她是有事想找錢氏，現在應該在錢氏那裡。

到了錢氏的正廳，就見陳二嬸獨自坐在那兒，作為主人的錢氏卻不在。

陳二嬸見到她來，笑問道：「小郎家的，聽妳婆婆說妳去鎮上了，買了些啥？」

「就買了些繡線，還有幾盒糕點。」何田田讓銀花把糕點提進來。「二嬸您嚐嚐，我覺得味道還不錯。」

陳二嬸笑著謝過，捏了一塊放進嘴裡，何田田這才注意到她一臉憔悴，眼窩都陷下去了，愁眉苦臉的，與上次她成親時明顯不同。

「二嬸，不好意思，剛才正好有事，到這時才得閒。」

何田田正想問問她是不是有什麼事，錢氏的聲音就從門外傳了進來。

「沒事、沒事。」陳二嬸一聽錢氏這麼說，整個人一下就變得有些唯唯諾諾的，很是緊張。

「二嬸，明人面前不說暗話，現在生意不好做，這是二十兩銀子，能幫的也就這些了。」錢氏拿出四個銀錠子放在桌上。「這還是爹吩咐後，我把下個月的開支精簡下來擠出來的。」

陳二嬸露出絕望的表情，嘴角不停抽動，最終卻什麼話都沒有說，把那四個銀錠子小心翼翼地拿起來。「這算是借的，等家裡有錢了，馬上還過來。」

說完她不再說話，挺直著背走了出去。

何田田看得一頭霧水，不明白陳二嬸要那麼多銀子幹麼？而且看她的樣子，那二十兩明顯還不夠。

「真是的，真以為我們的錢是從天上掉下來的，開口就是一百兩。」錢氏見陳二嬸離開，不屑道：「為了個將死的人傾家蕩產的，這錢誰知道什麼時候能還？要不是怕爹回來責怪，真是一兩都不想給。」

何田田皺眉看著錢氏，再次見識了她為人的刻薄。

到底是什麼樣的事讓陳二嬸在短時間內變成那樣？還有，陳二叔他們似乎並不住在陳家村，那他們住在哪裡？

何田田滿是疑惑，便讓銀花去打探消息。很快地，銀花回來了，把知道的全告訴她。

陳家原來也不過是莊戶人家，家境比村人稍微好一點點，等陳員外和陳二叔成親後便分家了，一人分得一些田地。陳二叔便一心種起了田，而陳員外拿著手中的一些銀錢，開始做起了生意。

生意一點點做大，沒想到剛賺了點錢，媳婦兒卻因為生孩子沒有了，他傷心之下，便乾脆去外面經商了。

沒想到這一去就是五、六年，等他回來後，家裡的幾間屋子已經不能住人，而他那些年賺了些錢，就準備重新建屋，有人就說原來那地基風水不好，請來先生一看，果然如此。

陳員外一聽，自然不敢在原來的地方住了，剛巧這陳家村有人要賣田，陳員外便買了下來，看田的時候看中了這塊地，請風水先生來看，說這地方是個寶地，他一喜，馬上把這地買下，建起現在這個家。

後來娶了梅氏，生意越做越大，陳員外還不忘自己的弟弟，幫了他不少。陳二叔對經商沒興趣，便買了不少地，平時日子雖然不如陳員外，但也過得不錯。

「二少奶奶，這些事可是禁忌，您可千萬不能往外說喔。」銀花緊張地道。

何田田挺好奇銀花到底是從哪裡打探到這些的，可問她，她死活不肯說。

何田田心裡存了事，便不時朝外面看了看，希望陳小郎快點回屋，可這陳小郎就像跟她作對一樣，眼看著天都黑了，還不見他的人。

「二少奶奶，吃飯了。」

銀花見何田田自聽了陳家二叔的事後，臉色就不正常，說話都不由得有些小心翼翼。

何田田看著銀花那探頭探腦的樣子，不由瞪了她一眼，拿起筷子吃起飯來。她心中有事，連平日覺得美味的食物也勾不起興致來。

陳小郎下了馬車就在外面路上等。

他了解二叔一家，如果不是有事，根本不會來陳家。其實二嬸和梅氏關係不錯，時常會來陪梅氏，尤其是梅氏的眼睛瞎了，一家大小的衣裳都是二嬸幫著準備。可自錢氏進了屋，對二嬸管家裡的事很不滿，便指桑罵槐說二嬸貪圖家裡的錢財。二嬸那人好強，自然聽不得這樣的話，來得越來越少，連帶二叔和幾個兄弟都疏遠了。陳員外還特意去問過，二嬸倒沒有說錢氏的壞話，只說家裡有了媳婦，她也就不用操心了。

「小郎，你站在這兒幹麼？」陳二嬸坐在牛車上，正愁著要上哪兒去弄錢，就見陳小郎直直地站在路間，也不知道在想什麼。

對於這個姪子，陳二嬸很少打交道，主要是他不愛說話，兩家又離得有些遠，家裡幾個兒子對他又都懼怕，來往就更少了，不像大郎，想起大郎，就又想到剛才在錢氏那裡受的氣，心不由得疼了起來。

「二嬸。」陳小郎面不改色，心裡卻很吃驚。誰不知道二嬸什麼時候都是滿面笑容、精神抖擻，可現在卻是精神不振，像是受到了很大的打擊。

「我先回去了，你也早些回去吧。」陳二嬸心中不快，也不想多留，想著家裡病重的大兒子，只想快些回家。

子快些。

陳小郎見陳二嬸一臉焦急，也不說話，直接就跳上了牛車。

陳二嬸見他一聲不吭地跳上車，有些不明白，但也沒有讓他下車，只是吩咐趕車的小兒子快些。

「小郎，你要去哪兒？」過了好一會兒，陳二嬸見陳小郎一直都沒有下車，再往前就要出陳家村了，不由問道。

「家裡出什麼事了？」陳小郎過了半晌問道。

陳二嬸一聽他問起家裡的事，眼淚汪汪，痛苦地捂著臉，要不是在牛車上，只怕就要放聲哭出來了。

陳小郎額頭上的「川」字都出來了，二嬸一直是個體面的人，哪怕以前家裡條件沒那麼好，她也不曾失態過。

「我大哥生了重病，大夫說要買人參。」一直沒有說話的陳錦書回道，也一臉沈重。

陳小郎一聽，臉色直接沈了下來，再想想二嬸從家裡出來的樣子，也知道是發生什麼事。

「要多少銀子？」

陳二嬸抹了把臉，哽咽地道：「家裡的銀錢都花光了，我這真是沒辦法了，看來回去只能把田賣了。」

陳小郎一聽，直接就從牛車上跳了下去，轉身就往回走。

陳二嬸和陳錦書看著那越走越遠的背影愣住了，他的所作所為似乎都不按牌理出牌。

陳小郎回到家直接去了帳房，帳房為難地看著他。「二少爺，這……不是我不給您，實在是現在這帳房沒錢，大少爺全拿走了。」

陳小郎臉更黑了，氣沖沖地走了出去，想去找陳員外，卻記起陳員外離家已經好些日子了。

陳小郎黑著臉回到自己的院子，直接把櫃門打開，翻找起來。

何田田見他把收拾得好好的櫃子弄得亂七八糟，心中忽然有股氣衝了上來。「你翻什麼？難道還藏著金銀珠寶不成？」

陳小郎走進來的時候完全沒注意到何田田，她一出聲，他手中的動作停了下來。「妳有沒有看到以前放在這兒的一個黑漆蓋盒？」

何田田不由冷笑起來，走過去從上方把那盒子丟給他，然後一言不發地坐在一旁。

陳小郎這時候才發現何田田的表情似乎有些不對，以為是因為手中的盒子，猶豫了一下，便把盒子放在何田田面前。「二嬸家的錦程得了重病，需要銀子。」

說完就把盒子打開，何田田見到裡面有好幾塊銀子，還有一張銀票，其他則是一些玉飾、金珠子之類的。

何田田沒想到他竟還有這些東西，轉眼一想也不意外，就算他在家最不受重視，那也是陳家的二少爺，哪會沒有些銀錢？

「你準備拿這些給二嬸？」何田田這時也不生氣了，好奇地問。

陳小郎點點頭，把銀票及那些銀子拿出來，玉飾之類的則重新放好。「給妳。」

以何田田的猜測，這應該是他的全部家當了，這就交給她了？她意外極了，正考慮要不要拒絕，他已經匆匆忙忙又出去了。

何田田想到錢氏的為人，忙追出去拉住他，小聲道：「你現在要去二嬸家？」

「嗯。」陳小郎皺了皺眉，看著拉住他衣裳的手。

何田田縮回手，仍是小聲道：「今天二嬸來借錢，大嫂只借了二十兩，你現在出去，她肯定會知道，不如明天挑個時間再去。」

以錢氏的性子，要是知道陳小郎送錢去二叔家，只怕要鬧起來。雖然這錢是陳小郎的私房錢，但像這樣的事，不讓她知道最好，要不誰知道她以後又會做出什麼難看的事來。

就像陳小郎拿月錢給何田田加菜一事，她知道後就在梅氏的面前說她貪吃，梅氏就明裡暗裡說了她幾次。

以陳小郎那不怕事的性格，根本不把錢氏放在眼裡，可看著何田田，到底退了回來。

第二天一早，陳小郎照舊出去了，誰也沒在意。何田田來到梅氏屋裡，就聽錢氏跟她有說有聊，何田田請了安便坐在她的位子上。

「大郎家的，昨天妳二嬸過來有事嗎？我留她多坐會兒，她硬是要走。」

錢氏一邊朝何田田打眼色，一邊道：「也沒什麼事，不過是照例過來看看。」

何田田想起銀花的那番話，便無視錢氏給她的眼色，說道：「二嬸的臉色可不好看，行色匆匆，想來是有事，只是不好跟大嫂說吧？」

梅氏一聽，便有些急了，對何田田道：「小郎家的，妳在家也無事，不像妳大嫂還要管家，妳就替我去妳二嬸家看看，要真有什麼事，快點回來稟報。」

何田田無視錢氏那黑沈的臉，帶上銀花，拿著梅氏讓陳嫂準備的禮盒，便坐上牛車朝陳二叔家出發。

因兩家不在一個村，隔了些距離，而這牛車又不快，到陳二叔家已是小半個時辰後了。何田田沒來過陳二叔這兒，自然不知道是哪個屋，好在車夫認得路。

何田田下了車，朝院子走去。陳二叔這院子挺大，房子看起來也有十幾間，都是青磚黛瓦的，院子裡打掃得乾乾淨淨，東西擺放得整整齊齊，看過去就很舒服。

何田田一路走進來，整個家都是靜悄悄的，到了正堂外才聽到裡面傳來低低的哭泣聲。

「娘，您別哭了。」

一個聽起來很虛弱的聲音，接著就是死命般的咳嗽聲，聽在耳裡，就像是要把五臟六腑都咳出來一樣。

「好、好，我不哭了，兒，你不要說話。」陳二嬸哀求道。

何田田站在門外聽著這對話，心裡酸酸的，示意銀花去敲門。

聽到敲門聲，陳二嬸問道：「誰呀？門沒關，進來吧。」

何田田這才跨過門檻走進屋，陳二嬸也從內室走出來，一見是何田田，先是一愣，然後就有些不好意思地道：「小郎家的，妳怎麼來了？」

「二嬸，妳說家裡出了這麼大的事，怎麼也不跟我們說，娘今天特意讓我來看看到底怎麼回事？」何田田一邊打量著屋裡的擺設，一邊回話。

陳二嬸一聽，臉色就有些不好，何田田一看就知道，肯定是想到昨天錢氏的態度。

「二嬸，我能不能去看看大堂哥？」

陳二嬸也沒問她怎麼知道兒子生病的，便領著她進了屋。

門簾一掀開，何田田差點要嘔了出來，那味道實在太不好聞了，中藥味裡還夾雜著不知道是什麼的怪味。何田田不由得皺緊了眉，門窗關得緊緊的，就這樣的空氣，就算是好好的一個人，只怕也會病倒，更何況是病人？

再朝床上看過去，瘦得皮包骨的陳錦程就躺在那兒，蓋著厚厚的被子，這屋裡的溫度本就比外面高出許多，而且現在天氣也還不冷。

躺在床上的陳錦程聽到動靜轉過頭，見何田田來了，勉強地笑了笑，接著就是一陣咳。

何田田在認親那天見過陳錦程一面，當時他還給了她一個紅包呢，沒想到現在病成了這樣。

陳二嬸也知道這房間的味道不好，見何田田跟陳錦程打過招呼，便道：「我們去外面說話，讓錦程歇著。」

何田田聽了，點點頭出了屋，見陳二嬸又小心翼翼地把門簾拉得不透風，不禁道：「二嬸，大堂哥這樣受得了嗎？」

陳二嬸一聽，重重地嘆息道：「他不是病了嗎？大夫說不能吹風。」

不能吹風跟把門窗緊閉不是同樣的意思吧？何田田雖沒有學過醫，但也知道空氣流通對病人很重要，便道：「二嬸，大夫只是說不能吹風，您這樣把門窗關得緊緊的，加上這種天氣，大堂哥得有多難受呀？不要說他現在病了，就說我們這些人進去都難受得很。」

陳二嬸聽了，有些不安地看著門簾，猶豫不決。

「二嬸，我剛剛看了，您把門窗打開，那風根本吹不到床那裡。」

陳二嬸覺得何田田講得有道理，可鄉下一有人生病，都是這樣過來的呀，她一時拿不定主意。

何田田點到為止，不再多說，怕說多了，要真出一點事，到時怪到她頭上，那可真是好心辦壞事了。

「二嬸，這到底是什麼病，要怎麼醫治，大夫有說嗎？」

「唉，大夫沒說什麼病，只說是富貴病，那藥裡得有人參、何首烏之類的養著。」陳二嬸一邊說一邊流著淚。

何田田聽了也不知道說什麼，如果真是那樣，那需要的銀子可就多了，而且聽這話的意思是只是養著，治不治得好另說。

「請的是哪裡的大夫？」何田田問道。

「還能請哪裡的大夫，不就是荷花鎮上仁德堂裡的大夫嗎？」

何田田想著前世鄉下的那些病人，有些本是小病，就因為醫生沒有對症，那病越來越嚴重，最後送到大醫院。

「二嬸，我看您還是讓人送大堂哥去城裡看看吧，多找幾個大夫，總比這樣強。」

陳二嬸張著嘴看著何田田，不明白她的意思。

何田田也發現陳二嬸不知道是悲傷過度還是怎地，精神有些恍惚，根本拿不定主意，便道：「二叔和堂弟他們呢？」

「他們出去了。」

何田田便有一搭沒一搭地陪陳二嬸坐著，準備等陳二叔他們回來，問問再離開。

原來陳二叔他們下地去了，這馬上就要秋收了，地裡的活兒不等人，家裡病了個人，那花的錢像流水一樣，要是地裡再出事，一家人都沒得活了。

陳二叔他們爺幾個扛著農具回來，見到何田田都有些意外，不由得都朝跟在後面的陳小郎看過去。

陳小郎同樣意外地看了何田田一眼，一言不發。

何田田不意外見到他，只是沒想到他竟跟著下地去了。

「二叔。」陳二叔看著跟陳員外很像，不過因為長年下地的緣故，看起來比陳員外還要老些。

陳二叔應了聲，便問起了陳錦程的情況，陳二嬸便把他今天的狀況說了，並把何田田剛才分析的也一併說了出來。

陳二叔拿著旱煙桿蹲在一旁抽了起來，何田田便道：「二叔，還是送大堂哥去城裡看看吧，要是對症，那城裡的藥也多些不是？要是不對症，剛好及早醫治。」

「爹，嫂子說得沒錯，我覺得那大夫應該是沒拿準大哥的病症，要不大哥怎會本來沒什麼事，結果越來越嚴重。」陳錦書急急道。

陳小郎朝何田田瞅了一眼，然後看著陳二叔。「叔，去吧，你們把東西收拾一下，我回去趕馬車來。」

說完轉身就要離開，走了一步又回過頭看著何田田。「還不走？」

第五章

何田田忙跟陳二嬸他們道別，緊跟在陳小郎後面。

上了牛車，何田田才問道：「那些銀錢給二叔了？」

「嗯，要去城裡，還得多帶些才行。」陳小郎說完就沈默不語，不過看他那神色也知道，肯定是準備回家找錢氏要錢。

何田田忙道：「你別去找大嫂，你道我怎麼來的，是娘打發過來的，我去找娘。」

陳小郎平時不愛說話，可他不是傻的，自然明白何田田這話中的意思，不得不承認，何田田說的比自己想的要有效。

何田田見他沒有堅持，總算吁了口氣。

回到陳家，何田田就直接到梅氏的內室，梅氏正跟陳嫂在翻古，說著以前的事，感嘆當年陳二嬸幫了她不少忙，要不她還真難活到現在。

聽說何田田回來了，急忙問道：「妳二叔家出什麼事了？」

「大堂哥病了，需要不少錢，這不二嬸愁得不得了。」何田田邊觀察她的臉色邊道。

梅氏一聽臉色大變，捂著胸口道：「錦程病了，不行，去叫妳嫂子過來，就說我找她有事。」

「娘，嫂子可說了，現在生意不好做，她手中沒多少錢呢。」何田田知道她現在真要去找錢氏，那錢氏不把她恨之入骨？

梅氏一聽也回過味來了，嘆了一聲，對陳嫂道：「妳去把我的首飾盒子拿出來吧。」

何田田一聽就知道，梅氏這是要拿自己的體己錢了，終於放下心來。她實在不想錢要不到，還要聽一腦子的話，那是她最不願意看到的。而且以錢氏的個性，只怕會咬住她手中沒錢，這樣反而會耽誤陳二叔他們去城裡。

陳小郎接過何田田手中的銀票，趕著馬車離開，等錢氏知道消息後，又在自己屋裡摔盤子、砸凳子。

「你說小郎兩口子是不是傻的，娘的體己錢就不是錢了？以後還不是要分給他們？」

金花聽了，心中嘀咕起來。那也是你們得的多，他們能拿到一成就算不錯了。

還別說，金花把錢氏的心思猜得很準，錢氏就是那樣打算的，她的心才會那麼疼。

何田田不知道錢氏房裡的事，倒是透過這事，她總算看出來了，梅氏這人不壞，會對她不好肯定與錢氏有關。何田田想著她每天待在這家裡，聽最多的肯定就是錢氏的話，再加上錢氏管著家，就算明知道是錯的，又有哪個人會對她指明呢？

想通了這些，何田田每天留在梅氏那裡的時間就多了些，自然跟梅氏的關係就緩和了不少。

錢氏見了，有心阻止，可也不能明著說不讓何田田來陪梅氏。

錢氏眼睛一轉，主意就上來了，這不馬上就要換季了嗎？一家人的衣裳可都需要準備。她忙，根本沒有時間管，就把這個任務推給了何田田。

梅氏一聽，對錢氏很滿意，知道分些事給小郎媳婦管，經過這些日子的接觸，梅氏也發現何田田並不像外面傳的那樣，心中有些喜歡了。

「大嫂，我不管事呀。」何田田從來沒想過要管陳家的家務，她一點都不喜歡麻煩。

「不是要妳管事，只是妳看看這家裡，除了妳面前的銀花、我面前的金花，還有陳嫂，其他都是男人，他們能做衣服嗎？再說金花和陳嫂，她們哪有這個空，妳就當幫幫我的忙吧。」

陳家雖然有下人，那也只是每個主人跟前一個，加上廚房裡兩個、粗使婆子兩個、車夫兩個，加上一個看門的，根本沒有專門做衣服的。往年錢氏都是請人來做，現在不是有了何田田嘛！

錢氏說到這分兒上，又是當著梅氏的面，何田田無奈，只得接下差事，不過她先說好，布料她去買，錢氏和陳大郎的衣裳，錢氏自己做。

從錢氏那裡領了銀錢，何田田帶著銀花再次前往荷花鎮買布疋。不過錢氏這次倒大方，銀錢給得痛快，何田田很快就明白過來了，這衣服是要穿的，布料的價格、衣服的大小，她心裡肯定有底，要花多少錢更是心中有數，何田田想要昧著錢，那也是不成的。

她直接走進布店。荷花鎮有兩家布店，聽說兩家是兄弟，一家賣的是高檔些的，一家則主營粗布一類。

她去的是高檔些的布店，說實在的，這鎮上就算是高檔的，那也不過是些細棉布，最好一些的就是綢緞，種類不多，花樣也不多。

何田田先挑男人的，陳員外和陳大郎一年四季在外面跑，肯定要穿戴好些，那布料自然也要好一點，外衣肯定要用綢緞。

布店的掌櫃沒見過何田田，見她穿著細棉布衣衫，身後還跟著丫頭，態度倒是中規中矩，心裡還在猜測這是誰家的？就聽她讓伙計拿綢緞下來。

掌櫃的一聽，忙笑呵呵地自己爬上去把綢緞拿下來。「小嫂子，妳看看我家的綢緞，花樣可是最流行的，給家裡的老爺做外衣那是最好不過了。」

何田田用手摸了摸，覺得還不錯，幸虧她這些日子沒做粗活，要不還真怕刮出絲來。最後何田田選了一個藍花白底的、一個棕色銀花的。選完男款就輪到女款，梅氏年紀比較大，便選了秋香色，這顏色適合她，看起來顯精神。

接著她又仔細為陳小郎挑了一疋靛青色的，才幫自己和錢氏挑選。等挑好外衣才挑中衣，冬天一到，還要做棉衣，那就得買棉花，好在這店雖然布的種類不多，但還算齊全，等她挑好，面前已經疊了一大堆。

「掌櫃的，你看我買這麼多布料，總得便宜些吧？」何田田笑道。

掌櫃的在她挑布料時就笑得合不攏嘴了，他這店的生意本就不像對面的店人來人往的，終於碰到個大金主，那肯定要好好款待。

「這樣，看小嫂子也是個爽快人，我都給妳打個九折。」掌櫃的道。

何田田算了算，這樣下來也能省不少錢了，錢氏給的錢還有些剩，心裡就想著給何家人也做幾套棉衣。

想到何老爹他們那穿了不知道多少年的衣服，她也瞇起了眼。

「掌櫃的，那疋布給我看看。」這一瞇，何田田看到一疋與眾不同的布料。

「小嫂子，妳要這個呀？這布是進貨時看著好才進的，可放在店裡一直無人問津，要是小嫂子不嫌棄就送給妳吧。」掌櫃的生怕跑了大生意，又想著這布反正也沒人買，便爽快地道。

「成交。」何田田滿意地付了錢，讓伙計幫忙把布料送到牛車上，這才回陳家。

錢氏見了布料，看著那些顏色很滿意，覺得把這差事交給何田田還真沒有錯，以前就聽聞她是個能幹的，女紅不錯，看來傳言不假。

「弟妹，這妳大哥與我的衣服也麻煩妳了，放心，我會給妳工錢。」錢氏見何田田把自己的布料和陳大郎的搬下來，忙道。

其實何田田早就猜到會是這樣的結果，裝出為難道：「大嫂，妳看，這娘的、爹的，還有小郎的，這可一大堆了，到時天氣要是冷下來，怕來不及呢。」

錢氏臉色一僵，不過很快就道：「沒事，妳先緊著給爹娘做，然後再做妳大哥的，有空再幫我做，只要做合適了，每件給妳三百個錢。」

三百個錢可不是小數目，像何世蓮他們那樣的壯年去外面做一天工，都只有五、六十個錢。何田田不知道她今天怎麼那麼大方，她見好就收，裝出不好意思的樣子。「大嫂，真不是圖妳這錢，只要妳不怕我做得慢，那我就接下了。」

看著何田田那勉為其難的樣子，錢氏的手握得緊緊的。也不想想這衣服做完就得一兩多銀子，還想怎麼樣？

見何田田帶著布料回院子，金花不解地問：「大少奶奶，請做工上好的師傅也不過七十個錢吧？」

錢氏哪裡不懂這個，可她讓何田田做衣服的目的是什麼，不就是想讓她沒時間嗎？要是讓她每日在梅氏面前晃，到時失去的就不只是這麼一點點。再說，那何田田做出來的衣服還真比外人做的好看，像她身上不過是細棉布做出來的衣服，卻顯出綢緞的效果，當然這些她是不會說出來的，而是呵斥道：「妳怎麼能拿二少奶奶跟外面的師傅比？以後可不許說這樣的話了。」

「二少奶奶，您怎麼也不生氣，大少奶奶這不是欺負人嘛！」銀花看著依舊笑盈盈的何田田，嘟嘴道。

「銀花呀，妳二少奶奶本就是貧苦人家出身，怎麼就不能跟那些師傅比了？他們跟我們一樣，靠著自己的本事吃飯，沒有什麼不一樣。」錢氏想用這樣的話讓她生氣，那真是白費力氣。

銀花一聽，好似也是這個道理，見何田田幾下就把布料裁剪出來，忙上前幫忙。

「二少奶奶，我們不去陪夫人了？」銀花見何田田光顧著做衣服，一點也沒有準備出門的打算，不由小聲問道。

「妳沒看到我在裁剪嗎？等裁好了，就可以帶過去做了。」何田田一副「妳真笨」的眼神。

銀花委屈地低下頭，忙去拿來提籃，把針線包和裁好的布料放進去。

何田田滿意地看著她，覺得這丫頭真對自己的眼，能幹又有眼色，就是膽子小了點，不過這樣也好，她就不會去做出格的事。

何田田邊做衣服邊陪梅氏聊天，梅氏也做得一手好女紅，雖然眼睛看不見，但也不妨礙她教人。

原主做衣服都是跟林氏學的，自然沒有梅氏做得精細，何田田結合以前看古裝劇的一些款式，衣服做了些小更動，但也是邊捉摸邊嘗試著做，現在有人教，她自然認真聽。

一個樂意教，一個願意學，相處得越來越和諧，有時何田田還留在梅氏這邊吃午飯。梅氏有了何田田的陪伴，精神也好了很多。

錢氏一心想讓何田田忙起來沒時間去正房，卻沒想到她竟那麼狡猾，比以前待的時間還要久，這讓錢氏氣得話都說不出來了。

何田田最先做的是梅氏的衣裳。她看過了，梅氏的衣裳不少，一看就是請來的師傅做的，做工精細，繡著精美的圖案，可是每件都有個毛病，就是那衣領太高了些。梅氏的脖子比較短，這樣穿起來一來沒有那麼舒服，二來也不美觀。

何田田裁剪時特別留意了這點，這不梅氏一穿上，效果就來了。

「這衣服好，穿著舒服。」梅氏滿意地讓陳嫂去把衣服洗乾淨，明天就要穿。

何田田忙道：「既然娘喜歡，那兒媳就再用細棉布幫您做一件，在家裡穿著舒服。」

何田田覺得綢緞還不如細棉布舒服，綢緞容易出絲，細棉布既舒服又方便，她很喜歡。

梅氏一聽，頓時笑容滿面，對一旁的陳嫂道：「可不能白讓這丫頭辛苦，去把櫃子裡那對銀釵拿過來。」

陳嫂笑著應了，去開櫃子，何田田忙站起身。「娘，這我可不敢收，錢是公中的，我就動動手，哪敢得您的賞？」

「長者賜，不可辭。」梅氏有些不悅道：「叫妳拿著就拿著。」

陳嫂也在一旁勸，何田田這才接過那銀釵，道過謝，帶著銀花回自己的院子。

上房發生的事很快就傳到錢氏耳裡，錢氏氣得又砸了個碗，並把何田田給恨上了。

陳小郎兩天沒有回家了，梅氏也沒有問起，何田田不禁疑惑。

一般來說，母親不都是會掛念兒子嗎？見不到人不是都會念叨嗎？怎麼她都沒有？好似沒有這個人一樣。那陳大郎不在家，她一見到錢氏就會問個不停，怎麼會有這麼大的區別？難道陳小郎就不是她的兒子？

何田田越想越為陳小郎抱屈，心裡惱得不行。

這天，何田田剛離開梅氏的屋，就故意提高聲音。「銀花，去外面看看二少爺回來了嗎？怎麼幾天了也不見人影？」

「是。」銀花應下便去了外院。

梅氏等外面聽不到動靜了，便對陳嫂道：「那丫頭是為小郎抱不滿嗎？」

陳嫂滿臉笑容，一邊輕輕幫梅氏捏肩膀，一邊道：「這二少奶奶呀，還真不錯，也不知道以前那些話是從哪裡傳出來的，真真是用心狠毒。」

「誰說不是呢？唉，小郎不愛說話，我一直擔心，看來也不用了。」梅氏嘆氣道。

「夫人這話說的，二少爺以後會明白夫人的用心的。」陳嫂陪著嘆息。要不是夫人故意冷落二少爺，只怕他的日子會更不好過，就因為大少爺……唉！

這大少奶奶的心機也是深，以前還以為是個好的，結果連老爺都被騙過了，更不要說夫人了。

「妳說，要是當年沒有把大郎家的帶回來，大郎是不是就不會這樣了？」

「夫人，事情已經過去了，您看二少爺現在不也挺好的，雖然不做生意，管著莊園也不錯。」陳嫂勸道。

梅氏拍拍她的手讓她停下來，自己靠在羅漢床上躺下來。這陳嫂呀還是想得太簡單了些，以大郎和錢氏的性格，等老爺和自己一走，只怕分到小郎手中的少之又少，要不也不會天天在那裡叫生意不好做了。

她本想趁自己還在，為小郎爭取幾間店鋪，這樣以後也有個依靠，可小郎就是不聽。現在她能做的就是拿一些體己錢給小郎家的了，就只是這樣，那錢氏只怕都要恨上何田田了。

當年明明很可愛的小娘子，誰都想不到竟變得這麼有心機，也許當年的可愛也不過是她裝出來的吧？

何田田根本不知道，不過一句話便勾起梅氏的一番心思，她慢悠悠地回到院子，見銀花早已回來了。

「二少奶奶，車棚裡沒見到馬車，您要是不放心，跟夫人說一聲，去二老爺家看看不就行了？」銀花不明白地道。

「妳小聲點，這話可不要傳到大少夫人的耳裡。」

梅氏拿錢給陳二叔這事，除了她和陳小郎，沒有人知道。她現在發現梅氏跟想像中的不一樣，她院子裡的事，錢氏也不是全部都知道，能知道的不過是梅氏願意讓她知道的。

銀花忙捂住自己的嘴，四處看看，生怕被人聽到般。

何田田好笑地看著她。「行了，去忙吧，下次說話注意點就行。」

何田田發現他們住得偏僻一些也好，這樣很少有人會來這裡，不知道錢氏是真放心她，還是覺得她這裡沒有什麼值得關注的，反正她還沒發現有人來打探消息。

晚上睡覺時，何田田還在想陳小郎不知道什麼時候會回來，誰知早上一睜眼，就見到他坐在房間裡，嚇了她一跳。

「你什麼時候回來的，怎麼不叫我？」何田田迅速把中衣穿上，警戒地看著他。

還是睡著的人兒可愛。陳小郎心中感慨，如果他真要做什麼，她現在穿衣服也太遲了。他都不知道他不在家，她睡覺時竟穿得那麼少，這麼一想全身不由一緊，忙低下頭，不再看她。

何田田見陳小郎不說話，低著頭也不知道在想什麼，沒好氣地道：「大堂哥的病情怎麼樣了？這些天娘可都在念叨著。」

「會好的。」陳小郎丟下這句話後就進了內室，留下何田田在那裡思索著話中的意思。

「你是說真的耽誤了？所以能夠救治？」想了半天終於明白其中的意思，陳小郎一出來，何田田就激動地抓住他的衣袖，問道。

「嗯。」

陳小郎任由她抓著，享受這難得的靠近。她身上傳來淡淡的清香，沁人心脾，全身的疲倦一掃而空。

「真好，這樣二嬸就不用愁眉苦臉了。對了，那藥貴嗎？」何田田擔心地問。

陳小郎搖了搖頭。

何田田一直抬頭跟他說話，不禁覺得有些累，便拉著他坐到羅漢床上。「二叔他們也回來了嗎？你們哪些人去的？怎麼這麼多天才回來？」

問題一個接一個，陳小郎不知道從哪個開始回答，頭一次有些討厭自己口拙了。

何田田問過後才記起他不喜歡說話，便道：「你不用說了，我去跟娘說一聲，去二叔家看看。」

陳小郎一眨眼的工夫，人就不見了，其實他正在想應該怎麼跟她說呢。

何田田拿著陳嫂準備的禮盒，帶著銀花到車棚時，就見陳小郎已經把牛車趕了出來，坐在車夫的位置上。

這是要送她去了？何田田歡快地上了車，看著前面那高大的身影，不禁心情極好。

再次來到陳二叔家，氣氛變了很多，剛走到院子就聽到歡笑聲，還有輕聲的哭泣聲，不過這哭泣明顯是喜極而泣。

「小郎家的，妳來了？快進來，二嬸可真要好好謝謝妳，要不是妳提醒，妳大堂哥只怕就那樣走了。」

何田田剛到門口，陳二嬸就迫不及待地朝她招手。

「二嬸，這話我可擔當不起，您不怪我多事就好了。」何田田掃了一下屋裡，看來陳二叔家的人都到齊了，當然除了大堂哥。

「擔得起、擔得起。弟妹，嫂子這次真得好好感謝妳。」大堂嫂薛氏從內室走出來，明顯哭過的臉上滿是感激。「環兒，快過來，跟四嬸道謝。」

說著就把身邊只有五、六歲的男娃推到何田田面前，一把按著他的頭就要朝何田田行大禮，嚇得她往旁一閃，擺手道：「大堂嫂，真不用，我們是家人，這都是應該的。」

陳小郎看著與二嬸、堂嫂談笑風生的何田田，是那樣的神采飛揚，這樣的她才是真實的吧？每天維持得體的笑容、安靜地坐在那兒做衣服的她，只不過是她迫不得已而裝出來的吧？

她剛才說是一家人，那她是把自己當成了陳家的一員吧？這樣是不是代表她對自己的感覺也好了些，把他當成了家人，不再厭惡？

何田田喜歡陳二嬸，連帶著她家的幾個嫂子都喜歡，她們都是那種容易相處的人，個性爽快，沒什麼心機，不像錢氏，看著可親，可她總是話裡有話，一個不小心被她坑了還得感謝她。跟她相處得打上十二分精神應對，很是心累。

前世何田田出生在普通的家庭，沒什麼勾心鬥角，原主的家裡更是簡單，連接觸的人都不多，她的性子能養出多少心眼？

自來到陳家，吃了幾次悶虧後，何田田才學會一句話要多想想，再回想前世電視裡的劇情，才學會怎麼應付錢氏。

何田田開心地在陳二嬸家吃了頓便飯，還比平時多吃了半碗飯，告辭時，陳二叔讓環兒給了她半隻兔子，說是陳錦仁平時打獵打到的，讓她帶回去給梅氏吃。

陳錦仁是村裡數一數二的打獵高手，閒時便上山打打獵，家裡的野味自然不缺。而他也是這麼多兄弟裡跟陳小郎最像的，兩人一樣高大，只是陳錦仁的眼睛不像陳小郎那麼可怕，而且皮膚比較白。

何田田沒有客氣，把兔子放進籃中。

回到家自然要先去梅氏的房裡，沒想到陳員外竟回來了，當聽說她剛從陳二叔家回來，忙問是不是他家出了什麼事？

錢氏生怕何田田說不利於自己的事，忙搶著道：「大堂哥得了重病，娘看弟妹有時間，便打發她過去看看。」

「錦程病了？」陳員外緊張地問道：「老陳，快準備馬車，我們去老宅看看。」

陳員外走後，屋裡一時陷入沈默，錢氏的眼光不時在何田田身上掃過，何田田知道她擔心自己會把那些話傳出去，想讓自己表個態，可自己為什麼要順著她？

「小郎家的，妳還沒有說，那錦程的病怎麼樣了？」梅氏出聲打破沈默。

「娘，放心吧，大堂哥沒事了，大夫說幸虧送去得早，要不大羅神仙都救不了。」

「那就好、那就好。」梅氏聽了連連說道。

「娘，二嬸給了我一條兔子腿，我這就送去廚房，我們好好吃一頓吧。」何田田知道要是讓錢氏知道自己帶兔子肉回來，吃了獨食，那她以後的日子就不要過了。

「有兔肉吃呀？陳嫂，妳去廚房幫把手，我可是好多年沒吃過兔肉了。」梅氏朝陳嫂吩咐道。

陳嫂忙應了下來，從何田田手中接過兔子便去了廚房。

何田田對梅氏道：「娘，我先回屋換件衣服，等下過來吃飯。」

梅氏朝她擺擺手，何田田行了禮才出來，錢氏一見，也忙跟梅氏告退。

「弟妹，」錢氏追上何田田。「這兔子肉吃多了可不好，易損陽氣。」

何田田見錢氏那要脅的眼神，很是厭煩，也懶得跟她打太極，直接回道：「這就不勞大嫂操心了，我這陽氣正旺。」說完就帶銀花快速離開了。

錢氏看著揚長而去的何田田，眼裡迸出毒光。看來不出招是不行了……

何田田回到院子，沒見到陳小郎，看來他並沒有進屋，又不知道跑哪裡去了，這陳小郎老是神出鬼沒的，也不知道在忙什麼？

換洗過後，何田田發現桌子上多了個包裹，好奇地打開，才發現竟是幾本書。她開心地翻了翻，發現竟都是些雜書，地理風俗、當地奇談，甚至還有幾本話本。

「二少奶奶，這些肯定是二少爺幫您買的。」銀花幫她上了一杯茶，在旁說道。

何田田愣了愣，再看著手中的書，心竟跳得厲害。沒想到那樣的人，心卻這麼細。

見天色有些晚了，陳小郎還沒有回來，何田田心中頭次有了擔心，也有些抱怨。去哪裡也不說一聲，這不是讓人著急嗎？

因為要去梅氏那裡吃飯，何田田不敢耽誤，只得帶銀花朝上房走去，誰知剛出院子，就見陳小郎大步走過來。

何田田停下腳步，對陳小郎道：「今晚去娘那裡吃飯，娘讓陳嫂做兔子肉。你是要回屋換衣裳，還是現在就過去？」

陳小郎一直朝前的腳步不由停了下來，見何田田正看著他，圓圓的眼睛中倒映著他的身子，沒有一點厭惡，甚至有些歡喜，這讓他受寵若驚。

陳小郎的臉有些不自然，把手放在嘴邊，乾咳了兩聲才道：「那先去娘那兒吧，不要讓她等。」

何田田點點頭，退到一旁，想讓陳小郎走在前面，誰知他像是跟她作對一樣，站在那兒一動也不動。何田田等了半天，見他像不明白怎麼回事一樣，氣得朝他翻了個白眼，自顧自地走了。

陳小郎卻像吃了蜜一樣，心裡甜得冒泡。她終於用正眼看自己了，且沒有厭惡，也沒有膽怯，真是太好了。

剛到門口，兔肉的香味就傳了過來，何田田加快腳步，邊掀開門簾邊笑道：「娘，兔子肉好了也不打發人叫我，您這是要吃獨食嗎？」

這些天跟梅氏熟了，何田田也敢跟她開開玩笑了，誰知一掀開門簾，就見陳員外也端坐在位子上，她忙斂了斂心神。

朝陳員外行了禮，何田田等陳小郎坐下後，才在他旁邊有些拘束地坐下。

這時錢氏急匆匆地走了進來，先是朝陳員外行了一禮，才笑著對梅氏道：「娘，我也來湊個熱鬧，吃吃陳嫂做的兔肉。」

陳員外「哼」了一聲，明顯不滿地看了眼錢氏，錢氏臉上一僵，很是不自然地坐了下去。

「老爺，嚐嚐吧，這兔子肉是陳嫂親自下廚做的。」梅氏示意陳嫂挾菜到陳員外的碗中，語氣親近，不像以往那樣冷淡。

陳員外意外地看著碗中的兔肉，迅速抬起頭看梅氏一眼，然後挾起碗中的肉，慢慢品嚐起來。

「不錯，是陳嫂的手藝，妳也吃點。」

陳員外挾了一筷子肉放進梅氏的碗中，何田田看到陳員外的眼睛紅紅的，眼角還有些晶瑩的淚水，嘴角卻挑得很高，誰都看得出他很愉悅。

何田田總覺得陳員外和梅氏之間肯定有故事，只是不為人所知罷了。

陳小郎見何田田只挾眼前的菜，那紅燒兔肉一筷子都沒挾，臉色不由沈了沈。

何田田還在想陳員外夫妻間會有什麼故事，碗中就多了幾塊肉，她抬起頭，見陳小郎完全不看自己，一副一直在吃他的飯的樣子，頓時覺得這頓飯格外香甜。

「弟妹真是好福氣，小叔把妳放在心尖上，生怕餓著妳，這兔肉一半都進了妳的碗吧？」錢氏見了，拈酸吃醋地道。

陳員外眼光直射過來，何田田的臉一下子漲得通紅，一時間不知道該怎麼回話，心中對錢氏更不喜了。她這話是什麼意思？是想說陳小郎不孝順，還是想說陳小郎有了妻子就不顧父母了？

「飯還堵不住妳的嘴？」陳員外橫了眼錢氏，冷冷地道。

錢氏狠狠地看了何田田一眼，不甘心地扒著碗裡的飯，何田田本覺得十分美味的兔肉，現在如同嚼蠟，見陳員外放下筷子，也不再吃了。

陳小郎幾口吃完碗中的飯，就拉著何田田退了出來，回到自己的院子，何田田越想越覺得惱火。這個錢氏真是煩人，總是挑事，不行，她一個活了兩世的人，難道還要看一個女人的臉色過日子？

「噯，你在莊園裡有房子嗎？」何田田見陳小郎坐在那兒閉目養神，問道。

陳小郎睜開眼看了她一眼又合上，過了半晌才道：「那裡小。」

「沒關係。」何田田急切地道：「你想個辦法，我們搬出去住吧。」

陳小郎緊盯著她，見她不像說笑，頓時沈默了。他何嘗不想離開這個家？可他們要是離開了，娘怎麼辦？她是不是又會變得像以前一樣，每天流淚，想著那個生死不明的哥哥？自何田田嫁進來後，娘流淚的時間少了很多，臉上也有了笑容，也願意跟爹說話了，如果他們搬出去，只怕娘又要怪爹了吧？

何田田見陳小郎臉上的神情越來越凝重，便知道這個主意行不通，不由得有些沮喪。不能分家，又不能搬出去，難道就只能活在錢氏的掌控下？

晚上，何田田躺在床上，怎麼也睡不著。

每天困在家裡，想找賺錢的路子也找不到，難道真要一直這樣混混沌沌過日子？以前她還能自我安慰，有得吃、有得穿，像個米蟲一樣也挺好，可那個錢氏……唉！

何田田還在胡思亂想，忽然一條手臂伸過來一撈，她滾到一個熱燙的懷抱裡。何田田腦裡一片空白，完全不明白這是怎麼回事。

「睡吧。」

低沈的聲音在她的頭頂溫柔響起，何田田的心怦怦跳著，像是有隻小鹿不停地撞，撞得她頭暈目眩，完全不能思考。

陳小郎的呼吸均勻地傳來，何田田緊張地抓著被子，一動也不敢動，過了半晌，不見陳小郎再有任何動作，才敢動一下，發現掙脫不出他的手臂，只得找了個舒服的姿勢睡了過去。

何田田睡著後，陳小郎卻睜開那雙在夜晚更加嚇人的眼睛，他的手鬆了鬆，何田田那恬靜的臉就出現在他的眼裡。他的眼中充滿寵愛，伸出另一隻手，想摸摸那潔淨無瑕的臉，又怕會驚醒她，就這樣目不轉睛地看著，心裡無比滿足。

第二天，何田田醒來，揉了揉眼睛，昨晚的事瞬間湧上她的腦海，她反射般摸了摸身邊，卻發現已經沒有人了，只留下還有些溫度的被窩。

何田田沒想到她竟在陳小郎的懷裡睡了整個晚上，而且睡得那麼安穩，甚至比以往每個晚上更舒服。

難道她已經習慣了陳小郎？還是喜歡上他？

等等，喜歡？何田田被自己的想法驚到了，她用被子把自己蒙住，不敢相信這是真的。

「二少奶奶，您發燒了嗎？臉怎麼這麼紅？」銀花擔心地問道。

本來滾燙的臉被她這麼一問，更加燙了，何田田不禁有些惱，掀開被子朝她翻了個白眼，沒好氣地道：「沒看到我這是因為熱的嗎？」

熱的？銀花朝外看了看，明明今天是陰天，而且風颳得有些大，眼看著就要變天了，怎麼還會熱呢？

不過銀花看出她臉色有些不對，不敢再說話，把早餐放好退到一旁。

「二少爺呢？又出去了？」何田田看著又只有她的分兒，不由皺起了眉。他擄亂了她的心，人卻不見了？

「二少爺出去了，不過這早餐可是他特意吩咐陳大娘弄的。」銀花低聲道。

何田田這才發現擺在面前的是她最喜歡的南瓜粥，還有兩個鹹蛋，一想到陳小郎冷著臉去交代陳大娘的樣子，何田田的臉不由得更加紅了，眼中如春帶水，不禁讓銀花都看傻了眼。

二少奶奶真是越來越好看了，難怪大少奶奶總是看不過去，總想為難她。

何田田要是知道銀花的心裡話，只怕要點著她的額頭罵「傻子」了。

吃過早飯，何田田帶著銀花去梅氏屋裡，沒想到陳員外並沒有出去，也在屋裡，錢氏也在。

何田田一進來就發現氣氛不對，她朝陳員外行了禮，向梅氏請過安就站在一旁。

自何田田進來，屋內就沒有人說話，屋內靜得有些可怕，錢氏一直低著頭站在那裡，陳員外板著張臉，看著像在生氣。

「爹、娘，我忽然記起還有點事，就先告退了。」何田田見勢不妙，走為上策。

「小郎家的，等等。」一直沒開口的陳員外卻出聲把她叫住。「妳嫁進陳家也有些日子了，小郎一天到晚在莊園裡，我看妳也是個能幹的，以後就幫著妳大嫂管家吧。」

何田田似被雷劈到，驚恐失色，反射般朝錢氏看過去，只見她紅著眼恨恨地看著她，好像這一切都是她的錯。

「爹，我從沒有學過管家，怕做不好，再說大嫂一直做得好好的。」

「這事就這樣定了，以後大郎家的管好大郎交給妳的事就行，家裡的人情往來、日常開支全由小郎家的管著。公中的帳本大郎家的先交上來，等對過帳後再交給小郎家的。」不等何田田說完，陳員外就直接下了決定，根本不給她拒絕的機會。

何田田聽了有些目瞪口呆。這哪是不讓錢氏管家，這不是直接奪了她的權嗎？錢氏一直都把陳家的看成是她自己的，如今叫她拿出來，那不是要了她的命嗎？何田田一時間不知道該怎麼回應，只能呆在原地。

倒是錢氏過了半晌，小聲回道：「是，爹。」

說完她藉口要去整理帳本退了出去，陳員外也沒有留她，何田田站在那兒很尷尬，她看向梅氏，可惜梅氏看不見，根本無法回應她。

「那……爹、娘，我也先下去了。爹，我真沒管過家，這事還請爹再考慮考慮。」何田田再次重申。

何田田也不管陳員外怎麼想的，直接就出了屋，她心裡有股火氣，再不走等下就要爆發了。

「二少奶奶，老爺今天怎麼了？」回到院子，銀花有些不安地道。

還能怎麼了？不就是對錢氏不滿，想打擊她，就想拉抬自己，這制衡術玩得溜，卻根本沒想過她以後的日子。

何田田越想越氣，自嫁到陳家後，梅氏的不滿、錢氏不時找麻煩，陳小郎又經常不在，就算在也整天不說話，這些她都忍了，可他們呢，是不是覺得自己好欺負，不高興就拉她出去，她這是招誰惹誰了？

銀花見何田田臉色不對，忙幫她倒杯水，站得遠遠的。她聽金花說過，大少奶奶一生氣就是砸這砸那的。

何田田越想越覺委屈，她幹麼要在這兒？沒人疼、沒人愛的，有事也只能自己生悶氣，就算吃得飽、穿得暖又怎樣？還不如在何家過得自在呢！雖然每頓都吃不飽，但是有家人關愛，一起說說笑笑，那日子多好。

陳小郎從早上出來就心神不寧的，做一會兒活兒就要停一會兒，眼睛總看著陳家的方向，莊頭便打趣起來。「二少爺想二少奶奶了吧？您還是快點回去吧，這裡有我們就行了，放心吧，我們會弄得妥妥的。」

陳小郎遲疑了一會兒，心裡實在靜不下，最後把手中的農具往莊頭手中一丟，便迅速離開。

銀花遠遠地就看到陳小郎回來了，便快快走到他面前，克制著心中的恐懼，道：「二少爺，二少奶奶在生氣。」

陳小郎停下來，看著把頭低到胸口下的銀花，淡淡地問：「怎麼回事？」

「二少奶奶去給老爺、夫人請安時，老爺讓二少奶奶管家……」銀花只覺得空氣越來越冷，恨不得拔腿就跑。

陳小郎一聽，臉一下就沈了下來。

他幾步進了屋，見何田田氣呼呼地坐在那兒，眼睛紅紅的，一看就是剛才哭過了。明明只有幾步遠，陳小郎卻有些膽怯了，竟不敢走到何田田的身邊。

何田田自然看到了陳小郎的身影，她正在生氣呢，一點也不想看到他，尤其又想起昨晚的事，她就更氣，乾脆轉過身背著他。

陳小郎最終還是在她旁邊坐下來。「我已經聽說了，妳別擔心，等下我去跟爹說。」

「你現在說有什麼用？就算現在我不管家，大嫂也把我恨上了。」何田田聽了，怒火就上來了。「我告訴你，陳小郎，我不稀罕這個家的東西，要是可以，我寧可嫁給小門小戶，也不要過這麼窒息的日子。」

何田田這些天所受的氣終於爆發出來，她朝陳小郎吼道：「我要回家，我不要待在這裡了！」

陳小郎難受極了，她說的是真的，她一點也不在意什麼家產，她是在指責他，根本給不了她要的生活。昨晚他還很歡喜，以為兩人的關係終於進了一步，卻沒想到不過短短半日就恢復到原點，甚至更差。

「我們搬家，我這就去跟爹說。」陳小郎忽然想起她的要求，站起身就要出門。

何田田聽了一愣，見他要出去，忙跳下羅漢床拉住他。「你瘋了，你真去說？」

「妳不是想搬出去嗎？」陳小郎不明白她這又是鬧哪一齣？

何田田看著他那無辜的樣子，氣得想罵娘。他現在去跟陳員外說要搬出去，人家會怎麼想她？挑事？不孝順？還是不知好歹？

最後陳小郎被何田田重新拉回房間，何田田被他這一鬧，心情總算恢復了一點。

「妳不想管家，我去跟爹娘說。」陳小郎小心翼翼地道，生怕又惹她生氣。

何田田又想罵人了，可看著他那麼大一個男人，一副生怕惹到她的樣子，怎麼看就怎麼不對勁，她以前怎麼就沒發現，他竟是那樣的萌呢？

「噗哧！」何田田忍不住笑出聲，他那眼神和動作，讓她想起前世養的狗兒，每次犯了錯就是用這樣的眼神看著她。

許是剛剛發洩一場，何田田的心總算沒那麼壓抑了，反而升起一股鬥志。

讓她管家就管家，她還怕嗎？難道她一個大學生，連一個小小的家都管不了？以前是不想跟錢氏計較，想過安然的日子，現在既然都得罪了，那也就沒有必要顧著臉面了，憑本事過日子。

何田田這麼一想便神清氣爽了，像換了個人似的，轉過頭見陳小郎愣在那兒，呆呆地看著自己，既不知道勸勸她，更不知道哄哄她，一想到以後就要跟這樣的木頭人過一輩子，何田田就感覺又有些氣餒。

忽然，她想起前世一個好友說的話：沒有男人從一開始就是完美的，都是他身邊的女人慢慢調教出來的。妳想要什麼樣的男人，那妳一開始就從那方面去調教。

何田田眼睛一亮，覺得這話有道理，便朝陳小郎露出志在必得的笑容。

陳小郎一直沈浸在何田田的指責中，他真讓她那麼難受嗎？他越想越沮喪，也許他娶她就是個錯誤，她本應該生活得好好的。

他抬起頭來想對她說些什麼，卻看到她完全沒了剛才的喪氣，眼睛亮亮的，不知道想到了什麼主意，忽然對自己微笑。

不知道怎麼回事，陳小郎從心底升起一股寒氣，覺得那笑容有些不對勁。

何田田可不知道陳小郎內心的想法，幾步就走到他面前，拉著他坐到羅漢床上。

陳小郎看了她一眼，忽然想到什麼，迅速把頭低下去，不敢直視她。

何田田不滿地拉著他的手。「抬起頭來。」

其實仔細看陳小郎，也沒有什麼好怕的，就是他的眼睛比平常人的凸出來一點，再加上他的臉大，忽然一看肯定嚇人，但看習慣了也不覺得怎麼樣。

聽了何田田的話，陳小郎有些不安地再次抬起頭，見她正看著他，又想低下頭，卻見她明顯露出不同意的神色，只得把眼光移到別處。

「你看著我，我有話要說。」

何田田是個很懶散的人，不喜歡爭強好勝，也沒什麼野心，但如果她下定決心做一件事，那就會儘量去做好。

她既然想把陳小郎調教成自己心中的好男人，那她就會按照心中的標準去實行。

她覺得陳小郎第一點要做的，就是要學習聽她的話，有什麼事要跟她商量，而不是像以前一樣什麼都不說，按自己的想法去做，而她根本不知道他在想什麼或要什麼，明明站在面前還要去猜測，這樣相處起來很累。

「我是你要娶回家的，對嗎？」

何田田盯著陳小郎，自然把他聽了這話後那不自然的表情看在眼裡，尤其是他的耳朵竟紅了，這大大出乎她的意料。

這麼大一個男人也知道害羞。她更加相信確實是他求娶自己的。

「你喜歡我，對嗎？」

問出這話，何田田其實也有些不好意思，都不敢直接看他了，可又不想錯過什麼，便強迫自己看著陳小郎，也就如願看到了他微微點頭。

看到他點頭，何田田露出笑容，心裡也有股甜意，心情特別好，連說話都輕了幾分。

「那我說的話，你聽嗎？」何田田有些緊張地看著他，別看陳小郎平時一聲不吭，其實有主見得很。

陳小郎搖搖頭，又點點頭，何田田有些不明白他的意思，便盯著他看。

陳小郎怕她誤會，忙張了張口，卻發現不知該怎麼表達，有些沮喪地看著何田田。

何田田也看出他的為難，便道：「這樣吧，我說，你如果認為對的就點頭，錯的就搖頭。」

陳小郎忙點點頭，何田田想了想，猜測道：「你是想說有理的就聽，沒理的就不聽？」

陳小郎點點頭，甚至臉上還浮起笑容。何田田卻不樂意了，難道她在他眼中就是那麼不講理的人？

見何田田的臉一下子沈了下去，陳小郎剛露出的笑容瞬間消失，緊張地看著她，不明白哪裡又惹到她了。

「都聽妳的。」

擠了半天，終於說出了一句話。陳小郎說完便緊盯著何田田，何田田咧開嘴笑了起來，早這麼說不就得了？

陳小郎見她笑了，吁出一口氣，傻傻地看著何田田。

何田田裝作一本正經的樣子，說道：「從今天起，去哪兒、做什麼、什麼時候回來，都要告訴我。」

陳小郎愣了愣，接著笑著重重點了點頭。

何田田忽然問道：「你是不想說話，還是說不出話？」

陳小郎一聽，臉就沈了下去，閉上嘴又不肯說話了，何田田卻不肯放過他。「你剛剛還說要聽我的話，我現在就要你說出心中的話。」

陳小郎臉上顯得有些難過，不過還是緩緩道：「小時候沒問題，越長大越不願意說，後來就不想說，再後來想說也說不出口了。」

何田田總算明白了，想來他小時候跟正常人一樣，到後來他的個子比常人高，眼睛又不同於常人，願意跟他說話的人越來越少，甚至還有人排擠他，他自然就說得越來越少，也就越來越不擅長跟人交談了。

何田田不由得有些心疼，似乎看到一個小男孩站在那兒，看著一群孩子玩鬧，他想過去跟他們一起玩，那群孩子卻露出嫌棄的眼神，嘴裡還說出一些難聽的話。

隨著時日越長，小男孩越來越孤僻，越來越不願意說話。

「你說，我聽。」何田田輕聲安慰道。

陳小郎眼睛閃過歡喜。「好。」

何田田滿意地看著他，發現陳小郎並沒有想像中那麼難相處。也許他一時適應不了，但時間長了總會習慣的。

何田田這邊氣氛越來越融洽，上房裡，錢氏卻是氣得又砸了好幾個碗，看著桌上的帳本，目露凶光。

「想管家，那就看看妳有沒有這個能耐……」

第六章

正房裡，梅氏正在抱怨陳員外。

「你怎麼就想了這麼一齣，這不是讓她記恨小郎家的嗎？」

「妳沒看出來嗎？小郎家的要是不用逼迫的，她根本不想惹事。我們在還好說，要是我們不在了怎麼辦？」陳員外無奈地道。

當日求親的時候，見何田田膽大無懼的樣子，回來可高興了，哪怕他們離開了，小郎也不用擔心了，有個厲害的媳婦，總是吃不了虧。誰知道人進門後才發現，她平時不願意爭，除非逼不得已。想到這次出去看到、聽到的，陳員外不免有些急了。

而這錢氏行事又越來越過分，現在他還在，她就那麼膽大妄為，不給她一點顏色，還真當這個家她說了算。陳員外想得遠，只是這些話不願跟梅氏說，生怕她又胡思亂想，整天流淚。

「可這樣大郎回來，只怕會有別的想法了。」梅氏幽幽說道。

「管不了那麼多了，他只顧著自己，要是不願意就分家吧。」陳員外沒好氣地說完，站起來就往外面走。

梅氏眼一紅，那眼淚又一個勁兒地往下掉。

都是自己的錯，三個兒子裡，一個杳無音信，一個耳根子軟，只聽女人的，連自己的親兄弟都不要。另一個整天不說一句話，受了委屈也不說，只知道整日守著那些田。

剛才老爺氣沖沖地出去，心裡肯定在怨怪自己，怪她沒教好兩個兒子。仔細想想，小郎家的那天在廟裡還真沒有說錯，因為覺得對不起那去了的，活在自憐中，身邊的也沒有教好。

梅氏越想越內疚，眼淚越流越凶。

陳嫂見狀，深深地嘆了口氣，上前勸道：「夫人，別流淚了，保重身體要緊。兒孫自有兒孫福，老爺這麼做自有他的考量。」

「我知道。」梅氏哽咽。「都怪我沒有管好這個家，沒有教好兒子，才會讓這個家面和人不和。」

陳嫂忍不住嘆氣。夫人就是這樣，一有事就往自己身上攬，又是自責又是傷心，卻從不想怎麼去解決。當初錢氏那事，明明知道是個不好的，可任由大少爺娶了進來，也就老爺感念著她當日之恩，要是碰到其他男人，只怕誰也受不了她這樣吧。

何田田跟陳小郎說開後，心情極好，躺在陳小郎的懷中一覺睡到天亮。

吃過早飯，何田田拉著陳小郎一起去正房，她倒要看看陳員外到底說話算不算數，錢氏捨不捨得把這家給她當？

何田田到時，陳員外和梅氏剛吃完飯，錢氏還沒有來。

「小郎家的，我已經跟帳房說過了，以後一個月支銀三百兩給妳開支。」陳員外嚴肅地道。

何田田一看這架勢，看來真的是要把這家交給自己了。

她忙點頭。「我剛接手，等看過帳本清楚家裡的開支，再商量每個月的開支多少比較好吧？」

「也行。等妳大嫂把帳本整理好給妳看過，妳再去跟帳房商量一個月需要多少。」陳員外一聽，心中歡喜又意外。他並沒有看錯人，這一開口就說到點上，並不是個拎不清的人。

錢氏站在窗外聽了半天，氣得手上的帕子都快要撕碎了。沒想到他們就這麼迫不及待地想把自己手中掌家的權奪去。

錢氏恨恨地朝裡面看了一眼，連安都沒有去請，就帶著金花又回到自己的院子。

陳員外又交代了何田田幾句，就帶著老陳去忙了。

梅氏見陳員外這次是鐵了心，擔心何田田什麼都不知道，管不起家，便教起何田田怎麼管家。

何田田對日常這部分倒是不擔心，陳家人口不多，開支不算大，她最怕的就是外面的一些人情往來。很多跟陳員外有生意往來的人，逢年過節都要送禮，而這送禮的學問可大著。

前世何田田沒有嫁過人，自然就沒有操過這方面的心。聽梅氏說，送什麼糕點、糕點的數量都是有講究的，她要學好這些，也不是一日、兩日的事。

「二少奶奶，沒想到管家也不容易呀。」一個上午過去，何田田只弄清楚怎麼給那些生意場上的人送禮，而像親戚、村人，這些人情往來還沒有開始學。

銀花一直站在何田田身後，梅氏講的她自然也聽到了，因此剛出了梅氏的院子，她便感慨起來。

「記著點，以後這些事可需要妳幫著弄。」何田田道。

「……」銀花張著嘴說不出話來。這怎麼又成了她的事？她沒弄明白呀？

何田田其實知道梅氏這樣教，聽起來肯定複雜，但不是有以往的禮單嗎？拿過來照著做就行。當然這些都要錢氏願意給她。

錢氏今天沒來正房，想來對陳員外收回她的管家權有很大的意見。何田田有些好奇她最後會怎麼樣？是跟陳員外對著幹，還是乖乖把管家權交出來？

還沒等何田田看到錢氏的表現，陳大郎就回家了。這一次，陳大郎帶回一個讓梅氏大喜的消息，就是她丟失的那個兒子的音訊。

「大郎，這次不會再像上次一樣吧？」梅氏興奮過後，擔心地問。

何田田看著陳大郎，總覺得他怪怪的，不過陳大郎完全沒注意她，而是信誓旦旦地對梅氏道：「這次錯不了，我已經確認過了，就怕到最後又是烏龍，讓娘白高興一場。」

「那他現在在哪裡？你快點帶他回來。」平時還好，只要碰到關於她大兒子的事，梅氏似乎就什麼理智都沒了。

陳大郎這時遲疑起來了，梅氏聽他半天沒有回音，急切地道：「大郎，是有什麼為難的事嗎？」

「娘，其實上次的消息並沒有弄錯，只是大哥不是賣到了那戶人家，而是鄰縣的一個姜姓人家。」陳大郎頓了頓。「我得到消息後，便馬不停蹄地去到那裡，打聽了一番，大哥確實在那兒，不過……」

「不過什麼？你怎麼沒有讓他跟你一起回來？」

陳大郎輕輕拍了拍梅氏的手，愁眉苦臉地嘆了口氣。「娘，不是兒子不願接大哥回來，而是那家人並不是那麼好說話。」

「怎麼說？」梅氏一聽急了，連忙問道。

何田田一直坐在一旁沒有說話，更不要說陳小郎了，就連陳員外也只是冷眼看著陳大郎，由著他說。

陳大郎到這時才裝模作樣地看著陳員外，道：「爹，這事還得您出面才行。」

「此話怎講？」陳員外平靜地問。

何田田看著激動的梅氏、平靜的陳員外，心裡還是有些意外。她記得上次陳大郎帶回消息時，陳員外也很積極地想要找回那個與他無血緣的兒子，怎麼這次都沒有反應？難道是因為次數多了的緣故？
陳大郎道：「那家人在當地是出了名的難纏，而且很不講理，又貪財，我剛說明來意，那當家的就開口要二千兩白銀。」
陳大郎一說出口，屋裡眾人都倒抽一口冷氣。
二千兩？這可不是個小數目！
何田田和陳小郎不知道陳家到底有多少家底，但陳員外和梅氏都知道，這話一出，梅氏捂著胸口差點要暈過去，陳員外則緊鎖著眉頭看著陳大郎。
「他當真這麼說？」陳員外問道。
「當真，要是幾十兩或幾百兩，兒子肯定毫不猶豫就拿出銀兩把大哥贖回來了，可實在是太多了，不說兒子手中沒那麼多，就是有也作不了這個主。」
梅氏在陳嫂又是掐又是按之下，總算好了些，轉眼就又坐在那裡掉起了眼淚。
陳員外看了她一眼，臉色沈了下來。「你們先出去，我跟你娘商量商量。」
何田田忙拉著陳小郎先退出來，就在快出院子的時候，陳大郎才慢悠悠地走出來。何田田回頭一看，他那表情與剛剛根本就不一樣。
何田田迅速轉過頭，腳下走得更快了。
回到院子，何田田見陳小郎面無表情地坐在那兒，便坐在他旁邊，小聲道：「你說大哥那消息可靠嗎？」

數。

陳小郎抬起頭看了她一眼，拿起桌前的水壺倒了一杯水。「妳聽聽就行。」

何田田重新打量著陳小郎，發現他還是不動聲色，可從他那眼神中看得出來，他心中有數。

「你也懷疑？」何田田試探地問。

這次陳小郎沒有回應，而是一臉深思。

何田田只覺得陳大郎那人真真可怕，他這麼做，難道就因為陳員外要自己管家？

「我們還是搬出去住吧？」不是何田田多想，而是實在太巧了，陳員外剛提出要她管家，那邊就有了消息，而且哪個不講理的人，竟會開口就要二千兩銀子，這太不合理了。

「先看看吧。」陳小郎過了半晌才道，語氣複雜。

第二天何田田他們剛到正房，陳員外已經決定跟陳大郎一起去看看。陳員外沒有再提讓何田田管家的事，在陳員外沒注意時，錢氏還朝她露出個「走著瞧」的眼神。

何田田沒有理她，反正已經這樣了，兵來將擋，水來土掩，見招拆招吧。

送走陳員外和陳大郎，何田田左思右想，覺得這樣下去不是辦法，便問陳小郎。「你名下有沒有什麼產業？」

陳小郎搖搖頭，有些疑惑地看著她，不明白她問這幹麼？

「我心中有些不安。」何田田總覺得有什麼事會發生，想提前找退路。

陳小郎原本揚起的手落了下去，最後才道：「不怕，有我。」

何田田給了他一個白眼。就他這悶葫蘆，能有什麼用？想到他每天待在莊園，不死心地問道：「那莊園是你的吧？」

誰知陳小郎還是回她一個搖頭，讓何田田徹底洩了氣。「這些都是在誰的名下？」

「應該是爹的吧。」陳小郎的話裡充滿了不確定。

何田田無語地看著陳小郎，對陳員外他們也同樣無語。她就不信，陳大郎和錢氏對陳小郎怎麼樣，他會看不到，外面的生意就不說了，怎麼會連那莊園都沒有給他呢？

「二少奶奶，大少奶奶真是太過分了。」銀花嘟著嘴回來了，手中的食盒是空的。

「怎麼了？」何田田疑惑地問道：「廚房今天沒做飯？」

銀花看了她一眼，有些不敢出聲，可是想到陳大娘那些話，又十分氣憤。

何田田看著她那氣呼呼的樣子，也明白是怎麼回事。她二話不說，拉著陳小郎就去了正房。

梅氏剛拿起筷子，就聽外面的小丫頭在叫「二少爺、二少奶奶」，她抬起頭對陳嫂道：「妳去看看，是不是小郎他們過來了？」

陳嫂剛走到門口，就見何田田和陳小郎一前一後走了進來，臉上倒看不出什麼，只是不知道怎麼這個時候過來了。

何田田進門朝梅氏行過禮後，就對銀花道：「去給我和妳二少爺拿碗筷來。」

梅氏詫異地看著他們。「你們還沒吃飯？」

平時梅氏都會比他們晚半個時辰吃飯，主要是她整天待在房間，最多不過在院子裡走上幾步，自然沒有他們年輕人消化得快，而且梅氏的飯菜需要燉，花費的時間也就多些。

「娘，您吃了嗎？」何田田見桌上的飯菜還沒有動，卻故意問道：「以後我們都要過來吃娘的剩飯了。」

梅氏一聽，把剛拿起的筷子往桌上一拍。「怎麼回事？陳家還缺妳這一口飯？」

何田田拿起手帕在眼角擦了擦，有些哽咽。「娘，我沒有說謊，銀花，妳把在廚房裡聽到的話一五一十說給夫人聽。」

銀花起先還有些膽怯，後來可能是越說越氣憤，把陳大娘說的那些話一字不漏地說了出來。

梅氏越聽越氣，最後差點要把桌子掀了，何田田見了，忙道：「娘，您可千萬不要掀桌子，我們還等著您吃完的飯呢。我餓一頓倒無所謂，夫君那麼大一個人，還要去莊園幹活，餓著了可不好。」

「錢氏呢？去把她給我叫過來！」梅氏聽了何田田那綿裡藏針的話，氣得臉都綠了。

陳小郎拉了拉何田田的衣袖，朝她搖搖頭，何田田就低著頭，輕聲哭泣起來。「娘，您也不要怪我鬧，我是真覺得委屈。」

梅氏哪會不明白，對錢氏更是恨之入骨。現在他們都還在就敢這樣，要是不在了呢？

陳小郎坐在那兒一句話也不說，屋內就只有何田田的抽噎聲。

錢氏正得意地吃著大雞腿，外面就傳來陳嫂的聲音，錢氏朝金花使了個眼色，金花忙出了門。

「陳嫂，您這是？」金花剛出門就碰到陳嫂。

「大少奶奶呢？夫人有請。」

錢氏一聽，就朝外面道：「陳嫂來了呀？娘找我有什麼事？我正在吃飯呢。」

「大少奶奶，夫人請。」陳嫂的聲調並沒有變，語氣卻很堅持，錢氏不得不放下手中的筷子，站起來出了門。

錢氏一到梅氏的屋裡，就明白是為了什麼，她沒想到何田田根本沒有來找她，而是直接鬧到梅氏面前。

她臉色變了又變，笑著朝梅氏行禮。

「娘，不知道您叫我過來有什麼事？是飯菜不合口味嗎？」錢氏面不改色地問道。

何田田對錢氏真是佩服得五體投地，就她這樣的心機，在這陳家真是屈才，不去皇宮真是浪費了。

「錢氏，妳別在這兒裝瘋賣傻，小郎家他們這是怎麼回事？」梅氏開門見山地道，懶得跟她囉嗦。

「小弟？弟妹？」錢氏這才露出一副驚訝的樣子，看著他們。「弟妹有什麼事嗎？這就是妳的不對了，有事直接找我就行，娘的身體不好，要是累到可就不好了。」

何田田笑了起來。「也沒什麼事，我就是過來問問娘，這陳小郎是不是爹的兒子，這家到底有沒有他的分兒？」

錢氏一聽，臉色大變，知道自己操之過急了，都忘了陳小郎不比從前，他身邊多了個何氏。

「弟妹這話說得有些過了，小弟怎會不是這個家的？」錢氏接著道：「弟妹，不知道是何事惹得妳這麼生氣，是不是哪個下人得罪妳了?說出來，我這就去罰那不長眼的奴才。」

何田田冷笑，知道這事鬧到這兒就算是結束了，如果自己堅持讓銀花當著她的面把陳大娘的話說出來，那錢氏肯定會把責任推到陳大娘身上，然後把自己摘得一乾二淨，還讓她給梅氏留下一個得理不饒人的印象。

「既然陳小郎是這個家的，想來那些奴才沒有那麼大膽，敢對主人苛刻。」何田田平靜地道：「大嫂管著家，是不是太辛苦了，要是累了就多休息，別犯糊塗。」

接著何田田朝梅氏道：「娘，既然大嫂給了答案，您就不用處理了，我們就不打擾您吃飯了。」

何田田說完，拉著站在一旁的陳小郎就出了屋。

梅氏聽何田田和陳小郎走了，拿起桌上的碗就朝錢氏的方向丟過去。「錢氏，我告訴妳，我跟妳爹還在，這個家還不是妳的，輪不到妳為所欲為！陳嫂，去帳房拿十兩銀子給二少奶奶送過去，讓他們去買好吃的，告訴他們，要是以後廚房沒了菜，就直接去帳房拿銀子，派人去買些想吃的回來。」

陳嫂一聽立即去了帳房，錢氏氣得嘴唇都咬破了，還得一個勁兒地朝梅氏賠不是。「娘，您別氣了，媳婦真不知道哪兒惹到您了，這要打要罵由您，只是您得注意自己的身體，眼看著大哥就要回來了，到時一家團圓，享受著天倫之樂呢。」

見錢氏一個勁兒地裝糊塗，梅氏都懶得理她，躺在那兒直到陳嫂回來，說已經把銀子給了二少奶奶，這才揮手讓錢氏退出去。

何田田回到房裡，隨便吃了些點心填了下肚子，轉過頭看向陳小郎。「要不去廚房看看，還有沒有東西吃？」

陳小郎沒出聲，何田田示意銀花去看看。

銀花剛出去，陳嫂就進來了，何田田驚訝地看著她把兩個銀元寶放在桌上，愣在那兒都忘了送陳嫂。

「這頓飯還真是挺值錢。」過了半晌何田田才反應過來，感嘆說道。

銀花從廚房端了碗麵回來，陳小郎拿起筷子準備朝碗裡挾，卻又停下來。「妳先吃吧。」

何田田滿意地笑了起來。「我飽了。你快點吃吧。」

陳小郎這才低頭吃了起來。何田田對他的表現還挺滿意的，自從那天跟他談過話後，陳小郎雖然還是很少說話，但做什麼都會顧及她的感受，就像現在，吃東西還會想到她，不像以前，每天想走就走，想回來就回來。

陳小郎吃過飯便去了莊園，何田田看著桌上錢氏的衣服，也不願意做了，從旁邊拿起一本書看了起來。

「二少奶奶、二少奶奶，您娘家來人了！」

何田田半睡半醒間，聽到外面銀花急促的叫聲，猛地睜開了眼。

「二少奶奶，您可醒來了，外面有人說是您的堂兄要找您。」銀花一見何田田醒了便道。

「快幫我看看有沒有不妥的。」堂兄？也不知道是哪一個，這個時候來，難道發生了什麼事？

何田田整理了下衣裳，轉身就要朝外走，忽然想到什麼，又回到櫃子前，拿了一個銀元寶放進荷包裡。

何田田剛到外院，一個大約二十多歲的男子急得在那兒團團轉，她記得他是大伯家的世林哥。

何世林見她出來，焦急地朝她道：「田田，妳快回家看看，妳嫂子難產了。」

「啊，嫂子難產？」何田田臉一下就白了，忙對銀花道：「我回一趟荷花村，妳去跟夫人說一聲，等二少爺回來告訴他。」

銀花忙點了點頭。

何田田跳上車，何世林便揚起鞭子，趕起牛車。

何田田從沒如此覺得這牛車這麼慢，她恨不得飛回荷家村。

「世林哥，能不能快點呀？」何田田忍不住催促道。

「這已經是最快的了。田田，妳別急，已經去請大夫了，穩婆也在，想來不會出事。」何世林安慰道。

何田田如何不急？生孩子本就凶險，更何況在這醫療條件極差的古代？何田田伸長脖子一個勁兒地朝前面看。

駕駕——

後面傳來趕馬的聲音，何田田回過頭還沒看清人，身體就騰空飛了起來。

「啊！」何田田被這變故嚇得叫了起來。

「是我。」

熟悉的聲音讓何田田冷靜下來。「你怎麼來了？」

何田田從沒有騎過馬，看著馬兒飛快地跑動著，兩旁的樹木不停朝後退，她緊緊抓住了陳小郎的衣服。

騎馬比牛車要快得多，等何田田沒那麼害怕而睜開眼時，已經到了何家門前。

陳小郎勒住馬，自己跳下去後才把她抱下來。

何田田腳剛落地就朝裡面跑，剛到門口就聽到戴氏的房間傳來壓抑而痛苦的叫聲。

何老爹拿著旱煙壺蹲在門口，一見何田田回來了，忙拉著她。「田田，妳怎麼回來了？」

「爹，嫂子怎麼樣了？」何田田著急地問道。

「不知道，接生婆進去了，妳娘也在裡面，妳哥去請大夫了。」何老爹一個男人自然進不了產房，他只能在外面等。

何田田一聽何世蓮還沒回來，忙跑到陳小郎面前。「快去接我哥，他找大夫去了！」

陳小郎二話不說又躍上了馬，很快就不見人影。何田田想進產房，何老爹不准，把她攔在外頭，何田田只能站在那兒乾著急，隨著戴氏的聲音越來越微弱，何田田的手越擰越緊。

「田田，妳回來了，快去燒水！」林氏走了出來，兩隻手都沾滿了血，一見到何田田馬上吩咐道。

何田田聽了便立刻朝廚房走去，林氏又轉身進了產房。何田田剛生好火，就見何五奶在方氏的攙扶下急忙地走了過來。

「田田，妳嫂子怎麼樣了？」方氏扶著何五奶坐下，便過來幫忙。

何田田搖了搖頭。「我也不知道，我爹不讓進。」

「妳沒生產過，是不能進產房的。真是急死人了，妳爹也是個糊塗的，這麼大的事也不通知一下。」方氏一邊說，一邊朝鍋裡加水。「這水等一下會用很多，多燒些。」

「大夫來了沒有！」忽然林氏大聲地叫喊起來，嚇得何田田把手中的火鉗都丟了。

「怎麼了？怎麼了？」何五奶顫巍巍地站起來，朝林氏問道。

「流了很多血，孩子就是不出來。」林氏都快要哭出來了，根本不記得往日的那些仇恨了，只想有個人告訴她該怎麼辦。

「別慌，走，進去看看。」何五奶不慌不忙地拍了拍林氏的肩膀，然後一同走進產房。

終於，外面傳來了馬蹄聲，何田田忙跑出屋，就見陳小郎提著個人一起跳下馬，等那人站穩，原來是大夫。

「大夫，麻煩您進去看看。」何老爹忙上前道。

方氏忙打來一盆水讓大夫淨手，大夫整了整衣服，洗淨了手，話都沒說就進去了。

也不知道過了多久，何世蓮回來後一直抱著頭，痛苦地蹲在地上，太陽也即將西落，林氏出來打了一盆又一盆的熱水。何田田腳下的那塊地都快要被她磨出一個坑了，產房卻還沒有動靜，只有戴氏不時傳來壓抑、痛苦的聲音。

「生了，生了！」終於，從產房裡傳來激動的聲音。

何田田剛鬆一口氣，林氏的聲音又從房裡傳了出來。「這孩子怎麼都沒有聲音？」

接著兩下拍打聲，終於傳來兩聲「喵喵」般細微的聲音，眾人終於鬆了口氣。

何世蓮一急，剛起身，腳麻沒站穩，摔倒在地。眾人看了不由得有些好笑，氣氛終於沒那麼壓抑了。

過了一會兒，大夫和何五奶一起走了出來，何田田忙扶著何五奶。「奶奶，大嫂怎麼樣了？」

「沒事了，只是有些虛弱，好好養著就行。」何五奶看起來很累，坐著直喘氣。

大夫寫了個方子遞給何世蓮。「孩子倒著出來，產婦傷了元氣，按這方子抓藥給她補補，要不以後難懷孩子。」

「好、好。」何世蓮接過方子，慎重地摺好放在他的荷包裡。

終於，林氏出來了，她的懷中抱著個嬰兒，何田田好奇地伸過頭看了看，愣是被嚇了一跳。「娘，這真是嫂子生的孩子？」

「問的什麼話，不是妳嫂子生的是誰生的？」林氏不悅地瞪了她一眼，罵道。

「他怎麼這麼黑？」實在不怪何田田問這樣的問題，因為這孩子黑得太過分了些，放在晚上肯定看不出他的臉來。

「那是孩子出來的時候夾的，等過幾天就好了。」接生婆笑著回道：「恭喜喜得小郎君，以後肯定是個聰明伶俐的。」

何五奶忙從懷裡掏出幾個銅錢塞進她的懷裡，還不停道謝，何老爹也拿出些錢塞進她的手裡。何田田見狀，也從荷包裡拿出十來個錢塞給她。

接生婆笑得更歡了，那好聽的話不絕於耳。

送走了接生婆和大夫，何世蓮把戴氏抱進房間，何田田這才看到了她。

「嫂子，妳感覺怎麼樣了？」何田田見她的頭髮雜亂地披散在枕頭上，一臉蒼白，很是擔心。

「沒事，孩子呢？」戴氏朝她露出個虛弱的笑容，問道。

「在這兒呢，讓他躺在妳身邊，等他醒來就讓他吸吸奶。」林氏小心翼翼地把孩子放在她的身邊。

何田田見戴氏一臉倦意，便站了起來。「嫂子妳先休息，我先回去了，等過幾天再來看妳。」

何田田說完就從荷包中拿出那個銀元寶，塞到她的手中。「拿著讓大哥給妳買些肉補一補。」

戴氏想拒絕，可惜力不從心，何田田迅速離開房間，一出來就見陳小郎站在那兒一動也不動。

見戴氏他們都沒什麼問題，方氏又扶起何五奶要離開了，林氏站在那兒想留又說不出口，只得使眼色給何老爹，誰知道何老爹看都沒看。

何田田見狀，只得走過去。「奶奶，您看嫂子給家裡添了個小子，您呢，又長了一輩，是件大喜事，就留下來一起吃個飯吧？」

何五奶朝林氏看過去，林氏低著頭，一時也看不出她的想法，何五奶以為林氏還在怪她，便搖了搖頭。「不了，沒事就好，我就先回去了，妳有空常來看看奶奶就好。」
「奶奶，您就留下吧。」何世蓮看完媳婦和孩子出來，忙道。
何田田跑到林氏面前，小聲勸道：「娘，您看奶奶都來了，您就把以往的事忘了吧。」
「你們不是都叫了嗎？她不願意留下就算了。」林氏心裡還有些彆扭，有些不情願地道。
何田田聽了直嘆氣。他們留有什麼用？一直有矛盾的是她和何五奶，林氏不開口，何五奶一個長輩，又怎會低聲下氣求她？今天能上門，想來也是怕戴氏有個萬一她才過來的。
眼看在方氏的攙扶下，何五奶就要走到門口了，何田田無奈地朝林氏道：「娘，奶奶可走了。」
好一會兒林氏都沒有回應，何田田以為這次還是不能化解林氏心中的恨，不由有些失望，準備叫上陳小郎回家時，就見林氏走到何五奶的面前。「留下一起吃個飯吧。」
「哎、哎，好。」何五奶連聲激動地應道，眼角都有了淚花，就連一旁的方氏都激動地笑了起來。
林氏進廚房去做飯了，何老爹讓何世蓮去請何五爺和兩個伯父過來一起吃個飯。林氏能放下心中的怨氣，主動跟何五奶說話，最高興的莫過於他了。
何田田也很開心，林氏心中的結解開了，便沒有了那股氣，身體也會跟著好很多。
看著陳小郎一個人坐在那兒孤零零的，想著有他在，何五爺他們過來肯定會很拘束，吃飯都不自在，便進屋對林氏道：「娘，既然嫂子沒事了，那我就先回去了。」

「吃過飯再走吧？」林氏一聽忙問。

「我匆忙忙來的，都沒來得及跟婆婆說。」何田田找了個藉口，怕林氏他們誤會。

「那你們就先回吧，路上小心點。」林氏知道大戶人家講規矩，怕何田田回去被責罵，也不再挽留，不捨地送她出來，叮囑道。

何田田又跟何五奶說了些話，才跟陳小郎一同出了門。

陳小郎把她扶上馬，自己才一躍而上。馬跑了起來，何田田全身都貼在他胸前，熟悉的味道隔著衣料傳遞到她身上，她的臉慢慢紅了起來。

陳小郎兩眼注視著前方，認真地騎著馬，可何田田柔軟的身體隨著馬的跑動貼在他的身上，他忍不住嚥了下口水，身體也不由他控制地發生了變化。

何田田感覺到了，尷尬得不行，想遠離他一些，可馬一跑動，她的身體又不由自主地往後靠。她的心怦怦直跳，全身都不對勁，恨不得馬兒再跑快點，能讓她快點遠離他。

馬終於停在陳家門口，等不及陳小郎抱她，她就自己一個轉身跳了下去。

銀花一直焦急地等待著，一看到她馬上迎了上來。「二少奶奶，沒事了吧？」

何田田搖搖頭。「夫人沒有說什麼吧？」

「哎呀，弟妹，妳這是去哪兒了？」錢氏的聲音忽然從旁插了進來，何田田皺了皺眉，不明白她又想做什麼？

「大嫂，難道我出門還需要向妳稟報？」自從撕破臉後，何田田也懶得與她虛與委蛇。

「弟妹，我這是好心問妳，妳怎麼這個態度呀？」錢氏斂住那虛假的微笑，陰著臉道。

「那真是感謝了。現在我要去娘那兒，大嫂一起？」何田田似笑非笑地看著她。

錢氏現在恨死了梅氏，又怎麼會跟何田田一起進去？何田田沒再看她，帶著銀花就走了，如果這時她回頭看，就會發現錢氏眼中的狠毒。

梅氏並沒有怪何田田，反而問起了戴氏的情況，聽到當時的凶險，一個勁兒地求菩薩，並讓陳嫂拿出一些布料，讓何田田做些衣裳給那孩子。

何田田謝過梅氏就回到自己的院子，躺在羅漢床上發起了呆。

陳小郎走進來就見她不知道在想什麼，臉上泛起淡淡的微笑，嘴角微微上揚，慵懶地半倚半躺，白皙的脖子在朦朧中顯得格外誘惑。

陳小郎的眼不由黯下來，一會兒不知道想到了什麼，眼中又閃過一絲光芒。

何田田眼前一黑，抬起頭就見陳小郎站在面前，見他看著自己，又想到馬上的情景，不自然地扭過頭。「累了吧，讓銀花擺飯吧。」

陳小郎點了點頭，坐在她的身旁，何田田見他靠近，全身不由一緊，忙朝外面叫著銀花。

不一會兒，銀花就端著飯菜進了屋。

何田田慢慢吃了起來，陳小郎拿起筷子，先給她挾了好些菜，才大口吃著自己的飯。

何田田趁他不注意，不時偷偷看他，不知道是因為燭光的關係，還是因為她心境發生了變化，她竟覺得陳小郎挺帥氣的，很有男子氣概，就連那凸起的眼睛也覺得順眼多了。

忽然陳小郎抬起頭，眼光剛巧與何田田相撞，她的心似有小鹿般在橫衝直撞，忙低下頭胡亂地扒著飯。

吃完飯，何田田如往常一樣拿起書本，卻根本看不進去，那些字都變成陳小郎的樣子，她不由地唉嘆呻吟起來。難道真的中了陳小郎的毒，喜歡上他了？

這個想法從腦中冒出，她的臉立刻滾燙，她用書把自己的臉蒙住，她需要好好想想。

陳小郎從內室出來，看到的就是把書蒙在頭上、身體不停在羅漢床上扭動的何田田，嘆息聲不時從她嘴裡傳來，也不知道她在為何事苦惱。

「妳不用操心三朝禮，我來準備。」陳小郎喜歡聞何田田身上那淡淡的清香味，他就在何田田的身邊坐下。

何田田聽到他的聲音，一個翻身就坐了起來，書本掉了，她手忙腳亂地想去撿，陳小郎已經把書送到了她的面前。

「好。」何田田簡單地回了話，便跳下羅漢床，跑進了內室。

她站在那做工精細的銅鏡前，看著鏡中臉似紅雲、兩眼蘊含春色的女人，不敢相信竟是自己。

她脫下衣服，坐在放滿熱水的浴桶中，閉上了眼，腦海中竟又出現陳小郎的身影，這次她無比肯定自己真的喜歡上了他。

她不知道陳小郎是什麼時候走入她心中的，也許是那一瞬間的事，但她無法否認，現在她心動了。

她不是喜歡逃避的人，既然心動了，那就按心意走，反正現在陳小郎名義上本就是她的男人，她只需要把他無論是心還是身體都屬於自己就行了。

想通了這些，何田田心情極好地出了內室，走到陳小郎的面前。

陳小郎有些疑惑地抬起頭，感覺她有了變化，可哪裡變化他又說不上來，只能呆呆地看著她。

何田田看著他那愣頭愣腦的樣子，竟覺得十分可愛，不由嫣然一笑，坐在他身邊，把手中的白布遞給他。「幫我擦頭髮。」

陳小郎拿起她的烏髮放入白布中，輕輕地揉搓起來，臉上還是面無表情，心跳卻不斷加速。他不時看著坐在面前的何田田，生怕只是夢一場。

頭髮乾了，夜色深了，陳小郎沒有像往日一樣獨自躺上床，而是坐在那兒，不知道是不是在等待什麼。

何田田脫掉外衣準備上床，卻見陳小郎還坐在那兒，不由嗔怨道：「你不睡坐在那兒幹麼？」

明明不是帶有抱怨的話，聽在陳小郎耳裡卻似嗔似撒嬌，身子不由熱了起來。他站起身，脫掉衣服，躺進床的內側。

何田田躺在床上，閉著眼，心卻無法平靜。她很想問問他，他當日為什麼會求娶她，真的是喜歡嗎？喜歡她什麼呢？喜歡到什麼程度呢？有沒有愛上她？

她甚至還想告訴他，她似乎也開始喜歡他了呢，他聽到後會有什麼樣的表情？何田田心思千迴百轉，卻一言不敢發，她害怕聽到與想像不一樣的話，她膽怯了，怕自己頭一次動心還被拒絕。

陳小郎見何田田並沒有像前兩個晚上一樣靠在自己懷裡，感覺空蕩蕩的，大手一伸，把何田田嬌小的身子摟到自己懷中，頓時覺得滿足了，這才閉上眼。

重回陳小郎懷中的何田田不平靜了，與前兩夜不同，靠在他的懷裡，她的身體有了變化，有股不熟悉的躁動在體內不停叫囂，讓她無法平靜。

她聽著陳小郎平緩的呼吸聲，頓時有些生氣，憑什麼他擾亂她的心緒，卻睡得那麼安穩？她伸手在他腰間用力一擰，才覺得解氣了些。

陳小郎並沒有睡著，他習慣她睡著後再細細看過她才睡，誰知腰間猛地吃痛，他睜開眼，剛好就看到何田田那得意的樣子。

「有事？」陳小郎低沈地問道。

何田田沒想到他竟沒睡著，忙閉眼裝睡。陳小郎有些想笑，就她那心虛的樣子，能騙得過誰？摟著她的手不由緊了緊，讓兩人的身體貼得更緊密。

何田田覺得從腳底開始往上發燙，這樣根本無法入睡，心中不由想使壞，她將手伸進了他的中衣裡，一下一下地畫著圈。

陳小郎怎麼也沒料到她來這一招，忙按住她的手，聲音有些沙啞。「再動，後果自負。」

何田田忽然大膽地睜開眼睛，直視著陳小郎，那壓抑的表情就這樣落入她的眼中。一股喜悅感從何田田的心中湧了上來，原來他並不是柳下惠，他對她是有感覺的。

何田田伸出一隻手反摟住陳小郎的腰，安心地在他的懷裡睡了下來，就在陳小郎以為折磨完了的時候，何田田忽然又睜開眼，迅速在他臉上輕輕一吻，帶著笑容閉上了眼。

陳小郎只覺得身體一僵，一動也不敢動，嘴角無聲地咧開，原本就很大的眼睛顯得更加大了。

平緩而綿長的呼吸聲傳來，讓陳小郎知道何田田真的睡熟了，他輕輕將她的頭放在自己的手臂中間，微微側著身子，方便他更能看清她的臉。

在昏黃的燭光下，何田田那白皙的臉蛋顯得更加有光澤也更加迷人，她的嘴角微微翹起，紅潤的唇讓他不禁想靠近，想嘗嘗她的味道。

陳小郎摸了摸臉，又輕輕用手指探了探她的唇，見沒有反應，他的臉越靠越近，終於不留一絲空隙……

早上，何田田睜開眼，伸了伸手腳，卻發現平日空蕩的床有些擁擠，轉頭看去，陳小郎正一動不動地看著她，眼中的寵愛一時來不及斂下，讓她逮了個正著。

何田田心情大好，笑道：「早安。」

陳小郎被她的笑容晃花了眼，不假思索地回道：「早安。」

銀花見何田田一早臉上都帶著笑，不由好奇地問：「二少奶奶，有什麼喜事嗎？」

何田田看了她一眼，沒有回答，而是走向陳小郎，見他的衣領有些皺褶，想幫他整理，卻發現兩人的身高差太多，無奈下只得示意他彎下腰來。

陳小郎聽話地彎下腰，何田田認真地幫他整了整衣服，轉身從案上拿起一個湖藍色的荷包掛在他腰間。

銀花看得有些閃，不知道二少爺和二少奶奶的關係何時這麼好了，讓她看著都有些羨慕呢。

第七章

兩天的時間一閃而過，何田田把早就準備好的小衣服都收拾好，準備帶去荷花村。

何田田去跟梅氏請安時，梅氏從懷裡拿出一個銀項圈。「這個妳帶回去，送給妳姪子。」

「娘，這太貴重了吧。」這項圈看起來可不便宜，前面還吊了塊銀鎖，上面刻著「長命百歲」的字樣。

「行了，給妳就拿著，早去早回。」梅氏示意她接過，並叮囑道。

何田田沒有再拒絕，這是她的心意，自己以後多陪陪她就好了。

陳小郎趕著牛車在外面等，一見何田田走過來，忙扶著她上車，等她坐穩了，才揚起鞭子趕車。

「你不是說要準備禮品嗎？」出了陳家，何田田才問道。

「在前面。」陳小郎說話還是一如既往地簡短，不過已經會回覆她的問話，比起以前算是有了進步。

何田田想起前幾次他都是在那大樹下等著，明白了他的用意，慢慢地欣賞起旁邊的景物。

現在已是深秋，山上的樹葉都變黃了，飄落在地上，不少小孩趁這機會上山撿葉子，不時傳出說笑聲，還有發現野果時的驚喜聲。

地裡的莊稼都已經收割，只剩下一些拾稻穗的女人們穿梭在田裡，何田田看著，覺得十分美好。

牛車停在那大樹下，陳小郎跳下牛車，轉眼就不見了蹤影，何田田只得坐在那兒等著。很快地陳小郎便出現了，手裡提著一個籃子，看不到裡面的東西，看起來不輕。

終於到了荷花村，穿過那一片沼澤地，何家就在眼前，雖然前兩天剛來過，何田田還是很激動。

何家今天很熱鬧，老屋大大小小全都過來了，還有村裡一些與何家關係好的婦人也都來了。何田田他們的牛車一到，何世蓮就迎了上來。「田田、妹夫，你們來了，快進來吧。」

何田田把東西拿上，陳小郎把籃子遞給何世蓮，這才把牛車趕到一旁。

何田田和何五奶他們打過招呼後就進了戴氏的房間，戴氏的床頭坐著一個大約四十來歲的婦人，相貌與戴氏有八分像，何田田認出是戴氏的娘。

何田田笑著跟她打了招呼，便朝娃兒看去，兩天不見，已經有了很大的變化，臉沒有那麼黑了，只剩下額頭前還有一點黑印，小手緊緊握著，睡得香甜，何田田只覺得整顆心都融了。

「這是我婆婆給他的，嫂子妳收好。還有這些衣服，都是我用細棉布做的，暫時應該夠了。」何田田把項圈包在手帕裡塞給她，有些東西還是不打眼的好，免得惹人眼紅。

戴氏是個聰明的，自然明白她的意思，很快就收好了。「這做得也太多了，孩子長得快，過段時間就穿不下了。」

「沒關係，在陳家，雖然沒有大錢給我，但布料還是有的。」何田田笑了笑。「再說還可以留給小的穿。」

很快地外面就在叫著要洗三了，戴氏的娘便抱著孩子走了出去，何田田這才從懷裡拿出陳小郎準備的一對銀手鐲，塞進她的懷裡。「這個妳收好。」

「田田，不用了，妳給得已經夠多了。」戴氏連連擺手。

何田田小聲道：「給妳就收好，這些都是陳小郎準備的，真要謝我，就好好養好身子，帶好姪子，幫我孝敬爹娘。」

何田田願意貼補她，就因為戴氏知恩、不貪心，首先想到的是他人，並不一味地索取，如果換一個見她的日子好過一點，就想盡辦法撈好處的人，她才懶得弄這些。

戴氏聽了，笑道：「這些是我的分內事，妳不用給，我也會做的。」

「我的好嫂子，我知道，妳就收著吧，等哪天我沒有銀子花了，妳再還給我。」何田田開著玩笑道。

「盡說胡話，那我就先收下了。」戴氏笑著瞪了她一眼，明白她是想讓自己收得心安些。

兩人都沒想到，後來這玩笑話還成了真，這些東西幫了何田田很大的忙。

姑嫂倆又說了些話，外面在叫投盆，何田田忙走到正廳，只見接生婆將娃兒放在盆裡洗澡，口裡唱著歌，何五奶等長輩都往那盆裡投錢。

因著長輩多，你幾文、我幾文的，那盆裡都已經有好幾十個銅錢了，接生婆的眼睛都笑成了一條縫，何田田也走上前，投了二十個錢。

給孩子洗完澡，洗三就算是結束了，林氏忙把孩子抱給何田田，其意就是想讓她沾沾喜氣，到時也生個大胖小子。

何田田沒有抱過這麼小的孩子，手有些發軟，生怕會把孩子摔下去。「放輕鬆，手這樣做，對，就是這樣。」

林氏忙教她怎麼抱小孩，何田田看著又睡過去的娃兒，覺得心軟綿綿的，不由想要是自己生一個，會是什麼樣子？她的眼光不由朝陳小郎望去。

陳小郎站在男客那邊，身邊只有何老爹，其他人都有些畏懼他，不敢湊到他面前。

見何田田看過來，一直沒有表情的臉上閃過一絲笑意，當然，這只是何田田認為的，在別人眼中他的表情一直沒變，都是那麼嚇人。

就在何田田幻想陳小郎抱孩子會是什麼模樣時，一直睡著的娃兒忽然「哇哇」哭了起來，林氏忙把孩子接過去，哄著抱進屋裡。

何田田心底頓時冒出一個想法，該不會這孩子知道她想把他抱給陳小郎，於是用哭來表示拒絕吧？

廚房裡，方氏和謝氏幫忙準備飯菜，林氏把何田田帶來的籃子打開一看，裡面放滿肉和魚，何五奶剛巧看到，小聲道：「田田怎麼送這麼多？」

「就是，我都說過她了，就怕她那大嫂知道了鬧事。」林氏又是高興又是擔心，很是複雜地道。

「妳可不要去外面說。」何五奶叮囑道。

林氏點點頭。這理她知道，今天留下來吃飯的都是自家人。林氏大方地拿了兩塊肉和兩條魚出來給方氏。

吃飯時，因為人多，男女分開坐，陳小郎被安排跟何五爺一起坐，下面就是何大伯、二伯等人。平時熱鬧的桌面上，因為有他而變得靜悄悄的，大家都安靜地吃著飯，何田田的那些堂兄不時抬頭看看，那些姪子都一改平常頑皮的樣子，規矩地坐在位子上，大氣都不敢出。

女客這邊，大家一邊吃一邊說著家常，笑聲不斷，還討論起孩子該叫什麼名字？何田田也出了主意，最後都被林氏否決了，說是要對過八字，等滿月的時候才定。

陳小郎很快下了桌，何田田想著他平時的食量，再看看恢復說笑的桌面，忙加快了吃飯的速度。

「給。」

何田田在外面找到陳小郎，遞給他一個南瓜餅。這南瓜餅並不是炸的，而是蒸的，雖然沒有那麼香，可帶著南瓜的清甜，這是林氏知道她今天回家特意做的。

陳小郎看了她一眼，接過餅幾口就吃完了。何田田想勸他跟何老爹他們說說話，可想著他們站在他面前那拘束的樣子，張開的口又閉上了。

因為陳小郎，何田田沒有久留，早早就回家了，剛下牛車，就見陳員外身邊的陳叔急匆匆地跑了進來。

「二少爺、二少爺，出事了！」陳叔一見到陳小郎，就紅著眼叫了起來。

「什麼事？」陳小郎本就嚇人的臉沈了下來，讓陳叔不由後退了兩步，才道：「老爺被綁架了！」

「說清楚。」陳小郎的語氣寒氣逼人。

何田田擔心地朝他看過去，只見他兩眼通紅，陰沈著臉，緊緊地盯著陳叔。

「陳叔，你從頭說清楚，到底怎麼回事？」何田田很著急，見陳叔似乎被陳小郎嚇到了，只得開口問道。

「二少奶奶。」陳叔對上她，終於穩住心神，把事情的經過說了出來。

原來陳員外和陳大郎出發後，馬不停蹄地趕路，前兩天都很正常，走的是官道，到了第三天，陳大郎就領著陳員外進了一條山路，說那裡是近路會比較快。陳員外沒有反對，他長年在外面跑，對鄰近的縣也是知道的，沒聽說有什麼危險。

也不知怎地，忽然下起了大雨，恰巧旁邊有間破廟，他們就進去裡面躲雨，眼看著雨慢慢變小，陳大郎便說要去解個手。

過了好一會兒，都不見陳大郎回來，陳員外便讓陳叔過去看看，陳叔找了一大圈，終於找到了陳大郎，原來他因為下雨地滑，摔了一跤，腳脫臼了，坐在那兒站不起來。

陳叔幫他接好骨，揹著他回到破廟，卻不見陳員外的身影，他到處找都找不到人，只在陳員外曾坐過的地方發現一張紙條，上面寫著——

要想救人，拿二千兩白銀來贖。

陳大郎當時就氣得差點暈過去，因著他的腳跑不了，就讓陳叔回來報信，並拿銀錢去救人。

「大哥身邊的大柱呢？」聽完陳叔的話，陳小郎問道。

「大柱沒有跟我們一起上路，被大少爺派去做其他事了。」陳叔有些不解地回道。

陳小郎讓陳叔去找錢氏拿錢，自己則是拉著何田田進了院子。

「你要去對吧？」何田田一看他的表情，就知道他的想法。

「嗯。」陳小郎沒有遲疑地點了頭。

何田田忙幫他收拾好衣服，又拿出剩下的銀元寶放進去，讓銀花去廚房看看還有什麼乾糧。

準備好後，兩人就到了上房，陳叔正跟錢氏在說什麼，錢氏一臉不滿。

陳叔一見陳小郎過來了，忙走上前。「二少爺，您快跟大少奶奶說說，老爺還等著救命呢。」

「你叫他來說也沒錢。」錢氏激動地叫了起來。「帳房都沒銀錢，從哪兒拿錢？」

陳小郎兩眼一瞪，陰沈著臉，錢氏往後退了幾步，卻又不甘地叫道：「瞪什麼瞪，沒錢就是沒錢。」

陳小郎沒有再理她，直接讓銀花去把帳房叫過來。

「家裡還有多少銀錢，全部拿出來。」

「大少奶奶不讓拿。」在陳小郎的黑臉下，帳房膽怯地道。

「這個家姓陳，不姓錢，既然不拿，收拾你的東西走人。」陳小郎臉色更加黑了，拳頭握得緊緊的，全身散發著寒氣。

帳房聽了，嚇得連滾帶爬地跑了進去。錢氏見狀，在一旁罵了起來，可卻沒有人看她一眼。

陳小郎看著手中的銀票，離二千兩還差得遠，眉頭皺成了川字。

錢氏一邊罵一邊觀察著陳小郎，見帳房把銀票都拿了出來，氣得牙癢癢，可也知道想把那些錢拿回來是不可能的了。

「去把外面店鋪的地契拿出來。」陳小郎冷聲道。

「那不在小的手裡。」帳房聽了直打哆嗦，卻又有些慶幸，小心翼翼地道。

陳小郎聽了看向錢氏，錢氏硬著頭皮，大聲道：「也不在我手中，我告訴你，我沒有銀子了。」

「既然這樣，就把家裡的東西全賣了。」

「你敢？陳小郎，我告訴你，這個家還輪不到你來當！」錢氏一聽真急了，她知道陳小郎是說得出就做得到的人。

「那妳就看看，這個家誰能作主！」

這樣的陳小郎讓何田田大感意外，沒想到平時沈默寡言的人，在危急時刻竟這麼穩重從容，要不是時機不對，她都要替他叫好了。

在陳小郎的威壓下，錢氏跑到房裡又拿了幾張銀票出來。「這是我的私房錢，你再要也沒有了。」

陳小郎把銀票朝懷裡一塞，一躍就上了馬，陳叔也跟著走了。

錢氏還在喋喋不休，何田田帶著銀花回了院子，回想整起事件，總覺得事情有些不對勁，尤其是錢氏的態度，實在不像她平時的作風。

錢氏平時都是暗地裡使壞，偏又要裝出一副好人的模樣，以她平日的作風，應該是急著湊錢，好在陳員外回來後邀功，怎麼現在那麼反常呢？

何田田百思不解，卻開始擔心起陳員外和陳小郎的安危。

「二少奶奶，老爺不會有事吧？」銀花見何田田一直沈默不語，害怕地問道。

「那些人只是要錢，應該不會有事吧。」何田田心中並沒有底，有些猶豫地道。

房間裡又陷入了沈默，這時，梅氏房裡的小丫頭急急地跑了進來。「二少奶奶，您快去看看，夫人暈倒了！」

何田田一聽就拔腿朝外面跑，梅氏肯定是聽說了什麼。

到了正房，只見梅氏臉色蒼白地躺在床上，陳嫂急得團團轉，見何田田來了，忙道：「二少奶奶，這該如何是好？」

「派人去請大夫了嗎？」何田田用手探了探梅氏的鼻息。「夫人好好的，怎麼會暈倒？」

「已經派人去了。」陳嫂氣憤道：「還不是大少奶奶，忽然跑進來對夫人說了一大堆話，夫人一急就暈了過去。」

「她人呢？」何田田生氣了，正常人都知道這樣的事應該瞞著梅氏，她倒好，就那樣說了出來，梅氏沒心理準備，聽了不暈才怪。

「見夫人暈倒了，說要叫人去請大夫，出去就沒有再進來。」陳嫂言語中也全是不滿，對錢氏的做法不以為然。

等了好一會兒還不見大夫，何田田急得要出去找人時，錢氏慢悠悠地走了進來。「娘醒了嗎？大夫馬上就到了。」

何田田沒理她，現在並不是吵架的時候，一切等梅氏醒來再說。

又過了好一會兒，大夫才不慌不忙地走了進來。「是誰生病了？」

「是夫人，麻煩大夫快點看看，怎麼這麼久都沒有反應。」陳嫂一急，拉著大夫到了梅氏床前。

「怎麼又暈倒了？不是很久沒犯病了嗎？」大夫伸手探向梅氏。

「怎麼樣？要多久才能醒來？」見大夫縮了手，何田田急急問道。

大夫一邊搖頭，一邊道：「急火攻心，這病人不能激動，你們這些小輩不清楚嗎？到底是怎麼照顧的？」

何田田任由他指責，錢氏在一旁，臉白一陣、青一陣的。

大夫很快就開出了方子，揹著他的醫藥箱就出去了，何田田讓銀花送他，順便把藥帶回來。

何田田問錢氏拿錢，她竟說手中沒錢，全被陳小郎拿走了，最後還是陳嫂從梅氏的櫃子裡拿了些碎銀子出來。

餵完了藥，梅氏才幽幽地睜開眼，看到何田田便急急地道：「小郎、老爺！」

「娘，不急，小郎已經出發了，那些人只要錢財，想來不會傷人性命。」何田田抓住她的手，安慰道。

梅氏聽了眼淚直流，嘴裡念叨著。「都怪我……都怪我……」

何田田明白她的意思，一時間也不知道怎麼安慰她，要是陳員外真出了什麼意外，想來梅氏後半輩子都要活在自責中，但以當時她盼兒的心理，陳員外要是不去，只怕她又會怨恨他。

何田田白天陪著梅氏，晚上因為擔心根本睡不著覺，幾天下來，人都瘦了不少。

自梅氏病倒後，錢氏就很少出現在他們眼前，不知道在忙什麼。

第八天中午，陳員外他們終於回來了，一身的狼狽，看起來像是生了一場大病，走路都要扶著走。

梅氏聽說陳員外回來了，掙扎著爬了起來，硬是要去見陳員外。

「娘，爹剛剛回來，很累，現在去洗漱了，等會兒他就過來了。」何田田小聲勸道。

梅氏卻根本不聽勸，硬是要陳嫂扶她出去，陳嫂有些為難，好在這時，陳員外在陳小郎的攙扶下走了進來。

幾天不見，陳員外老了很多，頭髮都白了，像是老了幾十歲，走路都顫巍巍的。

「老爺，你沒事吧？」梅氏摸摸陳員外的手，著急地問。

「沒事了。」陳員外長嘆一聲。「只是沒有幫妳帶兒子回來。」

「不管他了、不管他了，知道他還活著就行。」梅氏哭著搖頭，像是想開了一樣。

何田田聽著她的哭聲，心裡酸酸的，既為她難過，又為陳員外開心，到這時梅氏肯定明白誰才是最重要的。

回到院子裡，何田田見陳小郎一臉疲倦，便讓銀花放好熱水，讓他沖洗一下好好休息。陳小郎躺在床上一下就睡著了，何田田見他在夢中還皺著眉頭，不由輕輕為他撫平。

陳員外回來了，大家都鬆了口氣，以為這事就算過去了。何田田還在想錢氏這次要怎麼面對陳員外時，就傳來陳員外病重的消息。

當陳小郎和何田田趕到他房間時，陳員外已經不省人事了。

大夫來看過後，嘆息地搖搖頭，擺了擺手。「病人沒有求生的慾望，就算是華佗再世，也救不了。」

何田田睜大眼睛，不敢相信這個事實。大夫肯定是搞錯了吧？

陳小郎呆呆地站在那兒，似乎傻了一樣。

陳大郎捂著臉，哭道：「都怪我，都是我的錯。」

只有錢氏，好像這一切都與她無關，冷漠地站在那兒，甚至嘴角還露出得意的笑容。

何田田只覺得全身發冷，心中對錢氏更加有了顧忌。

「哼哼……」痛苦的呻吟聲傳來，陳大郎立刻撲到陳員外的床前。「爹、爹，您快醒醒，我是大郎，我們回來了。」

陳小郎站在床尾，黑著臉，眼睛一眨也不眨地看著陳員外。

在眾人的緊張、期盼中，陳員外緩緩睜開了眼，他的目光從陳大郎的身上滑過，最後落在陳小郎的身上。

「去請你二叔他們過來。」陳員外艱難地道。

「爹，您別這樣，求您別這樣！」陳大郎哭著、喊著，陳員外臉上露出痛苦的表情。

陳小郎給了陳叔一個眼神，陳叔立刻退了出去。

陳員外的情況很不樂觀，誰也不敢離開，陳叔很快就把陳二叔、陳二嬸請了過來。

陳二叔一見陳員外虛弱地躺在那兒，難過地抹起了眼淚，坐在他的床前，輕聲道：「大哥，我來了。」

聽到呼喊聲，陳員外睜開了眼，示意把他扶起來，陳大郎忙把枕頭塞到他的背後，讓他半躺著。

「大哥。」陳二叔緊緊抓住他的手，不敢相信才這麼些日子不見，平時硬朗的人就變成了這樣。

陳員外抬起手拍了拍他的手，然後道：「我自知時日不多了，趁現在你作個證，把他們兩兄弟給分家了。」

「大哥。」

「爹。」

何田田鼻子酸酸、眼睛澀澀的，心裡難受得很，更不要說陳小郎了，他全身都繃得緊緊的，眼睛睜得大大的，緊緊地盯著陳員外，生怕錯過他臉上的一點表情。

「你們不要著急，聽我說。」陳員外喘著氣，虛弱道：「大郎，你一直管著家裡的生意，以後生意就交給你了。」

「爹。」陳大郎聽了猛地抬起頭，看著陳員外，似乎對這決定很詫異。

「小郎，你不是做生意的料，大郎又是你大哥，是家裡的長子，家裡的一切就都留給他。」陳員外不理陳大郎，看向陳小郎，眼裡全是擔心。「爹沒有什麼留給你的，就把陳家村連荷花村那幾十畝沼澤地留給你。」

「爹！」

「大哥！」

陳大郎和陳二叔同時叫道，實在想不出陳員外為什麼這樣分家？

「小郎家的，妳過來。」陳員外看向何田田。

何田田走到床前，眼淚無聲地往下流，想對他說點什麼，卻發現根本出不了聲。

「以後小郎就交給妳了，妳要好好照顧他。」陳員外說完停了停。「家裡這些都是大郎的了，等我下葬後，妳就跟小郎搬到沼澤地前的那個屋裡，好好過自己的日子。」

何田田雖然不知道陳員外為何這樣分家，但這個時候她除了點頭，不知道還能說什麼。

「大郎，你娘就交給你照顧了，希望你看在家業都在你手裡的分上，對她好些。」

「爹，您放心，我一定會照顧好娘的。」陳大郎淚流滿面，一個勁兒地點著頭，然後把錢氏拉到陳員外的面前。「妳說，妳會照顧好娘的。」

錢氏乖順地看著陳員外。「爹，我會照顧好娘的。」

聽到他們的話，陳員外眼光又落在陳小郎的身上。何田田緊緊抓住陳小郎的手，朝陳員外再次點點頭。

陳員外頭一歪，再也沒有了動靜。

「爹——」陳大郎大聲叫著，搖著陳員外的身體，可惜陳員外不會再回應他了。最後還是陳二叔看不下去了，一把拉開陳大郎，把陳員外的身體放好。

陳員外過世了，梅氏知道後不吃不喝，整天無聲地流著淚，任誰勸都沒有用。

陳大郎和錢氏要操心外面的事，守靈就交給了陳小郎，何田田除了跟著做孝事，就是陪伴梅氏，勸她吃些東西。

何老爹他們得了信兒都來弔孝，林氏因為擔心何田田，特意安慰了她，讓她不要太傷心，好好照顧梅氏。

何田田都應著，他們分家的事並沒有跟她說，生怕他們為她抱不平。

陳大郎將陳員外的喪事辦得熱熱鬧鬧，請了不少道士，作了七場法會才下葬。

陳員外的喪事一過，送走了那些親戚，錢氏把陳二叔一家留了下來，說起了分家的事。

「爹可說了，等他喪事一過，你們馬上就搬出去。」錢氏趾高氣揚地看著何田田。「現在這裡是我的家，是我作主，看在爹的面子上，今天就再留你們一晚，明天馬上給我滾出去。」

「大郎家的，妳怎麼說話的？」陳二叔一聽就怒了。

「二叔，我只是按爹說的辦，再說了，這是我們家的事，二叔您見證見證就行了。」錢氏冷笑道。

陳二叔氣得指著她，說不出話來，看著陳大郎。「你父親屍骨未寒，你就讓這女人在這裡胡鬧，你還是人嗎？」

陳大郎慢條斯理地整了整衣裳。「二叔，您這話就不對了，錢氏也只是按爹的遺願辦事。小郎呀，你也不要怪你嫂子，誰讓爹是這樣吩咐的呢？

「看在兄弟一場的分上，你院子裡的東西都讓你帶走，以後，你的是你的，我的是我的。」陳大郎說完又像想起了什麼似的。「對了，爹說了，你只有那些沼澤地，莊園也沒有你的分兒，以後就不要再去了。」

陳小郎看了他一眼，什麼也沒說，拉著何田田就出了屋。

回到院子，何田田讓銀花收拾東西，見陳小郎一臉不快地坐在那兒，低聲道：「生氣了？」

陳小郎搖搖頭，忽然大手一伸把她給抱住，頭靠她的肩上，很快有溫熱的液體落在她的衣服上。

何田田嘆了口氣，反手抱住了他，輕輕拍著。「沒事，起碼我們有住的地方，還有那麼大片的沼澤地，你我都有手有腳，肯定能養活自己的。」

陳小郎好半天都沒出聲，何田田覺得累了，推了推他。「先收拾東西吧，明天還要去看看住的地方。你去看過嗎？那裡有多大？該有的東西都有嗎？」

陳小郎搖搖頭。「我也沒聽說過那沼澤地是我們家的。」

何田田是真想不明白陳員外的家怎麼這麼分，這陳家就算為了救他用了些銀子，也還是比一般人家好，不是還有那麼多店鋪嗎？

再說，就算不分店鋪，起碼也分好一點的地呀，像莊園之類的，分一些毫無用處的沼澤地算個什麼事？

儘管何田田有許多怨言，但看著陳小郎難過的樣子，抱怨的話根本無法說出口。

梅氏一直躺在床上，陳嫂想盡辦法勸她吃了些東西，哭得聲音都啞了，知道陳員外下葬後，就坐在那兒一動不動。

「夫人，剛剛聽說老爺臨終前給大少爺和二少爺分家了，家裡的所有財產都留給了大少爺，二少爺只分得了些沼澤地。」陳嫂把剛剛聽到的消息小聲說給梅氏聽。

「什麼？」梅氏一聽，兩眼一黑，喉嚨裡一股腥甜直衝上來。

「夫人！」陳嫂看見梅氏嘴角的血，嚇得大叫起來。

梅氏這時反而鎮定下來，用手帕擦乾血跡，平靜地道：「妳說說到底怎麼回事。」

陳嫂猶豫不決，生怕她受不了又氣病了，不敢再提。

「妳說吧，我承受得住。」梅氏自然知道她怎麼想的，堅持道。

陳嫂見梅氏不像前些時候要死要活的樣子，便沒有保留地把陳員外怎麼立的遺囑、怎麼分的家一五一十說了。

梅氏聽了不悲不怒，陳嫂擔心極了，不明白她怎麼那麼反常。

「夫人，二少爺他們明天就要搬出去了，他們一向沒什麼錢，以後的日子只怕難熬，您為了他們也要保重身體。」

「妳說得對。」梅氏點點頭。「妳去端碗粥來。」

儘管何田田已經做好心理準備，但當看到沼澤地前的幾間土磚房，她的心還是涼了一大截。

說是土磚房，那牆確實是用磚頭砌起來的，屋頂蓋的是茅草，門也是幾張破門，風一吹就啪啪作響，屋裡空蕩蕩的，什麼都沒有。

陳小郎站在門口，看向何田田的眼光充滿了歉意。「要是妳想走，妳就走吧。」

何田田氣得對著他胸口就是一拳，提著東西就走了進去。

何田田把東西往地上一丟，忽然在牆腳發現了凌亂的腳印，看著破舊的房子，再看著明顯是新留的腳印，不由冷笑起來。

陳小郎見她站在那裡不動，走了過來，自然也看到了那些腳印，眼睛蒙上陰影，氣氛更加沈重。

何田田和陳小郎再次回到陳家時，發現錢氏已經叫人守在他們的院子門口。

「你們動作快些，現在這裡可不是你們的地方了，過了今天，這裡的東西就不屬於你們了。」錢氏囂張地叫道。

何田田看著她的樣子，恨不得上前揍她一頓。陳小郎則無視錢氏，直接進了屋，把何田田的嫁妝一抬抬地揹了出去。

何田田和銀花把收好的衣衫都提了出去，忽然，錢氏攔住了銀花。「死丫頭，妳搞清楚，現在妳可是我的人。金花，帶她去廚房砍柴。」

銀花看了眼何田田，含著淚一臉不情願地被金花帶走了。何田田有心把她留下，可想想他們現在的處境，只得眼睜睜地看她離開。

錢氏看著何田田難過的樣子，心情極好，坐在椅子上得意地道：「不是想要管家嗎？現在妳可以管了，哈哈哈！」

何田田看著她那小人得志的樣子，真是無語極了，現在她真覺得陳員外太有先見之明了，把這家給分了，要不然讓她活在錢氏的管束下，那日子真不敢想像。

等何田田把東西都搬到外面時，只見陳二叔帶著陳錦書他們把東西往牛車上搬。

「錦鯉媳婦，妳也不要難過，只要勤快，日子總會好的。」陳二嬸拉著她的手，安慰道。

何田田點點頭。或許之前她心中還有抱怨，但現在她是真的覺得這家分得好。東西少，一牛車就全拉完了，陳小郎和何田田來到正房，準備跟梅氏告別。這一別只怕以後想見都難了，以錢氏的為人，只怕不會輕易讓梅氏見他們的。

「娘，我們走了。」陳小郎淡淡地說道。

梅氏聽了伸出手想摸他，何田田見陳小郎站在那兒一動也不動，忙推了推他。

「小郎，都是娘的錯，要不是娘，你爹就不會死，你也不會去受這個罪。」梅氏緊緊抓著陳小郎的手，哭得泣不成聲。

「娘，這事不怪您，再說我們挺好的。」何田田見陳小郎不出聲，只得安慰道：「娘，以後您要自己保重身體，如果有什麼事就讓陳嫂來找我們。」

梅氏伸出一隻手朝她的方向摸過來，何田田忙用雙手抓住了她。「娘，您放心，我會照顧好錦鯉的。」

「好孩子、好孩子。」梅氏終於止住了哭聲，朝陳嫂看過去。

陳嫂從旁邊拿出一個大包袱。「二少奶奶，這些布料都是夫人以前留下的，您帶過去做衣裳或被套都行。」

何田田和陳小郎對看了一眼，都有些懷疑這東西能不能拿得出去，嘆了一聲，何田田還是接了過來。「謝謝娘，那我們先走了，等過些日子再來看您。」

兩人走出正房，就見陳大郎背著他們站在那裡，聽到腳步聲，緩緩轉了過來。「小郎，你別怨我，我也是聽從爹的遺囑，以後要是有什麼事，都可以來找我，我們是親兄弟。」

何田田從沒見過這麼虛偽的人，見陳小郎停住了，她忙拉著他朝外走。

陳大郎也沒有阻攔他們，只是露出一個意味深長的微笑，讓何田田毛骨悚然，她的腳步越來越快，以至於陳小郎都被她甩到後頭了。

「站住。」剛到外院，就見錢氏帶著金花站在那裡，眼睛緊緊地盯著陳小郎手中的包袱。

「不知道大嫂還有什麼指示？」何田田現在只想快點離開這個地方，離開這對危險的夫婦。

「把這個留下。」錢氏示意金花過去拿陳小郎手中的包袱，可惜金花膽子太小，根本不敢往前走。

何田田不知道這裡面有什麼，反正現在跟錢氏已經完全撕破臉了，再說以後他們各過各的日子，根本不需要畏懼什麼，自然不可能任由她胡來。「憑什麼，這是娘給的。」

陳小郎無視她，拉著何田田走出了大門，錢氏害怕陳小郎，不敢來搶，只能不甘心地看著他們的身影越來越遠，

何田田轉過頭見陳家的大門已經關上，這才放心地道：「以後你離陳大郎遠一點。」

對錢氏，何田田只有厭煩，但那陳大郎，她有種恐懼感。

陳小郎沈默不語，何田田了解他的心情，也沒有跟他計較，而是跟他說起了家裡的雜

事。他們那個破家，最要緊的是先把屋頂重新蓋好，要不一到下雨天，連躲的地方都沒有。

就在何田田的絮絮叨叨中，兩人終於走到了他們那破屋前，陳二嬸他們還沒有離開，而是在那裡幫忙整理，陳二叔帶著幾個兒子除去院子裡的雜草，陳二嬸則是在那裡幫著清洗廚房。

「二嬸、二叔，太麻煩你們了。」何田田感激地道。

「客氣話就不要說了，都是一家人。我剛才看了下，妳這廚房就一個灶，別的啥都沒有，看來要添置的東西不少，明天讓妳二堂哥送妳去鎮上。」陳二嬸說完想起了什麼，低下頭解下腰間的荷包。「這裡有些碎銀子，你們先拿去應應急，我看這屋頂要盡快換了。」

這陳二嫂是跟自己想到一塊兒去了，不過這錢不能要，她手中還有一些，忙推拒道：「二嬸，我們還有些銀錢，暫時不需要，倒是需要些糧食，要是家裡有多的，可以借一些給我們。」

陳二嬸把那銀錢塞到她懷裡。「明天妳二叔再給妳把糧食送過來，這拿著，盡快把這家弄起來。」

何田田趁陳二嬸他們在忙，進了房間，把梅氏給的包袱塞進櫃子裡，順便把臥室整理了下，把被子放在床上鋪好，今晚他們可就要在這裡過夜了。

家裡沒有做飯的地方，陳二嬸邀請何田田他們去她家一起吃飯，何田田想兩家離得有些遠，再加上那牆角的腳印，便拒絕了。「二嬸，這裡還有些點心，我們隨便應付一下就好，只是很抱歉，你們幫忙了半天，連口水都沒得喝。」

陳二嬸見她的態度堅決，也沒有強求，只是叮囑有事就去找他們，這才坐著牛車離開。

何田田這才有空打量屋子的周圍，它就建在沼澤地旁的一塊平地上，這地方周圍幾里都沒人住，只有他們這個破屋孤零零地佇立在這兒，一眼望去，到處都是雜草，幸虧現在已經快初冬，天氣變冷了，要不她真擔心那些蛇、蟲子、蚊子，想到這些，她恨不得現在就開始整理房子。

「妳放心，我會養活妳的。」不知什麼時候，陳小郎站到了她背後。

何田田轉過身看著他，發現他臉上有著從沒有過的認真，她朝他點點頭，她相信他能做得到。

沒有油燈，只有月光，何田田躺在陳小郎身邊，睜著眼根本無法入睡。他們手中的銀兩不多，想到這兒，何田田一個翻身爬起來，打開櫃子，從裡面拿出今天梅氏給他們的包袱。

「幹麼？」陳小郎胸前忽然一涼，睜開眼就見何田田正在解包袱。

「你睡，我看看。」何田田快速地解開包袱，藉著月光，看到上面有幾塊布料，還有幾件男式的棉衣，想來是陳小郎的，除此之外竟什麼都沒有了。

何田田有些失望，她以為梅氏會給些銀錢的，畢竟他們現在什麼都沒有，最缺的就是錢了。何田田不死心地再次翻了一遍，還是一無所獲。

陳小郎看著她的動作，以及她失望的樣子，心裡很難過。陳大郎住在青磚黛瓦的房子裡，錢氏穿著綢緞、戴著精美的首飾，而她卻因為嫁給了他，住在這抬頭就能望著天的地方，頭一次有了恨意，也是頭次有了以後一定要讓何田田過好日子的念頭。

「田田，來睡覺。」陳小郎放輕語氣，無比溫柔地道。

何田田見沒有什麼東西，便胡亂整理了下重新包起來，無意中摸到陳小郎的棉衣，卻發現裡面有異樣，她忙把那棉衣拿出來，用手摸了摸，果然有東西。

「你快過來看看。」何田田興奮地叫道。

陳小郎注意到她的異樣，走了過來，拿起棉衣，發現有東西藏在衣服裡面。何田田拿來剪刀，把線頭剪斷。

「這是什麼？」陳小郎手中並不是何田田以為的銀子，而是幾張紙。

「地契和五十兩銀票。」說完陳小郎便把東西塞給她。

何田田把紙貼近，一字字地認真看了個遍，真是這一片沼澤地的地契，再看著那銀票，她心中終於有了一點底。

再次躺在床上，何田田只覺得心中的疑問越來越多，卻無人為她解答。

「你知道這地契在娘的手中嗎？」這些天他們都在忙碌，根本來不及想這些，今天出了陳家院子，根本沒有想到地契這事。

「不知道。」陳小郎聲音悶悶的。「我以為在陳大郎手中。」

何田田想得腦袋疼，都沒有想明白這些日子發生的事，既然想不通，她也懶得想了，靠著陳小郎就睡著了。

明天開始有得忙了，這是她臨睡前最後的念頭。

第二天天剛亮，陳小郎就起床了，家裡沒有吃的，他需要去村裡買早點回來。他再次看了眼何田田熟睡的臉，迅速出了門。

何田田醒來時，身邊的被窩已經涼了，她忙爬了起來，隨意地洗漱了下，就見陳小郎提著一包東西回來了。

「起來了，來吃早餐。」陳小郎把東西放在桌上，何田田看過去，這種類還不少，有紅薯、餅，還有一些稀飯、醬菜。

兩人正在吃早餐時，陳二叔就帶著幾個兒子來了。何田田要去鎮上買東西，陳小郎則留下來修繕房屋。

在陳錦仁駕著的牛車上，何田田想著今天要買的東西，碗筷、鍋鏟、菜刀，以及日常用品，看來要花不少銀錢，就算有了梅氏給的五十兩也不夠。看來等一切都整理好，就得趕緊找個賺錢的方法了。

這時牛車停了下來，陳錦仁對何田田道：「弟妹，妳先去買東西，等一下我再過去幫妳拿。」

何田田點了點頭，就朝雜貨店走去，因心中早已有了計劃，需要的東西告訴掌櫃的，很快就挑了出來。那掌櫃的見她買的東西多，還送了她幾個裝東西的筐，何田田謝過後，讓伙計送到陳錦仁停牛車的地方，這樣他就不用來接了。

買完廚房用品，她就朝糧油店走去。

糧食的話，陳二叔拖了兩袋過來，她需要的是買些比較便宜些的雜糧，還有油、鹽、糖。

東西終於買齊，手中的銀錢也花光了，何田田才回到停放牛車的地方，陳錦仁忙上前接過她手中的東西。

「二堂哥，這鎮上哪裡有瓦店，想買些瓦。」

陳錦仁跳上牛車道：「上來，我帶妳去。」

陳錦仁並沒有朝鎮上去，而是駛去另外一個村。很快地，何田田就看到一個很大的瓦窯，她立刻驚喜地跳下牛車。

陳錦仁好似對這裡很熟，走進屋裡叫了個中年男子出來，指了指何田田，跟他說了一些話，陳錦仁才過來道：「我跟那坊主說好了，讓他直接送瓦過去。」

何田田不知道瓦的價格，但想他肯定不會坑自己，便謝過他，讓他叫那坊主盡快送貨過來。

何田田回到家時，何世蓮和幾個堂兄都在忙活，一見到她，何世蓮就跑了過來。「田田，你們分家了怎麼也不捎個信回家，要不是聽村人講，我們還不知道呢。」

「哥，我這都沒來得及呢，快先幫我把東西搬下來。」何田田見到他們，又是驚喜又是擔心，就怕他們脾氣一上來，直接鬧到陳家去就麻煩了。

第八章

何世蓮一聽，忙按照她的吩咐把東西搬進廚房，等把東西放好，這才拉著何田田，硬是要她說個清楚，幾個堂哥也都看著她。

何田田無奈，只得把事情的來龍去脈說了。

何世蓮聽完，氣得擼起袖子就要往外跑。「這陳家不是欺負人嗎？分家怎麼都不通知我們的，我倒要去問問這到底是哪家的規矩！」

幾個堂哥也是怒氣沖沖地跟在他身後，都想為何田田討個公道。

何田田忙拉住何世蓮，急聲勸道：「哥，你先聽我說。」

這時陳二叔他們也都走了過來，勸著何世蓮，拉著幾位堂兄。「本來這樣分家是不合理的，可當時我大哥的情況實在不樂觀，根本無法去通知親家，現在事情已經成了定局，親家兄弟還是息息怒吧！」

「什麼叫成了定局？哪有分家都不叫我們這些娘家人到場的，這上哪兒去說都沒理！」何世蓮不服地吼道。

在這裡，分家並不只是自己家的事，一般來說父母在，不分家，如果有特殊情況要分家，會請姻親、族老見證。像陳員外這樣匆促分家的很少，而且分得這麼不平的更是少之又少。

一開始何田田對這樣分家心中自然也有怨言，不過她現在想通了，只要遠離陳大郎他們夫妻倆，她就已經要燒高香了。雖然跟陳大郎沒說過幾句話、沒見過幾次面，但他給何田田的印象就是個危險人物。

「哥，算了，我覺得這樣挺好，你看看這周圍幾十畝地都是我們的，雖然現在是沼澤地，但以後這裡肯定比任何地方都要好。」何田田只想勸服何世蓮不要鬧事，隨意這麼一說。

何世蓮看著何田田堅持的態度，恨恨地跺了跺腳，怒其不爭地道：「妳呀，妳。」

勸服了何世蓮，何田田知道何老爹和林氏那頭沒什麼問題了，見他還是憤怒，只得朝陳二叔他們笑笑，拉著他進了屋。

「哥，你別生氣了，分家我們是吃了些虧，不過娘拿了五十兩給我們，再加上陳小郎還有些錢，過得不會很差。」何田田見何世蓮臉色緩和了些，又道：「哥，你想想，要是不分家，現在爹沒了，娘又是個不管事的，以錢氏那性格，我們有好日子過嗎？」

「那也不能這樣欺負人呀，陳家那麼多家業，怎麼就分這些沒用的地給你們？」何世蓮不甘地道。

「哥，好漢不吃分家飯，不管怎麼說我們現在都比一般家裡強，再加上我們都有手有腳，以後肯定會好，只是現在還要麻煩哥過來幫我把這屋頂蓋好。」

「這當然沒問題，反正現在家裡也沒有多少活兒。」何世蓮心裡還是不痛快，不過總算沒有最初那麼激動了。

擺平了何世蓮，何田田才把買來的廚房用品都擺出來，準備洗乾淨弄飯吃。

別說這屋子除了屋頂破破爛爛的，其他都不錯，尤其廚房後面就有一口井，井水很是清甜。

一番忙碌下，何田田總算把廚房弄好了，她煮了一大鍋飯，把在鎮上買回來的肉拿出來，再加上陳二叔帶來的青菜，簡單地煮了三道菜，好在量多，要不何田田真擔心不夠吃。

看來除了修繕房屋，種菜也迫在眉睫，要不整個冬天他們都只能去買菜，那得花多少錢。

吃過飯，何世蓮就跟幾個堂兄上了屋頂，把茅草掀開，看看梁柱還堅不堅固，等瓦送來就要開始蓋了。

「田田，這房子好像蓋不久，那梁的木頭可都是好木，只是不知為何蓋著那茅草，把這房子弄成這樣。」趁著下來喝水，何世蓮不解地道。

何田田看著沒了茅草屋頂的房子，看起來確實美觀不少，而且這房子並不少，加起來共有七、八間，前面還有一個大院子，整理出來的話，真不比哪家差。

「誰知道呢？」對何世蓮的疑問，何田田同樣不解。「你看這屋頂要多久才能弄好？」

「人手夠，幾天就行了，我看就從廚房這邊開始，還有你們的臥室，這樣就算下雨了也不怕。」

「聽哥的。」何田田還想問問家裡的情況，就聽外面陳錦仁在那裡叫著瓦送來了。

何田田和何世蓮急忙走了出去，何世蓮從車上拿起瓦看了看，很滿意地點點頭。「田田，瓦來了就先蓋。」

何田田發現這時候的男人都是很能幹的，好像什麼都會，陳二叔和陳小郎幾個堂兄，加上何家兄弟，迅速排成一列隊伍，隔一段距離站一人，直到何世蓮站在屋頂，就這樣把瓦從地上送到了屋頂上。

見天色不早，何田田就讓陳小郎叫大家下來吃飯，不要太晚收工，畢竟陳二叔家和何家都離得不近，就是牛車也要一刻鐘才能到，何家兄弟可還沒有牛車呢。

誰知陳二叔他們洗完手就跳上牛車，連飯都沒吃就走了，何田田急忙追上去挽留，陳二叔回道：「你們糧食不多，省著點，明天我再帶些菜來。」

何家兄弟也要走，被何田田拉住了。「你們幹了一天的活兒，等一下還要走那麼遠的路，吃過飯再走。」

陳小郎話也不說，就站在那裡看著他們，何家兄弟對陳小郎還是有些畏懼，在他的注視下，乖乖回來吃過飯才走。

第二天何田田剛起床，何老爹、林氏和兩個伯伯加上一群堂兄全過來了，何田田忙招呼他們進屋休息，何老爹他們那些男人擺了擺手，就在何世蓮的帶領下去幹活了，只有林氏眼巴巴地看著她。

「娘，您快坐。」昨晚何世蓮回家肯定把分家的事跟她說了，看她那一臉的擔憂就知道。

「妳這丫頭，這麼大的事也不跟家裡說。」

「娘，都過去了。家裡都還好吧？您過來了，嫂子怎麼辦？」戴氏可還沒出月子呢。

林氏不滿地看著何田田。都這個時候了還擔心別人。

「妳奶奶過去了。妳倒說說，就分那些沼澤地，以後可怎麼辦？」林氏眼睛紅了。「早知這樣，當初還不如嫁給張地主家那傻子呢，起碼在他家衣食無憂。」

何田田看著一閃而過的衣角，無奈地對林氏道：「娘，日子都是人過出來的，放心吧，以您女兒的能幹，肯定不會過得比別人差。」

林氏愣了愣，轉而點點頭。「是娘想岔了，只要那陳小郎是好的，日子總會好的。」

母女倆聊著家常，把早飯準備好，這時陳二叔他們也過來了，何田田忙招呼他們一起吃飯，誰知他們吃完才過來的。

人多力量大，三天就把屋頂蓋好了，還把房屋周圍的雜草全都清理乾淨。望著煥然一新的房屋，何田田覺得還真不錯，很是滿意。

「田田，沒想到這屋子修繕完後還挺好的，明天再把這些地方整平，就可以種些菜。」何世蓮站到她的身邊，感慨道。

「嗯，你幫我看看家裡有什麼菜可以種，還有讓娘幫我問問，村裡有沒有小狗、小雞，要是有鴨子更好。」

「行。」何世蓮看著話少、幹活卻比一般人要快得多的陳小郎，小聲問道：「妹夫一直這樣？」

何田田順著他的視線看過去，只見陳小郎正在挖土填平院子。這些天他是越來越沈默了，這些天忙碌，晚上她躺在床上就睡著了，也沒跟他說到什麼話。

「他挺好的。」何田田不希望何家人誤會陳小郎，正色道。

屋子弄好後，何田田就不要陳二叔、何大伯他們過來了，其他的他們自己慢慢弄就行。

次日，別人都沒來了，只有何世蓮揹了一筐東西過來。

有青菜、乾菜、各式的菜種子，還有一隻小狗。何田田一下子就喜歡上牠了，牠一身黑，來到陌生的地方也不怕，剛放下就這裡聞聞、那裡聞聞，何田田給牠取了個名字「小黑」。

「娘說那雞不能著急，鴨子的話村裡很少，可以去鎮上看看。」何世蓮一邊拿東西一邊道。

何田田聽了點點頭，看來是自己心太急了些，想一下子就把東西置齊。

忙碌了這些天，終於家裡只剩下陳小郎和何田田兩人了，何田田看著平整的院子、寬闊的房子，覺得比住在陳家那個小院子裡要舒服多了。

「沒想到整理好後，我們這房子這麼好。」何田田感慨地道。

陳小郎看了她一眼，見她一臉滿足，一直緊繃的心情終於緩和了些。「過些天我們弄些磚頭，把這院子圍起來。」

「不用吧，反正這四周都是我們家的，圍不圍都沒關係。」何田田覺得現在這樣就挺好了。

「要圍。」陳小郎堅持道。

何田田心想既然他覺得圍起來好些，那就圍起來吧，反正這地方夠大，想怎麼弄就怎麼弄。

有了種子，何田田就準備開墾一塊地出來種菜，她剛拿起鋤頭，陳小郎就搶了過去。「我來。」

房屋旁邊的地很好，看起來很肥沃，陳小郎在前面挖，何田田在後面撿雜草根，她一下地，陳小郎又不贊成地看著她。

「沒事，兩人幹活比較快。」何田田知道他在想什麼，但她不覺得做這些事有什麼累的，這身體在何家也是做慣了的。

半天下來，兩人墾了一塊地種白菜、一塊地種蘿蔔，冬天也就只有這些能種。

晚上，何田田拿出荷包，數了數他們的銀錢，只剩下不到十五兩銀子。他們沒有糧食，也沒有水田，每天都需要拿錢買糧吃，如果沒有來源，很快手中的這些銀子就會全部花光。

何田田再次把主意打向那片沼澤地。「明天我們去鎮上看看有沒有小鴨子，買一些回來養著。」

「嗯。」陳小郎點點頭，眼睛看著那點碎銀子，不由黯淡下來。

因第二天要去鎮上買東西，何田田他們早早就起來了，現在他們沒有牛車，更不要說馬車了，只能步行走去。

陳小郎走路走得飛快，何田田跟不上他，一開始她還會加快腳步跟上，後來越走越累，她乾脆不追了，也不叫他，就那樣慢慢走著。

陳小郎走了一會兒覺得有些不對勁，回頭一看，何田田已經離他好遠，他只得站在原地等，等何田田跟上來才一起走。這次他注意到了她的速度，調整了自己的腳步，何田田心裡暗樂，誰讓他走得那麼快，還不是要等她。

很快地，太陽出來了，何田田額上冒出了汗水，她從沒有走過這麼遠的路，腿有些邁不動了。

陳小郎擔心地看著她，站在她面前。「我揹妳。」

何田田臉一下子就紅了，想著自己這麼大個人爬在他背上，想想那情景都有些驚悚，忙堅決地搖搖頭。「不用了，我能走。」

何田田的速度越來越慢，後面路上有輛牛車過來了，她一喜，想著看能不能搭個便車。

「這不是陳小郎嘛？咳咳，弟妹，這是要去鎮上呀，這可還遠著呢，要不要坐段車？」

錢氏看著有些狼狽的何田田，得意地道：「哦，瞧我這記性，這車已經沒地方坐了，弟妹，妳慢慢走，我就不陪妳了。」

留下一陣得意的笑，牛車從他們旁邊跑了過去，揚起一陣灰塵，錢氏回過頭來道：「實在是不好意思，這牛不懂事。」

何田田看著錢氏囂張的背影，心裡暗下決心，總有一天她要比錢氏過得好。

陳小郎緊張地看著何田田，生怕她會不高興，想安慰她，卻又嘴拙，一字也發不出。

何田田朝他搖搖頭，繼續朝前走，幸運的是後來他們終於坐上了牛車，不過到鎮上已經晚了，那些鄉下來賣小雞、小鴨的人都回去了。

何田田失望地從街頭走到街尾，就是沒看到還有人賣，只得準備離開去看看還有沒有菜種。

忽然，「呱呱」的叫聲從她後面傳來。

何田田循著鴨子的叫聲找了過去，只見一位老爺爺手中提著一隻鴨子，背上還揹著一個筐。

「大爺，你這鴨子是要賣嗎？」何田田想著沒有小鴨買，買個大的也不錯，養著生蛋吃。

「是呀，妳要嗎？」大爺停了下來，同時把背後的筐也拿下來。

何田田朝裡一看，高興極了，原來那裡面還有十幾隻小鴨子，也不知道什麼原因全擠在一塊兒，連叫聲都沒有。

「我全都買了，多少錢？」何田田歡喜地道。

大爺見她很乾脆，二百八十文全部帶走，連筐都送給她。

何田田付了錢，順口問道：「大爺，你家還有小鴨子嗎？小雞也行。」

「我家還有一窩，十來隻。小雞的話鄰居家有，要是小嫂子想要，可以到我們村去。」大爺樂呵呵地把銅錢收好，說道。

何田田問了他家的地址，準備讓陳小郎去買，她可不想走那麼遠的路。

陳小郎一手拎著鴨，一手提著筐，何田田覺得很有喜感，不知道那些鄰居看到這樣的他，還會不會害怕？

回來的時候，陳小郎租了一輛牛車，順便去了大爺的家裡，把鴨子、小雞全都買下來，這才回了家。

回到家陳小郎拿著刀就出去了，何田田拿出一些米糠撒在外面，小鴨、小雞們吱吱喳喳地跑過去吃了起來。那大鴨子一下就撲過來，把那地方霸占住了，不讓那些小隻的吃，何田田只得又在旁邊撒了一把。

陳小郎回來抱著一大捆像蘆葦似的草回來了，何田田好奇地看著他，沒想到他一下子就編出一個簡單的小屋出來，她這才明白他這是在做雞窩。

何田田沒想到他這麼個粗人，竟會做這樣的小東西，而且做得還不錯，真是小看了他。

家裡有了雞鴨，頓時就顯得有生氣多了，每天早上，那大鴨子帶著一群小鴨子到沼澤地裡去找吃的了，小雞就往旁邊的雜草中找蟲子吃，連餵都不用餵。

等何田田把這些事弄完後，戴氏也要出月子了，何田田這次沒有什麼好送的，只帶了以前就做好的一套棉衣回去。

前天晚上陳小郎就去陳二叔家借了牛車過來，他送何田田到何家就回去了，等明天再來接她。

因著三朝做酒，滿月就沒有別的客人來，只有老屋的人全都過來，一見到何田田，謝氏和方氏就問起她分家的事。

何田田只得又解釋一遍，聽完後，她們都對這樣的分家很氣憤，何田田安慰了好久，她們才平靜下來。

「大伯母、二伯母、奶奶，還有各位堂嫂歡迎妳們來家裡作客，現在我自己當家，妳們隨時都可以來。」何田田越來越發現分家的好處了。

眾人見她歡快的樣子，也都笑了起來，打趣到時一定要到她家去住上一段日子，把家裡的糧食都吃完。

何田田找了個機會進去找戴氏，戴氏抱著孩子，一臉笑意，見她進來，也問起她現在的情況。

何田田只得道：「嫂子，我現在真的挺好的，等過些日子我接妳過去看看，比在陳家好多了。」

戴氏見她不像在說假，便放下心來。何田田乘機逗孩子，孩子已經長開了，一雙圓圓的眼睛很像何世蓮。

「孩子取名了嗎？」何田田問道。

「取好了，叫『瑞泉』。說是他五行缺水，取了個『泉』字。」提起兒子，戴氏臉上又全是笑。「他爹給他取了個小名，就叫『水伢子』。」

何田田聽了忍不住笑出來，這下肯定不缺水了，又是泉又是水的。

下午，方氏和謝氏都回去了，只有何五奶留在這邊，她把何田田叫到身邊，仔細問了這段時間的事。

何田田一五一十地說給她聽。

聽完，何五奶道：「分家好，陳員外只怕是擔心你們吃虧，才會在臨終前這樣安排。」

何田田點點頭。她不管陳員外到底為什麼這樣分家，反正她挺滿意的。

第二天一大早，陳小郎就來接何田田了，戴氏笑著打趣。「妳看姑爺怕妳丟了，急急地來接了。」

何田田掐了掐水伢子那嫩嫩的臉，提著林氏給她的乾菜，坐上了牛車。

回到家，她發現家裡有了變化。

院子中間種了兩棵樹，廁所也做了改裝，這讓何田田驚喜萬分。她重生在這裡，最不方便的就是上廁所了，一般人家就是挖個坑，在上面放幾根木頭就踩在那上面，而且都是茅草屋，要是碰到下雨天都是心驚膽戰的。

陳家還好一點，廁所是用個缸，然後把四面封起來，只留下一個缺口，何田田也覺得不方便。

那天在修建廁所時，何田田就提了幾句，沒想到陳小郎記在心裡，這不趁她不在家就弄好了。何田田真想抱著他親一下，可是回頭看著他那黑臉，搖搖頭忙活去了。

天氣越來越冷，何田田他們的家卻越來越像個樣子了，圍牆已經砌好，兩側的院子種滿了菜，綠油油的。中間的路也用石頭鋪好了，方便走路。

院子外面的雜草已經清除，準備明年春天種上一排樹，這樣到了夏天就比較涼快。家裡的雞鴨長得很快，每天何田田都會到那片大大的沼澤地前看看，她在想著怎麼利用這片地，就這樣荒廢在那兒，實在太可惜了。

可她絞盡腦汁想了一個月，除了養鴨，啥都沒有想出來。

陳家大院，陳大郎坐在桌子前打著算盤，朝錢氏問道：「最近那邊有什麼動靜？」

「誰？你問陳小郎他們？」錢氏半天沒明白他的意思。「聽說把那茅草屋改建成瓦屋，還養了些雞鴨，其他的沒聽說。」

「沒有來找娘？」陳大郎打算盤的手頓了頓。「妳身為嫂子，有空過去看看。」

「有什麼好看的，就幾間破屋子，前不著村、後不著店的。」錢氏害怕陳小郎，一點也不想去。

陳大郎臉一沈，冷冷地看著她。「按我的吩咐做就行。」

錢氏全身一緊，不敢再出聲，只能點頭。「好，明天我就去看看。」

何田田剛把鴨子趕去沼澤地，讓雞去放風，就聽小黑在外面叫個不停。

「是誰來了？」何田田疑惑地打開門，就見錢氏一臉驚訝地站在大門外。

「什麼事？」何田田站在門口，沒有準備請她進屋的打算。

錢氏實在想不到，以前那破爛的屋子竟有了這麼大的變化，雖然比不上陳家，可比起一般人家來說要好上很多了。

「弟妹，這就是妳的不對了，我特地來看妳，妳就是這樣對待客人的？」

何田田聽了有些作嘔，冷冷道：「行了，這裡沒有別人，用不著裝模作樣，有事就說，沒事請離開。」

錢氏被何田田氣得七竅生煙，撕破臉後，她是一點面子也不願意給了。

錢氏衣袖一甩，氣沖沖地坐著牛車離開了。何田田重新關上大門，發現陳小郎堅持弄這圍牆的好處了。

錢氏怒火中燒地回到陳家，見陳大郎躺在羅漢床上，金花一下一下地給他搥背，氣不打一處來，朝金花用力一撞，金花吃痛，「啊」地叫了起來。

陳大郎正閉著眼享受這難得的悠閒，聽到叫聲，臉上閃過不耐。「怎麼停了，繼續按。」

「按什麼按，我都要氣死了！」錢氏火冒三丈地道。

「不是叫妳去陳小郎那邊看看嗎？怎麼還在這兒？」陳大郎眼中閃過厭煩，滿是責怪地道。

錢氏聽了，本就氣炸的心如火上添油。「都怪你，既然分家了，幹麼還要去管他們的生死，害我被那可惡的何氏趕出來了。」

陳大郎聽了，一下就坐了起來。「妳去了？說來聽聽。」

錢氏噼哩啪啦一陣抱怨，陳大郎的眉頭越皺越緊。「何氏真那樣對妳？是不是妳說了什麼難聽的話？」

在陳大郎的印象中，何氏就是個普通的婦人，甚至還有些膽小，實在無法與錢氏口中的人聯想在一起。

「陳大郎，你是什麼意思？」錢氏一聽炸了毛。「你可不要忘了，這可是你要我去的。」

「行了，多大的事，我去娘那兒看看。」陳大郎根本不顧錢氏有多憤怒，想起那片沼澤地，他從來都不知道竟是自家的，這讓他覺得有些不對勁，想著去梅氏那裡探探消息。

何田田趕走錢氏後重新回到屋裡，總覺得有些不安。以錢氏的性子，肯定不會無緣無故上門，一定是陳大郎唆使的。

陳小郎今天出去了，說是要去找陳錦仁，也不知道什麼事。何田田心神不寧地拿起針線，可不是扎到自己的手，就是縫錯地方，最後她乾脆不做了，帶著小黑出了門。

陳小郎回來時天色已經晚了，他的背上還揹著一副弓箭，何田田被他驚到了。

「你這是準備去幹麼？」

「現在正是打獵的好時機，過兩天我準備跟二哥一起上山。」陳小郎把弓箭掛在牆上，輕描淡寫地說道。

荷花鎮的山頭不少，但都是些小丘陵，若要打獵自然要去大山頭，那離他們家可遠著呢，來回要一天，再加上打獵進了山，誰知道要多少日子才能回來。

何田田越想越覺得可怕，忙道：「你怎麼突然想要去打獵？我們的銀錢還夠用到明年春天，到時鴨子這些可以賣了，再看看有沒有別的出路，總比打獵好，這太危險了。」

在何田田的記憶中，那大山中可是有猛獸的，以前荷花村也有人去打獵，後來那男人上了山就再也沒有回來。

陳小郎拳頭握了握，過了會兒才開口道：「我已經跟二哥約好了，放心，我們不會去深山裡。」

何田田看他堅決的樣子，就知道事情沒有轉圜的餘地，頓時心中有股怒火直沖而上，看也不看陳小郎就直接走開了。這男人欠調教，事前都不跟她商量就決定，根本不把她放在心上。

陳小郎眼睜睜地看著何田田轉身離開，有些不明白她怎麼了，但也沒放在心上，誰知吃飯時他傻眼了，飯桌上根本沒有他的飯菜，就一盤青菜和一碗飯，何田田很快吃完，把剩下的菜收好便去臥室。

陳小郎捂著空空的肚子在廚房找了一圈，終於找到幾個紅薯，把它們丟在鍋裡煮熟隨意吃了，這才進臥室，誰知臥室的門被鎖上，敲了半天，屋裡也沒有動靜。

到這個時候，陳小郎還不明白何田田生氣了那他就是個傻子，只是他完全不明白她到底為了什麼生氣。見何田田沒有開門的意思，他只得去客房湊合著睡一晚。

第二天，何田田一直忙著自己的事，看都不看陳小郎一眼，陳小郎什麼事都不做了，就跟在何田田後面轉。嘴拙的他想問她到底怎麼了，可面對她的黑臉，一緊張，更不知道說什麼，只能看到她要做什麼就搶過去做。

何田田看著忙上忙下、欲言又止的人，心中的怒氣早就沒了，不過為了讓他以後不再犯同樣的錯誤，她不打算那麼快就原諒他。

相對無言地過了一天，晚上陳小郎總算吃到熱飯，只是望著緊閉的房門，心中不停嘆氣，頭一次發現女人惹不得。
陳小郎躺在床上，暗自下定決心，明天一定要弄明白何田田到底為什麼生氣。他已經習慣抱著她那軟綿綿的身子入睡，雖然因為要守孝，什麼事都不能做，但也好過自己孤零零的感覺。
何田田其實也不好受，在床上翻來覆去，又暗惱他竟一句好話都不知道說，一想到這兒，何田田乾脆蒙著頭數著羊閉上了眼。
次日，何田田起來就發現陳小郎已經把家裡都打理好了，連早飯都做好了，雖然只是簡單的紅薯飯配上一點醬菜。
「起來了？快點吃吧。」陳小郎一見她進來，忙把凳子搬過來。
雖然他的語氣跟平時一樣，但何田田就是從裡頭聽出討好，再看他那期待的樣子，心中一軟，接過了他手中的筷子。
陳小郎見她接過筷子，頓時眉開眼笑，不過他笑起來的樣子有些嚇人，好在何田田低著頭沒看到。
吃過飯，何田田沒有像前兩日一樣起身離開，她準備好好跟陳小郎說道。
陳小郎注意到了，不由斂住心神，緊張地注視著她。
「你是不是覺得我無緣無故在生氣？」何田田問道。
陳小郎一聽連忙搖頭。他又不是傻子，要是這時候點頭，還不知道她會怎麼樣呢？

「你肯定不知道我為什麼生氣，對吧？」

這次陳小郎沒有搖頭，而且看著何田田。

「我生氣是因為你做事根本沒想過要與我商量，你根本沒有把我放在心裡，就像這次的事，你在決定去打獵的時候，根本就沒想過我會同意還是反對，你獨自做了決定，可能你當時的想法是為了讓我過得好一些，但我卻一點也不這樣覺得，你去打獵，我會擔心、害怕，這你想過嗎？」

何田田說這話的時候，陳小郎不停地搖頭、點頭，終於明白她為什麼會生氣，聽到後面，心裡喜孜孜的。

「田田，」陳小郎小心翼翼地看著她。「我知道錯在哪裡了，妳別生氣了，下次再也不會了，有事肯定跟妳商量。」

陳小郎還是頭一次這樣叫她，她極力壓抑心中的異樣感，看著異常乖順的陳小郎，滿意極了，心情大好。

陳小郎乘機跟她說明天進山的事。「我既跟二哥約好了，自然不能失約，去了這次，以後都會跟妳商量。」

儘管何田田不願意，但還是點了頭，她也覺得不能失信於人。

陳小郎鬆了口氣，歡快地去準備進山的東西了。

何田田覺得對調教陳小郎的效果不錯，心情舒暢，也就沒有反對。

下午，陳小郎說要出去辦事，何田田沒多想就點頭了，對他現在知道告知去向的態度格外滿意。

「田田！」

外頭傳來熟悉的聲音，讓何田田循聲看去。

「靈靈，妳怎麼來了？」何田田驚喜地看著何靈靈，高興地問道。

「姊夫接我來的。」

何靈靈是何大伯和方氏的大女兒，歲數跟何田田只差一個月，一直以名字相稱。之前因為林氏的關係，何田田跟她不是很常接觸，不過每次去老屋，要是她有什麼好吃的，總會分給她。

何田田對她印象不錯，只是沒想到她竟然會過來，上次林氏還提了句，好像正在給她相看。

這些日子何靈靈聽多了家人對陳家分家的抱怨，以為何田田會過得很不好，今日一見才覺得相差甚遠。

這房子放在荷花村沒幾戶比得上，更不要說那寬闊的院子以及外頭連片的土地了。

何靈靈有些羨慕地看著這一切，要是以後自己也能擁有這麼一個家該有多好？

何田田放下手中的活兒，帶著何靈靈進了屋。她四下打量，只見這屋子不但寬敞，而且格局也不錯，再加上家具擺設整齊，不是一般人家比得上的。

「田田，妳這房子真好。」何靈靈接過手中的茶水，感慨地道。

何田田笑了笑。「妳是沒看過之前的樣子。對了，妳說是誰接妳來的？」

「就是姊夫呀，陳家少爺。」何靈靈想起當時的情景，不由笑出聲來。

見何田田一臉疑惑，她掩住笑容，道：「沒想到外傳可怕的陳小郎也有彆扭的時候。」

聽了這話，何田田更好奇了，不知道陳小郎做了什麼事，讓一向畏懼的人都笑話起他來？

「田田，陳小郎對妳很好吧？」何靈靈沒有直接回答她，而是感嘆道：「姊夫來時，我們都在陪奶奶做女紅，一見到他，就站起來躲進了屋，姊夫向奶奶問好後，就說他要出去幾天，怕妳在家害怕，想接一個姊妹去跟妳作伴。巧巧她們在屋裡一聽，嚇得臉都白了，不停地搖頭，哪還敢跟他來？我當然也不例外，姊夫可能也知道我們怕他，十分認真地對奶奶說：『奶奶，您跟妹妹們說說，我只是外表長得嚇人，其實人是真好的』。」

何田田聽了，實在無法想像當時的情形。

何靈靈見她出神，接著說：「我跟幾個姊妹躲在屋裡都聽到了他的話，忽然覺得他並沒有想像中可怕，後來姊夫見奶奶沈默不語，又說：『奶奶，難道您不想知道田田現在過得怎麼樣嗎？您就讓一個妹妹過去看看』。」

何田田這才知道陳小郎下午去幹麼了，轉頭不見他的身影，不禁朝外面看去，何靈靈似乎知她所想，便道：「姊夫去還牛車了。」

何田田安排好何靈靈的住處，陳小郎才從外面走到她面前，直直地看著她。

何田田見他鼓起的眼睛閃亮亮的，且充滿了期待，有些不明白他這是想幹麼？

「田田，這下妳不會害怕了吧？」陳小郎等半天也沒有等到想要聽的話，只得開口問道。

何田田愣了愣，總算明白陳小郎站在她面前半天的原因了，不由想笑，本想誇兩句的，可想著他又自作主張，便看也不看他地走開了。

晚上，兩人躺在床上，何田田想著他明天要出去了，心裡很不是滋味，身體不由朝他挨了挨，陳小郎把她摟得更緊了。

「你記得你答應我的，不能去深山，只能在外圍轉轉。」何田田叮囑道。

「嗯，放心吧，不會有危險的，我的箭術很好。」

陳小郎根本不覺得有危險，他和陳錦仁都不知道進山多少次了，要不他的錢從哪兒來的？只是以往沒有人為他擔心，他也就沒有告訴過任何人而已。

何田田閉著眼就要睡著了，忽然想起錢氏來過的事還沒跟他說，便開口道：「你去找二哥的那天，錢氏過來了，不知道她打的什麼主意，我沒有讓她進門。」

陳小郎的眼睛閃過厲色，頭一次對自己離家有了擔憂，幸虧有何靈靈作伴，要不他真要失信了。

隔天天還未亮，何田田在睡夢中隱約聽到陳小郎的聲音。

「我出去了，妳要關好門，還有一定要把地契藏好。」

何田田胡亂點了點頭，等她醒來才發現，身邊的人已經離開了，她急急套上衣，走出屋，發現掛在牆上的弓箭不見了，才想到陳小郎走了。

何靈靈起床見桌上已經擺好了早餐，何田田在外面趕著鴨子，那隻黑狗在旁邊跳來跳去，似乎也在幫她趕。

初升的太陽照在她的身上，好似鍍上一層光芒，很是耀眼。

何靈靈這才注意到，何田田比家裡任何一個姊妹都出色，難怪當年會有那麼多人求娶。這些天娘親忙著為她相看，不知道自己將來的男人會是什麼樣子？

何田田把雞鴨趕了出去，這才關好院門走進來，見何靈靈站在門口，便道：「昨晚睡得好嗎？餓了吧，吃飯吧。」

何靈靈點點頭，說道：「挺好的。姊夫呢？」

「他出門了，沒有三、五天不會回來。妳要是覺得閒，我送妳回去吧。」何田田覺得就算只有她自己也沒有什麼好怕的，大門一關，外人也很難進來，再說也不會有搶匪特意跑到這個地方來。

「不，我可是答應了姊夫，在這裡陪妳直到他回來。」何靈靈忙搖頭。

何田田見她堅持，也不再反對，一同吃了飯，何田田就要去地裡除草。這個時候可沒有除草劑或農藥，這些都需要人力。

何靈靈一見她要下地，也跟在後面幫忙，兩姊妹聊著家常，手中的活兒一點也沒有停下。

「……妳是說張地主看中了何家的女兒，想從中選一個？」何田田手一頓，驚訝地問。

「嗯，那天我聽娘和奶奶小聲討論的。」

難怪方氏急著給她相看，原來原因在這裡。

一般女子都是及笄後才相看，然後定個兩年，到十七歲嫁人，像何田田這樣的情況比較特殊，才嫁得那麼快。

看著何靈靈那姣好的面容，何田田難免有些擔心。倒是何靈靈見她擔心，笑道：「田田，妳不用擔心，張地主是不會選我的。」

何田田疑惑地看著她，難道自己想差了？

「張地主也不是只要是何家女子就行，還有要求的，第一個就是年分，再來就是生辰，恰好我這兩項都與他要求的相悖。」何靈靈解釋道。

何田田這才知道當真是自己多想，不禁又有些好奇地問：「那現在已經有人選了嗎？」

「一般人家就算符合要求，也都藏著、掩著，不過有人卻迫不及待地跳了出來，想來不出意外的話，應該定下來了。」何靈靈露出鄙視的神情，充滿不屑地道：「就是何三嫂家的何嬌娘。」

何田田沒忍住叫了出來，這個結果實在沒想到。

「何三同意？」何田田問道。

「他不同意也沒用，攔不住何嬌娘自己願意呀。」

何田田也知道確實是這個理，雖然對這事驚訝，不過也沒放在心上，畢竟與她的關係不大，只是不明白何嬌娘怎麼就願意嫁給一個傻子？後來她才明白，竟還跟自己有些關係。

「大伯母不是也在給妳相看嗎？妳準備找個什麼樣的？」何田田好奇地問道。

何靈靈的臉一下就變得通紅，羞澀地低下頭。「我都聽娘的。」

何田田聽了長嘆一聲。也是，現在可不是自由戀愛的年代，婚姻根本無法自己作主。

「如果妳有什麼想法也可以跟妳娘說說，想來她也會把妳的意見放在心上的。」

「嗯。」何靈靈低聲應著，卻不準備採納。她的膽子可沒那麼大，敢自己出來選人家。

何田田見她不願意多說，也轉移了話題。

何靈靈也是個能幹的，女紅也做得不錯，只是在繡花方面沒有天分，雖然繡出了樣子，卻顯得有些呆板，何田田就指點了她一些，還畫了不少花樣出來給她，何靈靈愛得不行。

何靈靈越來越覺得何田田跟她印象中不一樣，好在兩人以前相處也不多，這才沒有起疑心，而這也是何田田沒有顧忌的原因。

隨著日子一天一天地過，何田田的心越來越沈重，總是無意識地朝門口望去，可就是沒見那人回來，一次一次的失望，讓她的臉色越來越不好看。

何靈靈並不知道陳小郎去打獵，只以為是出去辦什麼事，根本不明白她為什麼要那麼擔心，安慰也沒用。

到了第四天晚上，何田田聽到外面的門砰砰啪啪地響，一個翻身就爬了起來，靸著鞋子就朝外面跑。可等她跑到外面又沒聽到聲響，她試著叫陳小郎，回應的卻是沈默。

何田田有些緊張了，看到旁邊有根棍子，忙抓到手中，半天沒聽見動靜，正準備回屋，又聽到啪啪的聲音，不由啞然一笑。竟是風吹門的聲音。

何田田丟下棍子，轉身回屋，躺在床上卻怎麼也睡不著了。說好四、五天就回來的，明天就是第五天了，怎麼還沒回來呢？難道是出了什麼意外？何田田翻來覆去，越想越擔心，直到半夜才迷迷糊糊睡了過去。

早上，何靈靈起床不見何田田，便先做好早餐，正準備叫她起來，就聽見拍門聲響了起來，她以為是陳小郎回來了，跑去開門，結果卻見到一個陌生的男子站在門外。

第九章

何靈靈沒有見過陳家人，自然不認識陳大郎。她問道：「你是誰？」

陳大郎笑了笑。「我是陳小郎的哥哥，他在嗎？」

何靈靈一聽是陳大郎，心中便警戒起來。「姊夫不在家，你要找他請改日再來。」

說完何靈靈便要關門，陳大郎臉一沈，有些惱了。「妳是誰？我來自己弟弟家，難道還不能進門？」

陳大郎黑著臉的樣子挺有氣勢的，何靈靈有些害怕，不過牢記著何田田這些天說的話，不能隨意放人進來，尤其是陳大郎和錢氏。

何田田聽到門響爬了起來，見何靈靈半天沒進屋，這才出來看情況，沒想到門外的竟是陳大郎，便道：「大哥，真是不好意思，小郎不在家，不方便招待，你要是有什麼事，就在這兒說吧。」

「這就是弟妹妳的待客之道？」陳大郎一見到何田田，眼睛不由黯了黯，質疑地問。

「大哥，我這兒有女客，不方便，都說了有事就在這兒說。」何田田很是不耐，不想跟他虛與委蛇。「大哥明知家裡只有女人，卻非要進屋，不知道有什麼目的？」

陳大郎狠狠地看了何田田一眼，轉身離開。何靈靈忙用力一推把門關上，手捂著胸口，一副受了驚嚇的樣子。

何田田被她的反應逗笑了，打趣道：「這陳大郎可比陳小郎正常，妳怕什麼？」

「這人一看就不是好人，看人都陰森森的。」何靈靈被他看著的時候，全身都不敢動彈，似乎有股寒氣把她給凍僵了。

何田田卻在想這陳大郎今天上門又是為了哪一齣，明明都分家了，幹麼還來打擾他們的生活？而且奇怪的是，自陳員外過世後，陳大郎就很少出門了，也不知道怎麼回事？

陳大郎看著緊閉的大門，打量著這變了模樣的房子，眼神變幻，最後露出「走著瞧」的眼神，不甘地離開了。

陳家大院，梅氏手裡端著陳嫂遞來的茶，慢條斯理地對錢氏道：「妳嫁入陳家也好幾年了，卻一個孩子都沒有，妳又不願意請大夫，我看就給大郎身邊添個人吧。」

錢氏目瞪口呆地看著梅氏，她怎麼也沒想到，一向不管事的梅氏找自己來竟是為了這事！

「娘，這怎麼可以？」錢氏激動地道。

「怎麼不可以？」梅氏把茶杯朝旁邊的桌上重重一放。「妳生不出孩子，又不准添人，妳是想讓大郎後繼無人嗎？」

錢氏手中的帕子捏得緊緊的，兩眼紅紅地看著梅氏，心裡恨得不行，卻又無法反駁她的話。

無後……這個沈重的字眼就那樣重重地落在她的心窩裡。

「要是妳不願意，這事就交給我來，我肯定會為大郎選個合適的。」梅氏半天沒有聽到聲音，便又開口。

錢氏聽了想直接拒絕，可又不敢，要是讓陳大郎知道她對梅氏做出過分的事，想想都打寒顫。

「不勞娘費心了，這事就由兒媳安排吧。」錢氏咬牙切齒地回道。

梅氏根本不在意錢氏的態度，只要達到目的就行。「既然這樣，妳就去安排吧，要是一個月後我沒見新人上門，後果自負。」

錢氏帶著一肚子氣回到了房間裡，見金花低眉順眼地站在那兒，拿起一個碗就朝她砸去。「沒用的東西，像個木頭一樣，滾！」

金花小心翼翼地出了房間，乒乒乓乓的響聲隔著牆傳了出來，她站在外面的走廊上抹眼淚，這時陳大郎皺著眉走來，金花忙朝他行了一禮，陳大郎本就很惱火，氣沖沖地朝房間走去，走了幾步又退回來。「又發火了？」

金花快速地抬起頭，淚眼汪汪地看了他一眼，又低下頭，輕聲道：「夫人心情不好，老爺您注意點。」

陳大郎一聽，眉頭皺得更深了。「又怎麼了？」

金花欲言又止，最後搖了搖頭。「奴婢不敢說，老爺您就饒了我吧。」

陳大郎一聽，轉身推開門進了屋，就見屋裡一片狼藉，錢氏氣呼呼地坐在那兒。

「妳又在耍什麼脾氣？妳看看這地上，值多少銀子？」陳大郎冷冷道。

「銀子、銀子，你眼裡就只有它！」錢氏紅著臉吼了出來。

「閉嘴！」陳大郎額上的青筋都爆了出來。「錢氏，我警告妳，在我面前妳最好收斂些，現在我才是當家的。」

錢氏一聽，更是悲從中來，嗚嗚地大哭起來。陳大郎冷眼看著，坐到主座上，多餘的眼光都沒有施捨給她。

「怎麼回事？」過了好一會兒，陳大郎才開口問道。

「都是那個老巫婆，竟然嫌棄我生不出孩子，要給你納新人。」聽他問起，錢氏委屈地哭道。

「錢氏，別太放肆，妳罵誰呢？」陳大郎的聲音更冷了。「看來，狐假虎威這些年，都不知道自己是誰了。」

其實錢氏說出那話就後悔了，一聽陳大郎這麼說，全身發冷，也顧不上委屈了，忙爬到他面前哀求道：「大郎，看在這些年我聽話的分上，你就去跟娘說說，再給我一些時間，這次我一定聽話看大夫，早日懷上孩子。」

陳大郎厭惡地看著一臉鼻涕、眼淚的錢氏，腦中不由浮現何氏的身影。「機會已經給過妳很多次了，這次就是娘不說，我也準備納人進來了。」

陳大郎的話如同晴天霹靂，把錢氏震得臉無血色。看著似乎頭次認識的男人，全身如墜冰窖，萬念俱灰。

陳大郎站起來整整衣裳，冷漠道：「我去看娘了，人不要妳操心了，挑個好日子準備準備吧。」

錢氏看著陳大郎的身影消失在眼中，坐在地上，只覺得生無可戀。

金花見陳大郎走了出來，而錢氏並未如往常一樣送出門口，不由轉向屋裡看去，見錢氏那狼狽的樣子，吃驚得忘了自己的委屈，連忙走進屋裡扶起錢氏。「夫人，怎麼了？」

錢氏失神的眼睛轉了轉，沒有一點光澤。

金花很是不安，也不知道老爺跟夫人說了什麼，讓夫人打擊成這樣？

何田田做事總是出錯，注意力根本無法集中，何靈靈看她魂不守舍的樣子，擔心地問：「田田，妳到底在擔心什麼？姊夫不就出去幾天嗎？」

何田田擺擺手沒有跟她解釋，帶著小黑準備去外面轉轉，剛打開門就見陳小郎抬起手站在那兒，想來是正要敲門。

「我回來了。」陳小郎兩眼發著光，一看心情極好。

何田田朝他上下打量，見他跟出門前沒有多少差別，這才放下了心。「快進來吧。」

了。

陳小郎去洗漱，何田田忙到廚房給他準備吃的。這麼多天都只有乾糧，想來一定餓壞

「田田，姊夫回來了嗎？」何靈靈一直在房間做衣服，何田田給了她一塊布料，她要乘機做出來，等回去可沒有多少閒暇時間了。

「嗯，剛剛回來了。」何田田笑著點點頭。

飯做好了，卻還不見陳小郎出來，何田田走進房間，就見陳小郎躺在羅漢床上睡著了，高大的身體蜷縮成一團，也沒蓋被子，睡得正香。

何田田看著心疼不已，忙從旁拿起被子給他蓋上，靜靜地坐在他身旁，仔細地打量起來，這才發現他的手上到處都是傷口，雖然都不深，但卻密密麻麻的，想來都是被那些荊棘刮的，得有多疼？

陳小郎半睡半醒間感覺有人靠近，等她走近，聞著熟悉的香味才放心地睡了過去。

「姊夫呢？」何靈靈見何田田一個人走了進來，忙問道。

「睡著了，讓他先休息吧。」陳小郎回來了，何田田的心情就好了，說話也輕柔很多。

何靈靈想著自己出來這麼多天，現在陳小郎回來了，便道：「田田，姊夫回來了，我該回家了。」

「這幾天謝謝妳，再多玩一天吧，等明天讓他送我們一起回去。」何田田有些想念何家人了，想趁這機會回去看看，也不知道他們的糧食夠不夠、衣裳暖不暖，能不能度過這個冬

天。

陳小郎醒來時，何田田已經在準備晚飯了，一見他，忙問道：「餓了嗎？再等等，馬上好。」

何田田加快手中的動作，很快就做出了一葷兩素，這肉還是昨天留下的，好在這個時候不會壞掉，跟菜一起炒，很好吃。

吃飯時，平時何靈靈都是與何田田有說有笑的，可有了陳小郎，她一言不發，拘束地吃著飯，連菜都不敢挾。

陳小郎似乎餓狠了，吃了好幾碗飯。

何靈靈早早就回房間了，剩下何田田他們倆，她好奇地問道：「你打的獵物呢？不會這麼多天，一隻兔子都沒打到吧？」

「二哥帶回去了，讓他一起送去鎮上賣掉。」陳小郎停了停。「這次抓了幾隻野兔，我讓二哥留下肉，明天我們過去拿。」

何田田問完才知道，陳小郎他們打了一隻野豬，還有一些野雞、野兔，他全交給陳錦仁，等他把東西賣出去後才分錢。

「很凶險吧。」野豬不是兔子，牠可是會撞人的，力氣可不小。

陳小郎搖了搖頭，握住何田田的手。以往他去哪兒都沒有人擔心，頭次受到這樣的關心，心裡暖暖的，覺得再苦再累也值得。

第二天一早，陳小郎就去了陳二叔家，過了會兒趕著牛車回來了，車上還有幾隻去了皮的兔子。何田田留下一隻，其他的就放在車上帶回何家。

過了幾天，陳錦仁把賣掉野物的錢送了過來，同時還送了兩袋米，陳小郎順手就把錢給了何田田。

送走了陳錦仁，何田田迫不及待地打開錢袋，裡面有幾塊碎銀子，還有一、兩貫銅錢，看來這一趟的收穫不少。

「想要什麼就買。」陳小郎看了看銀錢，認真地對她道。

何田田明白他的意思，不就是想告訴她他賺得到錢，能養活她，可她卻是極不願意他上山，這次沒遇到危險並不表示危險不存在。

轉眼到了十一月，天氣越來越冷，而他們這個地方比其他地方要冷上許多，幸虧何田田早早準備了過冬的衣服，要不還真受不了。

何田田坐在火爐前給陳小郎做手套，陳小郎則在一旁看書，忽然外面的門響了起來，陳小郎放下手中的書走了出去。

過了一會兒他黑著臉走進來，何田田朝後面看去，沒見到有人，不禁疑惑地看著他。

「誰來了？」

陳小郎陰沈著臉，半天才回道：「陳大郎要娶二房了，讓我們過去喝喜酒。」

「娶二房？」

好半天何田田才反應過來，這是陳大郎要納妾了，但陳員外才剛去不久，再說他跟錢氏不是挺好的嗎？怎麼變得那麼快？

陳家大院左廂房一片紅，下人們也都喜氣洋洋，今天是陳大郎娶二房的日子，他們聽說那姨娘可是官家的女兒，只因愛上了老爺，才委身下嫁。

老爺說了，雖然是姨娘，但是要像對夫人一樣尊敬，這不派過來服侍的丫頭都很開心，認為總算熬出頭了。

上房，錢氏的院子卻是冷冷清清的，下人們走路都踮著腳尖，就怕弄出聲音吵到錢氏而受罰。

金花看著坐在那兒默默流淚的錢氏，不免有些擔心。她也沒想到老爺竟這麼快就娶姨娘，而且還特地召集下人說以後在這個家，姨娘就跟夫人一樣的地位，這不是打夫人的臉嗎？想著這些年夫人為大爺的付出，不禁有些兔死狐悲的感傷。

「夫人，您別傷心了，要是讓老爺看到您這樣，他又要生氣了。」金花輕聲勸道。

錢氏用力抹了抹眼淚，咬牙切齒道：「金花，給我梳頭。」

她倒要看看是個什麼樣的女子，竟讓陳大郎那麼迫不及待地娶回來，還放話讓那些下人如待她一樣地對待，這是想要取代自己的位置嗎？

他休想！現在家裡的這一切都是她這麼多年爭過來的，憑什麼白白地便宜那臭女人？錢氏越想臉越駭人，金花給她梳頭的手都不由顫了顫。

外面的一切都影響不到正房，梅氏側躺在羅漢床上，閉著眼，像是想到了什麼。「什麼時辰了？大郎快回來了吧，妳給我收拾妥當，等著新媳婦敬茶。」

陳嫂忙扶她坐好，遲疑道：「老夫人，這樣好嗎？」

「哼，陳大郎不是說娶二房嗎？我這老太婆自然要按他的吩咐去辦，有什麼不好的？」

聽了梅氏明顯充滿怒氣的話語，陳嫂默默地為梅氏穿戴起來，心中不禁嘆氣。這大老爺也不知道怎麼想的，似乎都看不明白了。

何田田好奇地跟在陳小郎身後走進陳家院子，前面倒是沒有多少變化，不過不難看出那些下人眼中的興奮。

陳小郎帶著何田田直接走進梅氏的院子，何田田沒想到再次來到這裡，竟是來吃喜酒的。

梅氏聽說何田田他們來了，分外激動，忙讓陳嫂出來迎，等何田田他們走進屋，就見梅氏跟以往一樣坐在那羅漢床上，臉色紅潤，精神也不錯，看來陳大郎對梅氏還是不錯的，並沒有苛待。

梅氏的臉上很平靜，陳小郎也是見過禮就坐在一旁，何田田只得問起梅氏這些日子過得怎麼樣，有沒有什麼不便的？

梅氏的回答自然是過得挺好，讓他們不要擔心，過好自己的日子就好。

沒一會兒，陳二嬸走了進來。

「嫂子，妳家陳大郎真是好本事，這喜事吃了一場又吃一場？」一般女人對於納妾都不喜歡，更不要說鄉下本就沒有這樣的，就算是一般的大戶人家，除非有特殊原因才會納妾。況且就算納妾，人家也都是悄悄地迎進來，還沒有像陳大郎這樣，大張旗鼓地彷彿要告知所有人一般。

梅氏面對陳二嬸，臉上的表情真實多了，不由露出苦笑。「難道妳還不了解嗎？他要做什麼，我這個糟婆子管得住嗎？」

陳二嬸一聽這話，沈默下來，張嘴還想說什麼，就聽外面傳來錢氏的聲音。

何田田張大眼望著門口，不知道陳大郎這般，她是不是還像以前那樣囂張？

門簾打開，只見錢氏穿著一身大紅的對襟鑲金緣上衣、湖藍色百褶裙，梳著高髻、戴著金枝花釵緩緩走了進來。

何田田還是頭一次見到她這麼隆重的著裝，如果忽略她眼中的怒氣，還挺有幾分姿色的。

錢氏直直走到梅氏面前，朝她行了一禮。「娘，現在滿意了吧？新人馬上就要進門了，您不去看看？」

梅氏平靜地道：「我就在這兒等著敬茶，外面就交給妳吧。」

錢氏聽了這話，頓時覺得很委屈。「娘，這麼多年來，我沒有功勞也有苦勞吧，陳大郎怎麼這樣對我？我到底做錯了什麼？」

錢氏說著說著就流起了眼淚，可惜屋裡的人對她都同情不起來，當然也就得不到回應。哭了一會兒，錢氏見沒人理她，連一聲告退都沒有就衝了出去。何田田和陳二嬸面面相覷，對錢氏都有些無語。

沒多久，外頭就傳來吹吹打打的聲音，陳二嬸便示意何田田跟著她一起去前面，而陳小郎一個男人，就留在這裡陪梅氏了。

這陳大郎還真是娶二房的架勢，雖然那轎子是粉色的，可卻由正門進來，且行禮的地方也還在正廳，並不是他們的上房。

何田田和陳二嬸對看了一眼，都覺得以後這陳家院子肯定不會太平靜，那新人要是個老實的還好說，要是個多事的，再生下一男半女，只怕錢氏的日子難熬了。

何田田說不出心中是什麼滋味，以錢氏的所作所為，她難以同情，但想想陳大郎這樣的做法，心裡卻生寒。再看坐在上首的錢氏，發現她的臉色非常難看，嘴巴閉得緊緊的，看著相扶走進來的兩人。

陳大郎今天一身暗紅色長袍，頭束金冠，腰間掛著一塊上好的白玉玉珮，一臉春風得意，配上那算得上俊俏的外表，倒是比平時多出些風采，此時正溫柔地看著一旁蓋著蓋頭的人兒。

旁邊的新人一身粉色長裙，輕移蓮步，嫋嫋婷婷地走了過來，不看外表，就這身形、儀態就勝過錢氏許多，難怪陳大郎這麼迫不及待。

錢氏沈著臉，看向陳大郎的眼神充滿了火氣，何田田以為她會當場發作，沒想到竟一直到新人給她敬茶，她都規規矩矩地坐在位子上，甚至話都沒有多說一句。

陳大郎可能意識到了沒人，斂住了笑坐到首座，朝一旁的喜娘看去，喜娘忙扶著新人，朝陳大郎見禮。

何田田還是頭一次見到納妾的過程，這與她想像中不同，沒有那麼簡單，與她成親時相比，竟只少了拜天地，多了給錢氏敬茶。

她以為別人家也是這般，後來才知道，這是因為陳大郎要抬新人特意為之的。一般人家納妾很簡單，根本不需要這些儀式。

新人的聲音清脆婉轉，給錢氏敬茶時，嬌滴滴地道：「姊姊，請喝茶，以後我們就是一家人了，請多多照顧。」

何田田見錢氏抓住椅子的手指都泛白了，聽到她直接稱姊姊，那臉上如調色盤紅黑白交錯。

看來這個新人還真不是等閒之輩，只怕以後這陳家院子熱鬧了。

陳大郎見錢氏半天沒有接新人的茶，臉色不由沈了沈，從鼻子裡哼了一聲，錢氏身體一挺，示意一旁的金花把茶端過來。

誰知金花剛走到新人面前，她就委屈地道：「姊姊，妳是嫌棄妹妹嗎？」

陳大郎看向錢氏的眼神很凌厲，大有她再不見好就收，這茶就乾脆別喝的架勢。錢氏氣得臉都白了，卻還是屈服於陳大郎的氣勢，接過新人手中的茶。

錢氏隨意抿了一口，就把茶遞給一旁的金花，從衣袖間拿出一支銀釵遞給新人。「以後好好服侍老爺。」

敬完茶，陳大郎就道：「馮氏，把蓋頭掀了，見見親人。」

錢氏見陳大郎並沒有親自去掀那馮氏的蓋頭，總算吐出一口氣。而蓋頭下的馮氏聽了陳大郎的話，身體微微一顫，不過還是順從地把蓋頭拉了下來。

馮氏的蓋頭一落，何田田就知道陳大郎為何那麼迫不及待地把人娶回來了。

如玉般的肌膚、一雙水汪汪的媚眼，朝你眨上那麼一眼，你都會顫抖，更不要說那高挺的鼻梁，以及那紅豔的唇了。

「金花，帶著馮夫人認親。」一見眾人的眼光都落在馮氏身上，陳大郎不由很是得意，尤其是看到何田田那滿眼的稱讚，心情更是好上幾分。

錢氏一聽陳大郎的話，痛苦地倚在椅子上，閉上了眼睛。

何田田被陳大郎的聲音拉回了神，對他叫馮氏的稱呼很驚訝。這是與錢氏差不多的位置了，以後她生的兒女也算是嫡子女，並不像妾生下的孩子是庶子女。

「見過二嬸。」馮氏在金花的帶領下，嫋嫋婷婷地走到陳二嬸面前，嬌滴滴地行了一禮，脆聲叫道。

陳二嬸客氣地笑了笑，從頭上取下一支髮釵遞給她。

到了何田田這裡，她最小，本應她朝馮氏行禮，可偏偏馮氏又不是正房，這關係就有些亂了。何田田見她走過來，微微一笑，也沒有稱呼。

倒是馮氏拿出一對銀耳環，放進何田田的手中。「弟妹，以後有空來找我聊聊天。」

何田田接過耳環，禮貌性地回了她，便退到了一旁。

陳大郎見禮節已經完成，便帶著馮氏要去見梅氏，見錢氏僵在那兒，毫不留情地道：「既然妳的身體不舒服，就回房好好休息，我帶馮氏去見母親。」

說完也不等錢氏說話，就立刻朝外面走去，馮氏自然跟在他的後面，蓮步輕移，自有一番風采。

陳二嬸搖了搖頭，轉過頭對錢氏道：「既然沒我們什麼事了，那就先走了。」

陳二嬸要走，何田田連忙跟上，她可不想在這兒多留，誰知剛走出正廳到轉角處，就見陳小郎等在那裡，何田田忙迎了上去。

陳小郎抬腿就朝外面走，何田田都來不及問他裡面的情況。

終於出了陳家，何田田吁了口氣，覺得還是外面的空氣舒服。

陳大郎娶二房的事就這麼過去了，何田田以為與自己並沒有多大關係，畢竟他們早已分家，可有些事並不是這麼簡單。

回到家裡，看著遠處沼澤地的雞鴨，何田田有種又活過來的感覺，想著以後還是少去陳家的好，那裡實在與她不合。

晚上，何田田如往常一樣洗漱出來，穿著中衣就上了床，陳小郎早已躺在床上了，如往常一樣睡在裡頭。何田田拿起床頭的書，藉著有些昏暗的燭光看了起來。

忽然，蠟燭被吹滅了，房間一片漆黑，何田田詫異地放下手中的書，放下蚊帳躺了下去。

陳小郎的手一把將她摟在懷裡，何田田順勢找了個舒服的姿勢窩著，正想問問他幹麼要把燈吹滅時，陳小郎一改平日一動不動，手伸入了她的中衣內，輕輕撫摸著她的背。

何田田嚇得全身僵硬，完全不敢動，頭一次這樣跟男人親密接觸，心慌意亂，根本不知道該怎麼反應。雖然已經習慣跟陳小郎抱在一起睡，但他們一直都只是單純的睡覺呀。

何田田頭腦發懵，陳小郎卻一點點地靠近，他的唇落在她的額上、唇上，很快地，他的氣息急促，動作也更加迫切。

何田田完全不知所措，想推開他卻發現全身無力，想叫卻變成呻吟聲，羞得她緊緊咬住了唇。

隨著陳小郎的動作，何田田全身發熱，陌生的麻癢感散布全身，頭腦一片空白，只能任由陳小郎胡作非為……

事後，何田田趴在陳小郎的身上，有些怒又有些甜蜜，一時間竟是五味雜陳，不知道該如何反應，最後所有的情緒都化作用力一捏。

陳小郎腰間吃疼，卻只是用手輕輕撫摸著她的背，像是在捋炸了毛的母老虎，嘴角不斷往上挑，以示他的好心情。

第二天一早，何田田醒來時，床上又只剩下她一個人，她翻身爬起來，卻發現兩腿無力。昨晚的事又浮現在她的腦海中，她不由得用被子蒙住頭。

怎麼就隨了他呢？雖然她早就知道這不過是遲早的事，可他一點提示都沒有，就這樣傻傻地從了他。

陳小郎小心地端著稀飯和一碗蒸蛋進了屋，就見何田田像蚯蚓一樣在床上扭來扭去，他的嘴角又開始往上翹。

「田田，餓了吧，起來吃點東西。」陳小郎格外溫柔地叫道。

何田田聽到他的聲音嚇了一跳，趴在床上不敢再動，現在她完全不知要用什麼表情面對他。

陳小郎把東西放在床前的小桌子上，便坐在床沿把被子掀開一角，何田田脹紅著臉看著他，陳小郎明顯被她的表情嚇到了。

「怎麼了？不舒服嗎？」陳小郎伸出手朝她的頭探去。

「啪」的一聲，何田田的手打在他的手上，忍著不適，坐了起來。
陳小郎訕訕地把手伸回去，對何田田的怒火有些不解。
昨晚不是還好好的嗎？
何田田見他一臉無辜，也覺得自己有些過分，他們都已經是夫妻了，他要她也正常，其實他已經做得很好了，並沒有成親時就強要，而是給她這麼長的適應期，她若再鬧下去，似乎就有些矯情了。
想通後，何田田頭上的烏雲自然就散了，對陳小郎道：「你先出去，我先穿衣服。」
陳小郎見她不生氣了，有些傻樂地站在那兒，呆呆地看著她。何田田見他一動也不動，不由朝他翻了個白眼，這人給了點顏色就要開染坊？
陳小郎見她又要變臉了，有些不捨地道：「那妳快點，飯菜都要涼了。」
何田田見他出去了，忍著不適爬了起來，看著被撕裂的衣服，不禁暗罵，卻又忍不住想起昨晚的情景，有些害羞。她忙甩了甩頭，把那些兒童不宜的畫面丟出腦海。
吃過早飯，何田田拿出針線，準備多做幾套衣服，就聽到門外傳來聲響。
陳小郎打開門一看，竟是陳二嬸。
「沒想到整理出來的房子竟然這麼寬敞，要不是離村子遠了些還真不錯。」陳二嬸自房屋改建好後還是頭一次來，不怪她這麼感慨。「錦鯉，去把外面牛車上的菜拿進來。」
「二嬸，現在我們不缺菜吃，不用送來了。」何田田在院子裡外都種上了菜，且兩人也吃不多，已經夠了。

「都是些乾菜，妳收著吧，就怕過些日子要下雪，不好出門。」陳二嬸擺擺手，不在意地道。

何田田沒有拒絕，等以後他們有多的菜再送一些過去就是了，人情就是這樣你來我往才越走越近。

陳二嬸四處看了一圈，就在屋外的椅子上坐了下來，拿起何田田做的針線看了看，直誇她的針腳縫得密、做得好。

何田田以為她今天過來有什麼事，沒想到她等陳小郎出去後，神秘地道：「妳知道那馮氏是什麼來頭嗎？」

何田田搖搖頭，她對陳大郎的事不感興趣，自然不會去打聽，再說看那馮氏就不是個簡單的，想是來頭不小，就不知道怎麼跟陳大郎混到一起去了？

「聽說那馮氏是縣太爺的庶女，比較得寵，家裡有個厲害的大娘，要把她嫁給縣太爺的上級，那馮氏的姨娘比較得寵，聽到這消息後就計劃著為她找個家境不錯的後生嫁了，誰知這馮氏無意中見到正在面見縣太爺的陳大郎，一眼就喜歡上了，硬是推掉了她姨娘找的正經男人，死活要嫁給陳大郎做妾。縣太爺本就寵著她，再加上陳大郎的手段，這事就成了。不過聽說陳大郎跟縣太爺保證，在家裡以正妻的身分對她，以後要是生下孩子也是嫡子。」

何田田聽得有些咋舌。難怪那馮氏眉目間總帶著幾分媚，想來是從她姨娘那裡學的。

唉，真是不明白她的想法，既然要做妾，自然要找個好些的人家，以她的姿色應該不是難事，偏要嫁給陳大郎。

「妳二叔聽我回家說了那馮氏的事，還特意去叮囑陳大郎不要做出寵妾滅妻的事來，結果陳大郎回說馮氏不是妾，是二房，氣得妳二叔直說以後再也不管那家的事了。」

何田田其實不明白，陳大郎那麼精明的人，怎會做出這麼糊塗的事來，想來這其中一定有緣由，只是他們不知道罷了。

陳二嬸又說了許多陳家以前的事，何田田這才知道，錢氏嫁進陳家也是用了手段，要不她一個孤女根本不可能嫁給陳大郎，不過具體的情況她也不清楚，這些都是聽人說的。

送走了陳二嬸，何田田看了看越來越暗下的天色，忙叫陳小郎把鴨子趕進來，只怕晚些會下雪。

果然，晚上就開始下起了雪，第二天打開門，外面白皚皚一片，天上不斷飄著雪花。

陳小郎吃過飯後就道：「我去山裡一趟，這次不用那麼久，三天就回來了，妳記得要關好門。」

「怎麼又去？上次不是跟你說了，這些事要跟我商量嗎？」何田田一聽，生氣地道。

「這次不用進山，只在外面的小山頭上打些野雞，沒有危險。」陳小郎言下之意就是，既然沒有危險，自然就不用提前說。

何田田氣得話都說不出來，難怪當時他答應得爽快，原來是在這兒等著呢。

「我不同意。」現在家裡的錢足以支撐到明年了，幹麼非要去做這麼危險的事呢？

陳小郎有些急了，這樣的天氣打獵最好了，雪地裡那些動物跑不快，猛獸也都冬眠了，自然就沒那麼多危險。他們沒有地，現在不多存一些錢，等開了春，他們連買糧食的錢都沒有，他可是答應過她不會讓她吃苦的。

陳小郎一急，話更說不出來了，只圍著何田田直轉。

這次何田田下了狠心，絕對不心軟，就是不答應他出去。

最後的結果何田田贏了，陳小郎最終沒有上山，到了下午，雪越下越大，何田田不由擔心起來。這麼大的雪不會壓倒房子吧？何家的房子可還是茅草的，想到這裡，何田田坐不住了，對黑著臉的陳小郎道：「你去二叔家借一下牛車，我想回家看看，這麼大的雪，我怕他們出事。」

陳小郎還在為沒上山懊惱著呢，聽何田田這麼一說，翻身站起來到門口一看。不得了，那雪已經過了膝蓋，心裡不禁慶幸沒上山，要是上了山只怕難回來。

陳小郎披上蓑衣，看著外面的風雪，說道：「這麼深的雪，牛車趕不動了，妳待在家，我去看看。」

何田田知道他說得有理，雖然很想去荷花村，但看著外面的雪，只得無奈道：「那你小心些。」

陳小郎走出院子，很快就被風雪掩沒了，何田田回到屋裡，坐立不安，不停祈禱千萬不能出事。

另一頭的荷花村，何世蓮看著倒了一半的房子，哭喪著臉。林氏不停咳嗽著，不時抹著眼淚。

誰也沒想到會下這麼大的雪，後山的樹枝被折斷，壓在房子上，這房子本就不牢固，這就被壓垮了。

「行了，妳出來幹麼？要是再著涼了可怎麼辦？」何老爹敲著旱煙壺，黑著臉道。

林氏一聽，默默轉身進了屋，明白要是自己病了，那可就雪上加霜了。

戴氏抱著孩子，著急地問：「娘，外面怎麼樣了？」

「那邊的屋子全倒了。妳帶好孩子就好，不用擔心。」林氏在媳婦面前收住了傷感，平靜地道。

戴氏聽了沈默不語，幸虧他們都過來這邊烤火，要不然只怕他們都逃不出來，想到這裡，只覺得這房屋一點也不安全，抬頭看著不時傳來聲響的屋頂，擔心地道：「娘，這邊的屋子不會出事吧？」

林氏同樣擔心，可一時間又想不出什麼辦法，一急就咳個不停。

「三弟，叫上弟妹。世蓮，去把你媳婦叫上，去老屋吧。」何大伯冒著風雪過來了，一見他們的屋倒了，出聲道。

「大哥，老屋還好吧？這雪還在下，也不知道能不能支撐下來。」老屋並不比他們這房子好多少，唯一比他們這裡好的是沒靠山，不用擔心有樹會倒下來。

何大伯一聽也沈默了，看著灰濛濛的天空，眉頭皺得很深。

陳小郎一來，就見何家屋子倒了一片，忙加快腳步，何世蓮最早發現了他，忙跟他打招呼。「你怎麼來了？這麼大的雪，那路那麼窄。」

陳小郎朝他點點頭，對著一旁的何老爹道：「爹，去我們那兒吧。」

何老爹看了他一眼，站起來對何世蓮道：「你跟戴氏帶著孩子跟著你妹夫去，我們老了，就留在這兒。」

「爹，要去一起去。」何世蓮反駁道。

「聽你爹的，快去準備吧，等雪下得更深，路更難走了。」何大伯勸道。

林氏聽到外面的動靜，走了出來，也極力勸何世蓮，見何世蓮還強在那兒，就哭了起來。「你這不聽話的，難道要讓孩子凍死在這兒嗎？」

何世蓮在他們的威脅下，無奈地進屋跟戴氏收拾了一番，跟著陳小郎出了門。陳小郎讓何老爹他們也一起，何老爹和林氏死活不肯。陳小郎沒辦法，看著越來越暗的天色，只得往回走，路過老屋時，叫上了何世林幾個兄弟和孩子。

一行人互相攙扶著，一路小心翼翼地終於到了家，何田田聽到外面的動靜，衝出屋開了門，見他們全身都是雪，忙把他們領進屋，拿出手帕讓他們擦拭身上的雪。

「哥，爹娘呢？」何田田不見何老爹和林氏，著急地問。

何世蓮眉頭一直皺著，聽何田田問起，也是一臉擔心。「爹他們不肯來。」

何田田一聽，急得恨不得跑回家去把他們拉過來。何世蓮似乎明白她的心思。「妳去也沒用，爹他們是不會來的。」

何田田洩氣了，她知道他說的是實話，他們肯定是想死也要死在自己家，是不會輕易出來的。

堂兄弟都來了，再加上幾個孩子，何田田忙拿出被子準備睡覺的地方，幸虧家裡房間多，安排好一切，何田田就忙著準備吃食。

戴氏把孩子遞給何世蓮後就過來幫忙。「我還是頭一次見到這麼大的雪，肯定會凍死不少人。」

平常就算沒下這麼大的雪，到了冬天都要死一批老人，更不用說如今。何田田心裡沈甸甸的，卻又無計可施。

雪又下了一晚，到第二天上午才停，雪已經積到他們的大腿上，接下來幾天，沒有出太陽，不時地下場小冰雹，天氣更冷了。好在陳小郎準備的柴火多，火爐裡整天燒著火，孩子們才沒有凍壞。

到了第五天，太陽終於出來了，何世蓮放心不下林氏他們，迫不及待地跟幾位堂兄回去了，只留下戴氏和孩子。

「可千萬不能出事……」戴氏喃喃道。

陳小郎自然也跟著何世蓮他們去了，直到晚上才回來，房屋倒得只剩下一間了，好在何老爹他們沒事。老屋的雜物房也都倒了，何五奶被凍病了。

何田田一聽何五奶病了，忙問陳小郎嚴不嚴重，擔心得很。

直到出了三個日頭，路上的雪才融化，何田田跟在陳小郎身後，急急朝荷花村趕。他們直接到老屋，進了何五奶的房，只見她臉色蒼白，虛弱地躺在床上。

見何田田他們進來，何五奶睜開眼看了看，朝她笑了笑又閉上眼。何田田輕輕握住她冰冷的手。「奶奶，我給您帶被子來了，蓋上肯定不冷了。」

何田田從陳小郎的手中拿過被子，蓋在她的身上，何五奶又睜開眼看了看他們，然後閉上了眼。何田田以為她睡著了，卻發現握著的手更冷了。

何田田害怕地看著陳小郎，陳小郎看出異樣，忙到外面叫人。

何五奶就這樣無聲地走了，何老爹急得一夜白了頭。一場大雪，房屋倒了，娘沒有了，這如何不難過？

送走了何五奶，何田田回到家還是精神恍惚，實在想不到平時精神很好的何五奶就這樣離開了，甚至連一句話都沒有交代。

陳小郎擔心她，寸步不離地跟著，想安慰又說不出好話，這可把他急壞了。「田田，家裡還有多少錢？送去給爹他們吧。」

何田田這才回過神，進屋把家裡的餘錢拿了出來，但這麼點錢肯定不夠，家裡也沒更多的錢了，看來賺錢是迫切的事了。

一場大雪過後，各家都忙了起來，比起村裡別的人家，何家還算好的，只去了何五奶一人，村裡有很多人家不光老人沒了，有好多小孩也沒熬過去，就這樣走了。

不管怎麼樣，生活還是要繼續下去，何五奶下葬後，迫在眉睫的就是重新建個房子。

何老爹和林氏看著桌上的幾串銅錢發愁，家裡就剩這麼點錢，如何建房子？可不建房子，連住的地方都沒有，該如何是好？

戴氏抱著孩子走進來，默默把一個荷包放在桌上。「爹、娘，這個拿去用吧。」

林氏把荷包打開，見有幾塊碎銀子，不由朝她看了看。

戴氏忙解釋道：「這都是我懷孕時田田塞的，我沒捨得花。」

林氏沒出聲，又默默地包了起來，就算加上這些還是不夠。

何老爹沈默了一會兒。「先把地基整出來，其他的走一步看一步，要是實在不行，就先弄幾間泥房子好了。」

接下來何老爹就帶著何世蓮整理廢墟，何田田回到家，就看到她住了好幾個月的房子沒了，只剩下橫七豎八的木板倒在磚頭上。

「你們回來了？」見到何田田，何老爹他們都停下手中的活兒，走了過來。

陳小郎挽起袖子跟著忙活，何田田跟何老爹他們聊了幾句，就跟著戴氏進了那僅有的一間房子裡。

林氏正在做飯，飯稀稀的，加上一碟小菜、一些乾蘿蔔絲，見何田田回來了，關心地問道：「妳怎麼來了？外面的路不好走吧。」

路是不好走，融化的雪水把路上的土泡得泥濘，加上她又穿著木屐，要不是陳小郎一直扶著她，只怕都不知道要摔多少次。

「娘，屋子打算什麼時候重建？」何田田從腰間取下荷包，遞給她。「這兒有些銀錢，先拿去建屋吧。」

林氏打開看了看，還給了她。「妳爹不會要的，妳拿回去吧。你們連地都沒有，來年看有沒有合適的，買幾畝地，也不用每天都買糧吃。」

「娘，您就收著吧。」何田田見都這個時候了，林氏還在為她著想，心裡一股暖流流過，堅決地把手中的錢袋塞進她懷裡。「娘，您是想讓女兒生氣嗎？您看看家裡，連一間像樣的房子都沒有了，全擠在這麼小的地方。你們沒關係，有想過水伢子嗎？」

林氏見何田田生氣了，小心地接過錢袋。「那我就先收下了，這裡有多少，告訴妳哥，讓他以後還給妳。」

何田田自然沒想過要回來，不過如果這樣她能安心點，那就隨她吧。

因為馬上要過年了，房子只得過完年再建。這些日子趁著日頭好，何世蓮和幾位堂兄挑土做磚，等到明年就可以用了。

陳小郎每天早早就去了何家，晚上才回來，何田田有時也會過去幫忙，有時沒去，主要是她走路太慢了，影響到陳小郎的速度，趕到何家時已經做不了多少事了。

因著雪災，這個年過得很是無趣，何家更是因為何五奶過了，很是冷清。

在這樣的忙碌中過了春節，何家開始準備建新房了。

因著各個村都有不少人家的房子倒了，砌牆的師傅忙不過來，何老爹便也沒請人了，乾脆帶著何世蓮他們自己砌了起來。

何老爹這次準備建四間屋，因為磚頭自己做好了，木頭還有一些舊的可用，又在山上砍了些，也沒有多花錢，省了好多錢。

何家兄弟多，主體很快就建好了，到了放梁的時候，何老爹去請老師傅回來，看好了時辰，幾人抬起中梁上了屋，一聲吆喝，放起鞭炮，梁柱落在了屋脊上。老師傅朝下面撒了些瓜果，引得小孩子在下面瘋搶，以示好兆頭。

何家的新屋建起來了，天氣也轉好了，何田田每天在沼澤地邊轉悠，希望能想個方法好好利用這片地，可她思來想去就是想不到。

何田田失望地回身進屋，看著外面難得的好天氣，把櫃子裡的衣服拿出來曬一曬。

在整理東西的時候，忽然一個布袋引起了她的注意，她打開一看，竟是蓮子。她捏起幾顆，傻傻地笑了起來。

她都忘了還有這東西！

她記得為了得到它，當時她還裝了回傻，讓錢氏得意了一陣，現在才覺得，有些事似乎冥冥中就注定了。

「田田，妳拿著這個幹麼？」陳小郎從外面走進來，就見她站在那兒傻笑，不由問道。

「哈哈，陳小郎，我知道我們那沼澤地能種什麼了！」何田田高興地道。

陳小郎看著她，又看了下她手中的蓮子，懷疑地道：「妳不會是要種這個吧？」

何田田連連點頭。「對，這是蓮子，是生的，能種的。」

陳小郎知道這是蓮子，是陳員外帶回來的，他吃過一次，覺得很苦不好吃，心想種了這東西有什麼用，又不能當飯吃。

「你知道蓮藕嗎？那是能當菜吃的，能賣錢呢。」陳小郎在想什麼，何田田多少能猜到。

陳小郎疑惑地看著她。這些她是怎麼知道的？

何田田看著他懷疑的眼神，不禁暗罵自己大意了，這個地方的人都沒有見過蓮藕，她怎麼會知道？

「我、我是從書上看到的，就在一個話本子裡看的，要不我找給你看看？」何田田靈機一動，說道。

陳小郎一聽是從話本子裡看的，搖了搖頭。「那書裡都是亂寫的，妳怎麼能當真？」

陳小郎從來不看話本子，這也是何田田這麼說的緣故，他覺得那都是亂想的，也就騙騙何田田她們這種閨中女人的。

「反正也損失不了什麼，我們就試試吧。」何田田一聽有些急了，她好不容易找到一條致富的路，若就這樣胎死腹中，豈不氣死？

見陳小郎還在猶豫，何田田走到他身邊。「我們就試試吧，反正那些地空著也是空著，又不需要用錢，你就當作為了我吧！」

何田田這麼一撒嬌，陳小郎馬上投降了。「那就試試吧。」

何田田沒有種過蓮藕，也沒看過這方面的書籍，只在前世養過幾盆碗蓮，想來應該都是差不多的，就先試試，要是實在不成再另想辦法，反正也損失不了什麼。

她拿出蓮子，挑出飽滿好看的，然後找出有突點的那頭，用剪刀小心地剪掉它的外殼。蓮子的外殼比較厚，如果不剪掉，那就發不出芽。

陳小郎見她做得有模有樣，也過來幫忙，何田田跟他說了注意事項便讓他也剪，兩人一下就弄好了一百多顆種子。何田田見袋子裡似乎還有一半，便放下剪刀把蓮子收起來。

「怎麼不剪了？」陳小郎疑惑地看著她。

「總共就這些種子，要省著點用，要是這次失敗了，下次還可以試。」何田田考慮過了，雖然這樣花的時間長些，但是比較穩妥。

陳小郎沒有種過這東西，自然是何田田說了算，既然她不弄，那他也就不管了。

剪好種子就要泡種了，何田田端來溫水，把種子丟進去，陳小郎還是頭一次見到這種做法，很是好奇，忍不住問道：「這也是話本子上寫的？妳拿過來我看看，這方法能不能用在別的莊稼上？」

「這可不是從書上看的，這是我自己想的。」何田田得意道：「你看看，現在外面的水是冰的，那種子肯定不會發芽了，等天氣一熱，種在地裡的種子不就發芽了嗎？我現在用溫水，不就是同樣的道理嗎？」

陳小郎無語地看著一臉興奮的何田田，只覺得自己是昏了頭才會相信她能種出蓮藕，不過看她開心的樣子，他最終什麼也沒有說。

因為要保持水溫，一天得換兩次水，何田田忙上忙下，陳小郎則被她指使去清理沼澤地了。

何田田不知道這一塊沼澤地是怎麼形成的，其實那泥並不深，只是比普通田裡的深了一些。

既然想種蓮藕，自然就需要把裡面的雜草清理乾淨，趁著這幾天日頭大，溫暖好幹活。那種子不多，陳小郎清理完一大塊出來，何田田就不讓他去弄了。她特意看了那土壤，很是肥沃，她的信心又多了幾分。

過了六、七天，何田田再一次換水時，發現一顆蓮子冒出了綠綠的芽，她興奮極了，跳著拿起來遞給陳小郎看。陳小郎驚訝地接過去，看著那短短、小小的芽，再次看著何田田的臉，嘴角往上挑了挑。

完全沒想到竟真的發芽了，這樣的催芽方式還真特別，不過確實有效。

又過了一天，一百多顆蓮子都冒出了芽，何田田把它們放在太陽底下，還是跟以前一樣加水，只是水溫低了些。

她記得荷花這東西喜熱不喜冷，早上搬出去，晚上又得搬進來，陳小郎見她照顧得很仔細，看著盆裡的芽越來越高，不禁也有些期待了。

第十章

在何田田忙活的時候，陳家院子卻鬧開了，自那馮氏進了門，錢氏的日子就沒有痛快過，陳大郎沒外出時每天都待在馮氏的院子裡，錢氏恨得牙癢癢，卻無可奈何，所幸家是她管，錢都握在她手裡。

一場大雪過後，陳大郎出去回來，就跑來跟她要錢。「這次雪災影響到了生意，妳拿些錢來。」

事關生意的事，錢氏不敢大意，忙拿出銀票給他。陳大郎去馮氏那裡坐了一會兒，就又急著出去了。等過完年，陳大郎回來了，什麼也沒有帶給她，就連銀子也沒有交出一兩，結果第二天，那馮氏就穿金戴銀地到她這裡來顯擺了。

錢氏氣得又砸了幾個碗，想找陳大郎卻找不到人，她只得去找梅氏哭訴。

梅氏聽完，淡淡道：「這個家我已經不管那麼多年了，你們也早就沒有把我這老婆子放在眼裡，妳跟我說這些事根本沒有用。」

錢氏在梅氏那裡沒討得好，回來又聽金花說陳大郎回來了，手裡提著個包裹進了馮氏的院子，氣得她差點暈過去。

晚上，陳大郎終於回錢氏的院子了，本來一肚子氣的錢氏看到他，也顧不上生氣了，忙噓寒問暖起來。

陳大郎坐了一會兒，喝了幾口茶，說起了來意。

「什麼？你又要錢？」一聽陳大郎又要錢，錢氏一下就急了，臉色很難看。「沒錢了，上次全都給你了。」

陳大郎見錢氏不願拿錢出來，臉色一沈。「錢氏，妳要明白，這個家是誰說了算，我讓妳拿錢出來，妳就給我拿出來。」

見陳大郎板著臉，錢氏心裡膽怯了，但腦中又浮現前幾天馮氏在她面前耀武揚威的樣子，硬著頭皮道：「你既然說沒錢，那怎麼能給馮氏買那麼好的金銀玉器？」

錢氏不願意拿錢出來，陳大郎已經很生氣了，現在一聽她提起馮氏，那臉色更黑了。「妳竟然還想跟她比？妳也不照照鏡子，那些東西戴在妳身上不是糟蹋了嗎？」

錢氏聽了這話，差點就暈過去，指著陳大郎一個字也說不出來。陳大郎可能也覺得無趣，錢也沒拿就直接走了。

錢氏卻把馮氏恨之入骨了，這不陳大郎剛一出門，錢氏就把金花找來，對她嘀咕了好些話。金花出了門，她才露出個駭人的笑容。

本來陳家發生任何事，都與何田田他們無關，畢竟兩家離得遠，再加上何田田根本就不願跟陳大郎他們有任何關係，能離多遠就恨不得離多遠，可就是這樣，還是沒有躲過去。

何田田看著金花，眉頭一下就皺了起來，不耐地問：「什麼事？」

「二夫人，老夫人生病了，大夫人讓我來通知一聲。」金花並沒有把她的表情放在心上，平靜地道。

聽到梅氏生病了，何田田急了，別的事能不管，唯獨這事不能不管。她讓金花先走，自己去找陳小郎，兩人收拾好東西，急急朝陳家跑去。

陳家院子，不知道錢氏從哪兒弄來一盆君子蘭孝敬給了梅氏，梅氏以前最喜歡的就是這花了，陳員外在的時候總是會為她準備好幾盆。

君子蘭喜溫，梅氏就讓陳嫂搬著花到了院子，自己則慢慢摸索著走出來，走到拐彎處，正想叫小丫頭來攙扶一下，就有一股重力撞了過來。

「娘，小心！」何田田和陳小郎剛走進院子，就看到如此膽顫心驚的一幕。

陳小郎飛快地跑過去，可還是慢了，只能眼睜睜看著梅氏被撞倒。

「怎麼走路的?!」陳小郎吼了起來，抱著梅氏急急進了院子。

何田田匆匆看了倒在另一邊的人，穿著粉紅色衣裳，也不知道是裝暈還是真暈，趴在那兒一動也不動。她緊跟著陳小郎走進屋，不準備插手，想來錢氏會處理好的，在管家這方面，錢氏還是有一手的。

「出了什麼事？」何田田腳剛踏入屋裡，就聽到錢氏的聲音。

「陳嫂呢？趕緊讓人請大夫來！」陳小郎讓梅氏平躺在床上，著急地叫了起來。

「娘，怎麼了？我已經叫人去請大夫了，很快就來了。」陳嫂沒有回應，錢氏倒是走了進來，一副很急的樣子。

梅氏臉色慘白，過了好半晌才痛苦地呻吟出來，想來傷得很嚴重。

陳小郎緊緊握著梅氏的手，焦急地注視著她，生怕錯過她的一絲表情。何田田和錢氏都站在一旁，誰也沒有說話。

大夫很快被帶了進來，陳小郎站起來往後退了退，眼睛卻沒有離開過梅氏。

「這是摔了？知道摔到哪兒了嗎？」大夫問道。

陳小郎忙把梅氏被撞到的地方指給大夫看，大夫仔細檢查後才道：「她看不見，你們照顧的人要多花點心思，這次還算是萬幸，沒多大的問題，只是這腰可能要養上一段時日，我開一些活血去瘀的藥。」

陳小郎送大夫出去了，屋裡只剩下何田田和錢氏，錢氏站了起來。「是馮氏，我已經讓她跪在外面了。」

何田田冷冷地看了她一眼。前世那些宮鬥、宅鬥的電視劇和小說不是白看的，到這時還不知道這是被她利用了那就是個傻的。

「這院子的事與我們無關，但是不要把我們當傻子，也不要牽連到娘身上。」何田田現在是打心底看不起錢氏，她的心思太毒了，為了達到目的竟能不擇手段。

「等大哥回來，我們再來。」

陳小郎已經回來了，聽了何田田的話，就算不知道原委，也猜出幾分了，陰沈著臉，狠狠地瞪著錢氏。

「弟妹，妳這話我可聽不明白了。」錢氏的手握得緊緊的，這事她不能認，要是認了那就死定了。「娘明明是那賤人撞的，可不關我的事。」

「金花怎麼會忽然來我們家？」何田田不想跟她廢話，直接問道。

「說起這事，我正想跟你們說呢。」錢氏已經平息心中的緊張了，不慌不忙道：「娘這些日子一直悶悶不樂的，我特意託人尋了盆君子蘭回來，又想著娘會不會是想你們了，這才讓金花去請你們過來，可要是沒事，你們肯定不會來，所以才說了那麼一個藉口，沒想到就出了意外。」

說完錢氏一副泫然欲泣的樣子。「我要是早知道會發生這樣的事，打死我也不會忙活這些。弟妹，說起來我們也算相處過一些時日，到時你們大哥回來了，可要幫我作證，娘是那賤人撞的，與我無關呀！」

何田田真要為錢氏點個讚，這演技真是好呀，可惜他們都不願意看這齣戲。「真相如何，大哥回來肯定會查明，要是你們不願意照顧娘，我們接過去就是了。」

「老夫人，您醒了？哪裡不舒服？」陳嫂一直盯著床上，梅氏有一點動靜，她馬上就注意到了，緊張地問道。

聽到梅氏醒來了，陳小郎的臉又繃了起來，何田田看他那彆扭的樣子，實在有些不明白他到底是怎麼了，明明很擔心梅氏，卻又不願意讓她知道。

「娘，您醒了？都怪我，沒管好這個家，讓您受了這麼大的罪，您處罰我吧。」錢氏眼淚、鼻涕就那樣齊齊地流了下來，跪在梅氏的床前哭道。

何田田再次無語，見梅氏沒說話，上前道：「娘，我和小郎過來看您了，您現在感覺怎麼樣了？要不去我們那邊住上一段時間？」

梅氏還是沒有出聲，不過卻是搖著頭。

何田田還想勸說，陳嫂制止了她。「二夫人，天色不早了，您跟二老爺先回去吧，要是有什麼事再請你們過來。你們也不用擔心老夫人，我會照顧好她的，再也不會離開她半步了。」

何田田和陳小郎對看一眼，只得無奈地退出屋，走到院子，陳小郎又回過頭看了梅氏的院子一眼，才轉身疾步朝外走。

何田田跟在他後面，嘆了口氣，想著陳大郎回來不知道會怎麼處理這事？也不知道梅氏為何不願意離開陳家院子？跟他們住肯定好過住在這兒吧，難道是不捨那富足的生活？

又過了幾天，蓮子長出了細根，還有幾片嫩葉，何田田算了算日子，照這個樣子來看，再過幾天就可以分栽了，剛好是清明前，季節剛剛好。

何田田讓陳小郎把那沼澤地翻了一遍，到時方便栽種。

鴨子已經長得很肥碩了，看著越來越少的銀錢，何田田準備抓幾隻公鴨去賣，順便再買些糧食回來。

本來何田田是想讓陳小郎去的，上次她注意到了，那鎮上做生意的大部分都是男人，很少有女人拋頭露面，就連那繡紡的掌櫃都是男人。可看著陳小郎那半天吐不出幾個字的樣子，她放棄了，讓陳小郎去陳二叔家借來牛車，抓上鴨子，一起進了鎮。

再次進鎮，何田田已經很熟悉了，他們直接到了賣家禽的地方，因時辰還早，有不少人在那裡賣，不過大部分都只帶一、兩隻，見何田田帶了那麼多鴨子，都紛紛看向他們。

陳小郎把鴨子放在一個無人的地方，過往的顧客雖然都會朝他好奇地看一眼，不過很快就離開了。他那樣子實在不像是賣鴨子的，倒像是街上的惡霸。

何田田無奈，只得讓陳小郎站遠一些，自己守在那裡，見有買家過來，忙熱情地招呼起來，可惜那些人都只看了看，然後轉身就去了別家。

一開始何田田弄不明白，明明自己家的鴨子更肥更大，怎麼那些人都不買，去買那些小隻的、看起來沒多少肉的呢？

觀察了半天，何田田總算明白了，那些人根本買不起這麼大的鴨子，其他攤販的兩隻都只有她家的一隻大。何田田看著自家大塊頭的鴨子有些頭痛了，頭一次覺得鴨子肥也是個問題。又看了半天，確定沒有人會買她的鴨子，何田田招手把陳小郎叫過來，讓他扛起鴨子，準備換個方式賣鴨。

「這鎮上誰最有錢?」何田田朝陳小郎問道。
「陳家。」陳小郎簡單地吐出兩個字。
何田田啞然了,是她想得太簡單了嗎?她以為鎮上的大戶人家都像前世那些電視裡的一樣,動不動就是家僕成群,又或是什麼官員養老還鄉的富甲一方。
她萬萬沒想到,陳家竟是荷花鎮最富足的,可能是她沒當家,不知道陳家的家業,要不以平時的吃穿用度,跟前世的一般家庭也差不多,只不過沒有下人而已。
何田田看著那幾隻鴨子,不禁有些發愁。看來在這鎮上,她想靠賣鴨子致富不太可能。
「這裡離荷花城有多久的路程?」何田田不死心地問道。
「馬車一天,牛車兩天。」
何田田看著那幾隻鴨子,就為了這幾隻鴨去一趟城裡似乎也不划算,她有些垂頭喪氣,難怪村人養這些雞鴨都養得不多,原來那麼難賣。
「哎喲,這不是何田田嗎?不是嫁到陳家當少奶奶了嗎?這是賣鴨子還是買鴨子呀?」
何田田抬頭就看到何嬌娘穿著一身紅綢布衣裳,頭上插了幾支銀釵,拿著一塊帕子,帶著個小丫頭站在那裡。
看著她的打扮,何田田才記起上次何靈靈說的,她嫁進了張地主家,與那傻孩子成了親,如了何三嫂的願。
「賣鴨子。不知道張少奶奶要不要買幾隻回去嚐嚐?我家這鴨子可是又肥又大,非常適合妳的身分。」何田田熱情地說道。

何嬌娘沒想到這何田田竟一點也不覺得丟人，竟還順杆子往上爬，直接做起生意來，噎得她都不知道怎麼回話。想著荷包中的幾個銅板，她冷著臉對後面的小丫頭道：「走，我們去繡鋪。」

見何嬌娘走遠了，何田田不禁想笑。她就是故意的，張地主可是出了名的吝嗇鬼，她會有多少錢？想看自己的笑話，那也要看能不能笑得出來。

「田田，這鴨子怎麼辦？」陳小郎見一隻都沒有賣出去，朝她問道。

「回去吧。」何田田臉上的笑容一下就沒了，無精打采地回道。

來時何田田充滿了希望，想著等賣了鴨子，再買些糧食回去，結果卻大失所望，走路都有些無力。

「陳家嫂子，等等。」

何田田和陳小郎顧著走路，直到被人拉住，看著跑得有些氣喘吁吁的胖男子，何田田不免疑惑，陳小郎則瞪著眼，有種準備打架的架勢。

那男子往後退了好幾步，有些後怕地看著他們，嚥了嚥口水道：「陳家嫂子，你們這鴨子是要賣嗎？」

「是呀，你要買？」何田田見是問鴨子的，開心地問道。

「嗯，我是酒樓的掌櫃，今天來了一批客人，點了鴨子，結果鴨子上桌，人家嫌那鴨子太瘦，這不剛巧看到你們這鴨子不錯，才特意追上來。」胖掌櫃的一邊解釋，一邊看著陳小郎，生怕他發怒。

何田田一聽大喜。「你要幾隻？」

「全要了。你們這都秤好了嗎？不過還得麻煩你們送到店裡拿銀錢。」胖掌櫃道。

「我們沒秤。」頭一次做生意，要不是老闆問起，何田田根本就不知道還要帶秤。

兩人跟著胖掌櫃回到酒樓，這酒樓比外面的飯館大一些，主要是他們這裡可以住宿，這也是鎮上唯一一間酒樓。大堂的客人不多，胖掌櫃帶著他們從後門進去，因為沒有秤，最後胖掌櫃按多少錢一隻買下，他說的那價格何田田有些不了解，見陳小郎在一旁點點頭，她才接過胖掌櫃手中的銀錢。

「掌櫃的，下次要是有需要，還可以找我們買鴨子，你不知道我們住在哪兒吧？」錢到手，何田田很興奮，又推銷起家裡的鴨子來。

「我知道、我知道，是陳家的二爺嘛！」誰知那胖掌櫃不等她說完就插話道。

「掌櫃的，你認識呀？」何田田沒注意到，人家頭一次叫她就叫陳家嫂子，那肯定是認出來了，且應該是知道他們跟陳大郎分家了，要不怎會這樣稱呼？

胖掌櫃只回她要是還需要就跟她買，接著就忙活去了。

何田田看著陳小郎，問道：「你以前來這裡吃過飯？」

「沒有。」陳小郎嘴角抽了抽，簡單回道。

何田田滿是疑惑地走出酒樓，等看到糧食店，握著手中的錢，興奮地走了進去，把那個問題丟在腦後。

這是何田田第二次買糧，之前都是陳二叔家送來的，雖然也給了錢，但感覺都是半買半送的，何田田都不好意思再買了。

糧食店不大，但東西很齊全，大米和小麥都有，還有高粱、玉米。

何田田比了價，大米的價格要比白麵貴些，高粱、玉米的價格自然更便宜。這裡的主食是大米，何田田對麵食也不太喜歡，不過偶爾吃吃還是不錯的。

何田田買了些大米、白麵，在她買白麵的時候，陳小郎眉頭皺了皺，不過到底忍住沒有吭聲。

等離開糧食店，陳小郎忍不住道：「幹麼要買麵，我養得起妳。」

何田田真想翻白眼，就他們手中那點錢能買多少糧食？他現在已經不是以前那陳家的二少爺了，不過這些她都沒有說出口，生怕一說這話，他就賭氣跑去打獵了，只得順著他道：「我知道你養得起我，我只是偶爾想吃自己做的糕點。」

陳小郎沒有再出聲，把東西放在牛車上，慢悠悠地往回趕。何田田坐在牛車上想著，等有了錢，第一件事就是買輛馬車，這牛車也太慢了。

忽然，何田田想起了那酒樓掌櫃的稱呼，問陳小郎。「你說不認識那酒樓掌櫃，那他怎麼認得你？」

「樣子。」陳小郎沒想到何田田還記得這事，有些尷尬又有些無奈地解釋道。

何田田一聽恍然大悟。原來如此，可能是看習慣的緣故，她並不覺得他的樣子有多可怕，真不知道那些人怎麼那麼怕他。

回到家，看著沼澤地裡一群亂叫的鴨子，她有些頭痛了，本來準備等母鴨下蛋，就留些種蛋孵鴨子，越養越多，現在看來不用了，就這些鴨子要在鎮上賣出去都是難事。

好在最近糧食有了著落，自己也能種菜，暫時還沒有特別需要錢的時候，還可以慢慢想辦法。

蓮葉已經長出幾片，完全可以分種了，何田田這兩天忙著準備，然後挑了個傍晚把它們種入了沼澤地。

何田田現在又多了一件事，那就是每天觀察荷葉的長勢，那荷葉也沒有讓她失望，很快就生根發芽，並長出了新的嫩葉。

「這是什麼？」

何田田忽然看到荷葉底下有東西游來游去，靠近一看，竟是一條小魚，這個發現讓她大喜，她怎麼就忘了還有這事呢！這沼澤地裡一年四季都有水，完全可以養魚呀，她記得以前看過一則新聞，就是把沼澤地挖成池塘，養魚發家致富。

這次何田田沒有著急，她準備先了解一下市場，不要像養鴨子一樣。

可她自己去鎮上不方便，便準備去向陳二嬸他們打探消息，陳錦仁經常去鎮上和城裡，想來也清楚。最重要的一點，她準備找個合作伙伴，畢竟讓陳小郎做生意是不可能的，而她也不想自己去做，她想找一個有生意頭腦、性格好且合得來的人。

陳小郎聽說何田田要去陳二叔家，把手中的活兒一丟，跟了上來，剛關上門，就見金花又站在門外。

陳小郎和何田田的眉頭同時鎖了起來。「又怎麼了？」

「老爺請二老爺過去一趟。」金花朝他們行了一禮。

何田田眉頭不由往上一挑。看來陳大郎回來了，不知道會怎麼處理？帶著看戲的心理，何田田跟在金花的後面。

「你們的稱呼都換了？」上次還沒有注意，這次金花稱呼陳小郎的時候才注意到。

「嗯，是老爺說的。」

看來陳員外走了，陳大郎迫不及待地升為了老爺。

本來何田田還想跟金花打聽一下陳大郎回來後陳家的事，沒想到金花是個口風緊的，不能說的硬是一字不漏，難怪錢氏那麼看重她。

何田田他們剛走進陳家院子，就聽到有人在那裡哭哭啼啼，她以為會是馮氏，沒想到卻是錢氏。

見他們走了進來，錢氏撲了過來，緊緊抓住何田田的手，哭道：「弟妹，妳可來了！快說句公道話，那天是不是馮氏撞到娘，這些天都要靠人照顧？」

錢氏的樣子有些狼狽，而陳大郎坐在那兒冷冷地看著她，馮氏站在他的後面，低著頭，看起來很乖順。

「是。」既然是被請來作證的，何田田就事論事，至於別的就與她無關了。

「老爺，您可要相信妾身，妾身走到那轉角處時，腳下一滑，完全沒有料到老夫人會從另一邊過來，妾身真的不是故意的。」馮氏忙哀聲道。

陳大郎拍了拍她的手，示意她不要急，接著轉過來問錢氏。「那君子蘭又是怎麼回事？還有怎麼就那麼巧，弟妹他們剛好來了？」

陳大郎可不是那麼好糊弄的，一個接一個的問題，全問到了點上。

錢氏大腿一拍，哭喊起來。「陳大郎，你這沒良心的，我費盡了心思，只是為了讓娘開心些，結果卻惹得你這樣猜疑，明明是這個賤人撞人的，你不懲罰她，反而一個勁兒地質問我，你說說，你到底想怎麼樣?!」

何田田本來還有些好奇，不過見這情景，有些生厭，便道：「還有什麼要問的，沒有我就去看看娘。」

陳大郎沒出聲，何田田懶得理他們，直接拉著陳小郎離開，進了梅氏的院子。

梅氏已經好得差不多了，陳嫂正陪她聊天，聽說陳小郎他們來了，連忙站起身。

每次見面都一樣，母子倆問過安後，就都沈默不語，何田田上前緩和氣氛，見梅氏都好，想著還要去陳二叔家，便不打算久留了，忽然就聽到外面響起了錢氏的尖叫聲。

何田田和陳小郎對看了一眼。難道陳大郎處罰了錢氏，放過了馮氏？

梅氏一聽到外面的聲響，心中就知道又有事了，忙對何田田他們道：「行了，看也看過了，你們走吧，沒什麼事就不要過來，我這老婆子會照顧好自己的。」

何田田也覺得這地方是是非之地，告退後就跟陳小郎要退出房間，可有時越想避開就越避不開，這才剛提起腳，錢氏就哭著走了進來。

何田田和陳小郎站在那兒出也不是、進也不是，錢氏朝梅氏問了安，轉過頭來抓住何田田的手。「弟妹，妳說句公道話，那天是我做錯了嗎？馮氏撞倒娘，我罰她難道不應該嗎？」

何田田滿頭黑線。這事與她何干，她說什麼公道話？

錢氏的手勁很大，何田田想甩脫，硬是甩不開，只得道：「大嫂，這事妳好好跟大哥說，我們還有事，就不多留了。」

錢氏也不知道是中了什麼邪，硬是抓住她不放，陳小郎看不過去，一把抓住錢氏的手。「放手。」

面對陳小郎，錢氏終於鬆了手。何田田看著自己發紅的手腕，心情很不好，再也不管了，直接跟陳小郎走了出去。

剛到外院，就見陳大郎在那裡哄著馮氏，馮氏一副梨花帶雨、嬌嬌弱弱的樣子，而陳大郎則是情意綿綿，很快就把馮氏哄得破涕為笑。

難怪錢氏要發飆，誰看到這一幕都會氣瘋吧？不過這些都不關他們的事，他們還是快點走為好。

可要死不死，陳大郎剛好看到了他們，朝他們走了過來。「小弟、弟妹，這就回去了？」

「嗯。」陳小郎從鼻子裡應了一聲。

「小弟要是不嫌棄，莊園裡少了一個管家，一個月五兩銀子，你要不要幹？」陳大郎似笑非笑地道。

「不幹。我家裡還有事，先走了。」陳小郎拉著何田田就走，沒再理會陳大郎，陳大郎卻從後面傳來了幾聲大笑。

何田田很是不解。陳大郎和陳小郎真的是兄弟嗎？哪有這樣的兄弟，根本是仇人吧！

陳小郎一個勁兒地往前走，何田田看那路明顯不對，他們不是要去陳二叔家嗎？怎麼又走回家了？

「回家。」像是知道她心中所想，陳小郎簡單地道。

何田田見他心情不好，沒再出聲，回到家，陳小郎扛著鋤頭就要去幹活，何田田沒攔住，看來這陳家還有很多她不知道的事，剛剛的話肯定是觸動到他了。

晚上，兩人躺在床上，就在何田田要睡著的時候，陳小郎忽然開口道：「其實大哥以前並不是這樣的，他對我很好，要不是發生了那件事。」

「什麼事？」何田田的睏意一下就沒了，她半坐起來看著他。

原來，錢氏是梅氏去寺廟上香時帶回來的孤女，那時她不過十一、二歲，長得挺可愛的，因著家裡只有兩兄弟，沒有女孩子，忽然來了一個女孩子，兩兄弟都挺開心的。

錢氏比常人更會察言觀色，很快就把兩兄弟哄得服服貼貼，就這樣過了幾年，錢氏也十四歲了。

錢氏明顯對陳大郎有了心思，總是千方百計地討好他。

陳小郎恰從那時開始長得與眾不同，旁人開始害怕他，他很是苦惱。許是一起長大的原因，錢氏並不怕他，還是經常來找他，這讓他越發對她好了，不過錢氏找他卻是有目的的，她想透過他找陳大郎，但他當時沒有察覺到，也沒有想那麼多。

這時陳大郎已經跟著陳員外在外面做起了生意，見的人多了，對錢氏的興趣也就沒那麼大了，再加上錢氏越長越難看，完全沒了以往的可愛，自然勾不起他的興趣。

錢氏因為長年跟著梅氏，嘴巴比較甜，總能哄得梅氏開心。梅氏沒有女兒，對她也很疼愛，根本沒有防備，就連家裡的進項也沒有隱瞞她。

錢氏見陳大郎慢慢疏遠自己，便使起了心機，她找到陳小郎，說是給陳大郎做了一雙鞋，託他送過去。陳小郎一直把她當姊姊一樣看待，自然沒有拒絕。

他哪裡知道，那天陳員外帶著陳大郎在見外客，而那外客是陳員外為他相中的親家，陳小郎當時沒有多想，把陳大郎叫了出去，把那鞋子遞給他，結果被那外客看到了，那親事就黃了，而陳員外也以為陳大郎跟錢氏有了關係，朝他發了頓脾氣，然後就讓他娶錢氏。

陳大郎認為陳小郎是故意的，自此就恨上了他。陳小郎完全沒弄明白到底是怎麼回事，後來才知道，只有已婚男女，女子才會送鞋給男子。

他去跟陳大郎解釋，陳大郎根本不信，再加上錢氏說些似是而非的話，更讓陳大郎恨上了他。

一開始陳小郎完全不明白事情怎麼會變成這樣，後來陳嫂把他拉到一個無人的地方，問他事情的經過，他才知道錢氏的不擇手段。

原來錢氏為了嫁給陳大郎，不惜利用陳小郎，又在陳大郎的面前說那鞋根本不是她給陳小郎的，而是陳小郎看她整日不開心，自作主張拿過去的。

陳小郎聽了氣得想打人，想去跟陳大郎解釋，並告訴他這樣的女人不能娶。誰料等陳小郎說完，陳大郎反而笑了，說陳小郎就是想毀了自己，獨占陳家的財產，還說了很多傷人的話。

陳小郎失望之下，不再解釋，只是對錢氏沒有了好臉色。

陳員外是個重信譽的人，以為陳大郎跟錢氏已經私定了終身，明知道錢氏不是個良配，卻還是讓他們成了親。

也不知道錢氏使了什麼計，反正成親後，陳大郎跟她的關係還算不錯，尤其在對陳小郎的態度上完全一致，只要梅氏對陳小郎好一些，那陳小郎肯定就會出事，大到騎馬時從馬上摔下來，小到吃頓飯都會上吐下瀉。

自那以後，陳小郎在陳家的地位有了變化，再加上梅氏的眼睛看不見了，讓錢氏當家。陳小郎明明是少爺，過的日子還不如一個管家，一年四季添置衣裳也沒有他的分兒，有時月錢也沒有發。陳小郎又不是個愛訴苦的，等陳員外發現這一切時已經晚了。

何田田到此時才解開心中的那些疑惑。「那現在陳大郎又為何這樣對錢氏？」

陳小郎沒有立即回答，過了好半天才道：「陳大郎已經完全不是以前的那個陳大郎了。」

何田田聽完沈默了。陳小郎說陳大郎是因為錢氏而改變的，她卻有些不相信，總覺得陳大郎有些陰沈，深不可測，旁人根本猜不透他的心思。

陳小郎說完，那傷心勁也過了，抱著何田田就睡著了。

陳大郎坐在書房裡，陰沈著臉，沒有平時在外的溫柔斯文，看著桌上的帳本，恨不得把它撕了。

他以為陳家已經控制在自己的手中，可完全不是這麼回事。外面的生意越來越不好，要不是他及時巴上馮縣令，只怕店鋪都要倒了幾家。還有錢氏，不知道藏了多少私房錢，以前為了取得老頭子的信任，只得跟她合作，現在她卻妄想以此來威脅自己，真是太天真了。

他想到馮氏，眼裡一片清明，完全沒有在她面前的深情，看來在外面做的也不過是假象。

陳大郎提起筆在紙上寫了一個大大的「陳小郎」，接著用力一抓，把它揉成一團丟了。過了好一會兒，陳大郎打開門，又恢復了平時的樣子。

何田田他們到陳二叔家時，陳二叔帶著幾個兒子剛從田裡忙完回來，何田田這才想起已經是春耕了，想著找個時間回家看看，不知道何老爹他們忙不忙得過來？

陳二嬸見何田田來了，忙將她迎進去，大堂嫂薛氏帶著陳錦仁家的朱氏正在廚房裡忙活。何田田見他們雖忙，卻又各司其職，很是和睦，心想家應該就是這樣。

當聽到何田田的話，陳二嬸把陳錦仁叫了進來，誰知陳錦仁還沒有說話，一旁的陳錦書就插話道：「魚這東西，我們這鄉下買的人肯定少，不過那城裡倒是很走俏。

「嫂子，妳要是想養魚，就不要小打小鬧，養多一點送去城裡，那肯定賺錢。」

「別聽他胡說，這魚哪有那麼好養，這十里八鄉有誰家養？要吃不都是去河裡抓，那東西都是天生天養的。」陳二嬸一聽就極力反對。

何田田和陳錦書對看了一眼，沒有繼續說了，而是轉移話題，說起了鴨子的事。

陳錦仁說他能解決，他長年賣野物，在城裡有熟悉的買家，下次再去可以幫她帶去，這讓何田田又有了信心。

要問的都已經問了，何田田也就沒有久留，跟陳小郎走出來沒多久，就見陳錦書站在前面。

何田田一笑。她果真沒料錯。

「嫂子，妳真準備養魚？妳覺得那東西能養成嗎？」陳錦書一見到她就迫不及待地問道。

陳二叔有三個兒子，陳錦書心思是最靈活的，他早就想做生意了，可惜陳二叔一直不肯。陳員外原本想帶著他，他也跟著去了幾趟，只是那陳大郎對他像賊一樣，他也沒了興趣，現在卻被何田田勾起了興致。

「我若說能，你信嗎？」何田田沒有養過魚，不過基本的還是知道，誰叫前世她爸最喜歡釣魚呢？她跟著他去過不少地方，閒得無趣時就會跟那些飼養員聊聊，自然知道很多。

「既然嫂子說能，我就信，要是我們合作，需要我做些什麼？」陳錦書倒是一點也不拖泥帶水。

何田田正準備跟他詳談，就聽陳小郎在一旁道：「你找個機會到家裡來。」

何田田這才意識到他們現在是在路邊，便對陳錦書道：「說得對，你找個時間來吧，我回家去整理整理，看需要準備什麼。」

陳錦書聽了點點頭，何田田他們這才轉身回家。

何田田的心情極好，不但養魚有希望，就連那煩人的鴨子也解決了，似乎看見許多錢向她飄過來，不由嘿嘿笑了起來。

陳小郎看著她自顧自地樂，想提醒她要養魚，那魚苗從哪兒來？但又不捨得打擊她，只由著她樂。

兩人回到家，卻見何世蓮站在大門前，一看就是等了一段時間了。

「哥，你怎麼來了？家裡出什麼事了嗎？」

何世蓮看了陳小郎一眼，經過長時間的相處，總算不怕他了，但他在還是有壓力。

陳小郎打開門先進屋，何田田和何世蓮慢一步進了屋。

「什麼事？」何田田再次問道。

何世蓮猶豫了一會兒，才道：「這不已經春耕了嗎？我們家還好，自家有八畝地，可大伯他們每年都是跟張地主他們佃田種的，不料今年大伯他們再去佃的時候，張地主忽然變卦說不租了，若要租也行，要漲一成的租金。」

「別人家的呢？」何田田皺起了眉頭。

「別人家的還是一樣，並沒有漲租，我覺得他們就是針對大伯他們。」何世蓮說完就看著她。

何田田靈光一閃。「你不會認為是因為我的緣故吧？」

沒想到何世蓮非但沒有搖頭，反而道：「就是因為妳的緣故。」

何田田滿頭黑線。張地主那人只是吝嗇些，在其他方面並沒有聽說過什麼，以往都是一視同仁，怎會忽然這樣呢？難道真是因為她？

「應該是何嬌娘的緣故。」何世蓮似乎看出了她的疑惑，解釋道。

這下何田田更是無語了，她又沒有得罪過何嬌娘，是她總跟自己過不去，再說就算與自己有怨，那也不干何大伯他們的事，她這完全是遷怒。

「有沒有什麼條件？」既然何世蓮都找上門來，想來肯定與她有關了。

事到臨頭何世蓮又不想說了，站起身道：「沒有什麼條件，就是說不租了，我也是急昏了頭才跑過來找妳，妳又幫不上什麼忙。」

「行了，你那腸子打幾圈我都知道。說吧，什麼條件？」何田田一眼就看出他言不由衷，有些不耐地道。

見何田田似乎有些生氣，何世蓮懊惱地拍了拍自己的頭，重新坐了下來。

何田田聽了那所謂的條件，不由嘿嘿笑了幾聲。那何嬌娘千方百計地讓她過去，不知道想幹什麼，她倒要去看看。

陳小郎一聽她要去荷花村，馬上也跟了上來。何田田已經習慣他的存在，倒是何世蓮朝他看了看。

何田田現在路走得多了，速度也快了，一個時辰就到了荷花村，不過他們並沒有直接去找張地主，而是去了老屋。

一進老屋，就見何大伯他們都在家唉聲嘆氣的，見何田田進來，都大吃一驚，見何世蓮跟在後面，都朝他露出不贊成的表情。

何世蓮朝後面躲了躲，何田田忙說是自己自願來的。

原本何田田過來是因為何嬌娘的態度，現在卻覺得來對了，這種時候他們還想隱瞞自己，只有把她真正當成親人，才會這樣為她著想吧！

這讓何田田更加覺得一定要找一條出路，不光自己要賺錢，何家的人都要賺錢，畢竟就靠佃地，怎能過上好日子？

忽然她滿懷雄心壯志，真正有了目標。

何嬌娘看著坐在一旁跟丫頭玩耍的傻子，心裡很煩悶。

本來以為嫁進張家就能享福，她能像何田田那樣，不時照顧一下家裡，誰知真正嫁進張家後，她才知道自己太天真了。張地主吝嗇得很，平時都是粗茶淡飯的，有時飯菜還不如她在娘家，那時爹心疼自己，有了銀錢都會買葷菜回來解解饞，現在要不是時不時蹭傻子一些吃的，只怕一個月都吃不上肉。

她越想越氣，也越來越恨何田田，要不是她，娘就不會每天在家念叨什麼別人的女兒嫁得好，今天拿肉回來、明天拿銀錢回來、後天拿布料回家，害她一時衝動，不顧爹的阻攔，硬是嫁給這傻子。

一看到這傻子，她的心情就更悶了，要不是她還得靠他在這個家過得舒心一點，誰願意每天面對一個傻子？整天只知道花花、吃吃的。

「娘子，我要吃吃。」

又來了，傻子玩了一會兒又跑到她面前，手髒髒的就這樣伸到她面前。

何嬌娘忍著心中的厭惡，讓丫頭端來一盆水，讓他把手洗乾淨，這才帶他走進屋裡，拿出張地主每天早上讓廚娘送來的糕點。

看著傻子吃得津津有味，而她只能在一旁吞口水，心裡把張地主罵了個祖宗十八代。送糕點來，連一塊多的都沒有，剛好夠這傻子吃。

剛嫁進來，她看著好吃，偷偷吃了一塊，被張地主知道了，那天晚上硬是沒給她飯吃，餓得她半夜起來去喝涼水。

「娘子，妳也吃吧？」張少爺看何嬌娘一個勁兒地看著手中的糕點，猶豫了一下，小聲問道。

何嬌娘嚥了嚥口水，想到張地主的手段，搖了搖頭。「你吃，我不吃。」

張少爺見她不吃，又高高興興地獨自吃了起來，何嬌娘氣得完全說不出話來，轉過頭不看他。

何嬌娘還在生氣，聽到何家人找上門來了，便讓小丫頭看住傻子，自己氣沖沖地走了出來。

張地主家並不大，院子裡除了一些農具，什麼也沒有。張家的下人說張地主不在家，何田田這才明白為什麼何嬌娘能作張地主佃田的主。

「哎喲，陳家的少奶奶上門了，你們這些沒長眼的，怎麼也不搬凳子過來？」何嬌娘穿著一套水湖色的細布裙子走了出來，看到何田田就露出虛假的笑容，陰陽怪氣地說道。

何田田可不是來跟她演戲的，直接道：「行了，妳也別裝了，要我過來，我現在就在妳面前，有什麼事說吧。」

何嬌娘臉一沈，也不裝模作樣了，黑著臉道：「你們何家想佃我家的田，要不就漲一成租，要不妳何田田去我家，對著我娘跪下磕三個頭。」

「何嬌娘，妳不要太過分！」話一落，不等何田田說話，何世蓮就指著她的鼻子罵了起來。

何田田把何世蓮拉到後面，看著何嬌娘。

何嬌娘在她的注視下，竟有種心虛的感覺，忙轉過頭道：「條件就這兩個，你們自己選，我還要照顧我家少爺呢，先走了。」

何田田見何嬌娘轉身就要走，忙把她叫住。「讓我道歉可以，不過妳得答應我，以後不能再為難我家人，有本事妳只管衝著我來。」

「何田田，算妳識相。」何嬌娘哈哈笑了起來。「明天早上，我和我娘等著妳。」

見事情說定，何田田轉身準備離開，忽然手被人抓住了。

「花花、花花。」

原來是張少爺，他很開心地看著何田田。

何田田一臉黑線。這是怎麼回事？

「你回來，我們進去玩。」何嬌娘沒想到這個傻子竟跑了出來，而且還抓住何田田不放。

何田田對張家這位傻少爺倒不覺得煩，感覺他就是一個兩、三歲的小孩子，只要順著他一些就好。

「花花、花花，吃吃。」張少爺見何田田不肯跟他去玩，有些急了，連忙道。

何田田完全聽不懂他在說什麼，站在一旁的小丫頭小聲道：「我們家少爺想要妳陪他玩，他想把自己的吃食給妳。」

何嬌娘看著這一幕，氣得唇都快咬破了。這個傻子，她照顧他那麼久，從沒有給過自己一點東西吃，對這何田田，他倒大方得很。

「張少爺，我還有事，下次再陪你玩。」

「花花，陪我。」張少爺拉著何田田的衣袖不肯放手，很是不依。

陳小郎看著臉一黑，就要上前拉開張少爺，一旁的何世蓮忙把他拉住。「他不過是個傻子，你跟他計較什麼？張地主可寶貝他呢，要是惹到他，那事更難解決了。」

陳小郎知道他不過是個傻子，但是看著他拉著何田田，心裡就不舒服。

何田田耐心地哄著張少爺，也終於想起他為什麼看到她就說花花了，便道：「現在晚了，等明天我接你去看花花。」

「花花？」張少爺一聽，果然很開心，純淨的眼中閃閃發光。「花花。」

總算哄住了張少爺。

何田田他們剛離開張家，何大伯就道：「不准去給何三嫂下跪，這張家的地我們不種了。」

在張家院子裡，何大伯一直沒有說話，只是冷眼看著，一出來他就忍不住了。

「大伯，放心吧，我想跪，那何三嫂還不一定受呢。」何田田安慰道。

何大伯懷疑地看著她。「那何三嫂的為人，村裡誰不知道？那就是個不講理的，對妳家怨氣不少，再加上這何嬌娘，她們會輕易放過妳？」

「放心，我自有打算，這事就交給我吧。大伯，你們先回去吧。」到了去老屋的岔路上，何田田停下腳步，認真地道。

何大伯見何田田一副成竹在胸的樣子，將信將疑地回去了。

等何大伯一走，何世蓮就迫不及待地抓住她的手。「田田，妳跟妹夫回去，明天的事我來解決。」

何田田懷疑地看著他。不是她不相信他，而是打心底根本就不相信他能解決。

何世蓮被她的眼光刺到了，朝她氣急敗壞地吼了起來。「都說了我能解決，妳就不要管了。」

何田田朝他笑了笑。「哥，知道你擔心我，放心吧，那何嬌娘我還不放在眼裡。」

何世蓮見說不過她，氣沖沖地走得飛快。何田田搖了搖頭，慢悠悠地走在後面。

回到何家，林氏見到她先是一喜，忽然想到了什麼，轉身就朝屋裡走去，緊接著就聽到何世蓮的喊叫聲。「娘，您輕點，痛。」

「你還知道痛？就怕你不痛！現在大了，翅膀硬了，竟敢自作主張，瞞著我們去找你妹？」

「娘，別打了，我也後悔了。」

何田田幾步跑進屋，就見林氏拿著棍子追著何世蓮，他左閃右避，還是免不了被打到。

何田田忙攔住林氏，搶走她手中的棍子。「娘，您這是幹麼？」

林氏氣喘吁吁，一屁股跌坐在椅子上。「氣死我了，都說了不要去找妳，沒想到他還是偷偷跑去了，妳說該不該打？」

「娘，這事就該告訴我，妳不讓哥跟我說是妳疼我，可大伯他們怎麼辦，一大家子人，總不能餓肚子吧？」

林氏聽了長嘆一口氣，理是這個理，可就是不想委屈自己的女兒。

「聽說張地主他們都不在家，一看這事就是針對妳來的，肯定是何嬌娘搞的鬼，妳去肯定沒好事，我想著等張地主回來，讓妳爹和大伯去求求情，晚是晚一點，那也影響不了什麼。誰知道這沒腦的就跑去找妳了。」

林氏說得自然有理，不過誰也不知道那張地主什麼時候回來、回來會不會就按照何嬌娘的意思，誰也說不準。

「娘，事情本就因我而起，就算照您說的那樣，那何嬌娘沒出這口氣，您說她會死心嗎？還不是會找其他機會？與其這樣，不如這次就如她的願，反正她也不能真把我怎麼樣。」

何田田費了一番口舌，總算把林氏哄好了。

林氏緩和下心情，問起了何田田的打算，何田田便把自己養鴨子的事說了。

林氏有些不贊成，遲疑了一下，小心翼翼地看了眼陳小郎，才在她耳邊小聲問道：「你們沒田，要不要也佃些地種？」

何田田愣住了，回頭看了眼陳小郎，想像讓他去跟張地主佃田的情景，忙搖頭道：「不了，我們有那麼多沼澤地，會有辦法的。」

林氏明顯不相信。那地若有用會沒人要，留在那裡白白荒廢那麼多年？不過看著陳小郎到底沒說話，想著找個時間再勸勸她。

何世蓮見林氏沒再生氣，想著何嬌娘的要求，左思右想，對她道：「娘，您勸勸田田，讓她不要去何三家，那何三嫂是個糊塗的，要真讓田田磕頭認錯怎麼辦？」

林氏好不容易壓下的怒火又冒了上來，抓著棍子就朝他打去。

何田田捂著臉都不想看他那狼狽樣，就沒見過這麼傻的人。

「這是幹啥呢？」何老爹扛著農具從外面走了進來，見這鬧騰的場面，不悅地道。

林氏見他回來了，氣呼呼地把何世蓮的事從頭到尾說了。何老爹眼神複雜地看著他，倒也沒責怪。

何田田忙道：「這不關大哥的事，是我自己要來的，別的都不重要，重要的是大伯他們得有地種。」

當晚，何田田讓陳小郎先回去，自己則留在荷花村，逗了會兒水伢子，才回屋躺在床上。

她一點睡意都沒有，勸何世蓮和林氏時說得信誓旦旦，其實心中並沒有底，當時只有一個念頭，就是不能因為自己讓何大伯沒地種，所以何嬌娘說出那樣的條件，她都一口答應下來了。

現在平靜下來後，她覺得自己太衝動了，想著明天何三嫂那得意的樣子，她很是不甘。

「田田，還沒睡嗎？我還是不放心，明天妳一早就回去吧，我去找何三嫂，她不就是希望有人道歉嗎？」何世蓮隔著門，擔心地道。

「哥，我都說了我有辦法。我要睡了，你也早點睡。」

說完何田田把被子往頭上一蒙，臨睡前想著船到橋頭自然直，若實在不行，磕頭就磕頭，以後總有讓她們加倍還回來的時候。

——未完，待續，請看文創風777《旺夫神妻》下

文創風
776

旺夫神妻 上

國家圖書館出版品預行編目資料

旺夫神妻 / 高嶺梅著. --
初版. -- 臺北市 : 狗屋, 2019.08
冊 ; 公分. --（文創風）
ISBN 978-986-509-033-3（上冊：平裝）. --

857.7 108010826

著作者	高嶺梅
編輯	王冠之
校對	黃薇霓　周貝桂
發行所	狗屋出版社有限公司
地址	台北市104中山區龍江路71巷15號1樓
電話	02-2776-5889～0
發行字號	局版台業字845號
法律顧問	蕭雄淋律師
總經銷	知遠文化事業有限公司
電話	02-2664-8800
初版	2019年8月
國際書碼	ISBN-13　978-986-509-033-3

本著作物由起點中文網（www.qidian.com）授權出版

定價250元
狗屋劃撥帳號：19001626
網址：love.doghouse.com.tw　E-mail：love@doghouse.com.tw